« C'était un ange, indiscutablement, bien que dépourvu de ces ailes démesurées qui encombrent, on ne sait pourquoi, les murailles des cathédrales. On ne lui voyait pas d'habit, et pourtant il n'était pas nu. Au regard aiguisé de Prude il parut plus garçon que fille, ce qui l'émut beaucoup, car si sa vie était à l'âge austère, les élans de son cœur ignoraient tout des rides et du blanc des sourcils.

Cet être-là qu'elle observait était à l'évidence plus gracieux que les feuilles virevoltantes dans l'air nuageux, mais ses épaules et sa taille semblaient d'une prometteuse vigueur, sa figure était d'un écuyer de bonne famille et son visage semblait heureusement surpris malgré l'embarras de son corps. Bref, quoique transparent, il était si beau que la vieille laissa aller entre ses lèvres fanées un doux gémissement d'action de grâces qui se perdit en sifflement émoustillé. L'ange n'entendit rien de cet appel timide. Il se dressa, observa un instant le ciel, parut chercher la trappe par laquelle il était tombé, puis il s'agenouilla, colla l'oreille au toit comme font les chasseurs et s'enfonça, au travers des ardoises moussues, dans l'obscur logis de Pico, le menuisier lettré. »

Pico et Chaumet, deux gaillards fraternels, s'en vont sur les routes à la rencontre de leur destin. Maintes aventures et d'étranges personnages les attendent. Un ange les accompagne et, autant qu'il le peut, les protège. Figure inoubliable que cet ange, plein d'indulgence pour les faiblesses des hommes. Entre conte et roman, Henri Gougaud fait rêver, fait réfléchir et enchante.

Henri Gougaud est né à Carcassonne en 1936. Lauréat de la bourse Goncourt de la nouvelle en 1977, il partage son temps d'écrivain entre les romans et les livres de contes.

Henri Gougaud

LE RIRE DE L'ANGE

ROMAN

Éditions du Seuil

TEXTE INTÉGRAL

ISBN 2-02-058110-8
(ISBN 2-02-037509-5, 1ʳᵉ publication)

© Octobre 2000, Éditions du Seuil

Le Code de la propriété intellectuelle interdit les copies ou reproductions destinées à une
utilisation collective. Toute représentation ou reproduction intégrale ou partielle faite par quelque
procédé que ce soit, sans le consentement de l'auteur ou de ses ayants cause, est illicite et constitue
une contrefaçon sanctionnée par les articles L. 335-2 et suivants du Code de la propriété intellectuelle.

www.seuil.com

Au temps où je me trouvais prisonnier de ces Barbares, il arriva qu'un jour d'hiver, comme ils me conduisaient avec d'autres captifs à nos travaux de bûcherons, je glissai sur la neige dure et tombai sur la hanche (qui me fut plusieurs jours douloureuse). Or, les gardes qui nous menaient étaient sans pitié pour les faibles. J'entendis un de ces soudards, derrière moi, tirer son arme du fourreau. Je ne sais alors ce qui me prit. La position grotesque où j'étais, ou peut-être l'idée de mourir aussi absurdement, me fit éclater de rire. Je levai la tête vers mon gardien. Son énormité me cachait le soleil. Il me parut un bref instant déconcerté, puis se mit lui aussi à rire. Je me relevai. Il en oublia de m'abattre. Il m'apparut alors qu'un ange m'avait inspiré ce rire et m'avait sauvé la vie de la plus innocente façon qui soit. De ce jour, je ne me suis jamais séparé de lui.

Quint de Sedan,
Relation de voyage au royaume des Skandes

1

Femmes jeunes ou vieilles, toupies charnues, rombières maigres, amantes téméraires, épouses résignées, qui que vous soyez je vous salue au nom de l'une de vos sœurs, Justine B., qui a voulu que son nom ne soit pas publié, non point par sainte humilité mais par anarchisme irréductible et farouche désir de contrarier sa famille. Sachez seulement qu'elle a vu le jour et la mort dans un hameau de basse montagne que pour la même raison je ne peux lui non plus nommer. Justine B. est aujourd'hui défunte, ce qui repose ses enfants, car elle fut une aïeule usante. Sa hargne était infatigable. Les éclats de sa voix humiliaient les clairons, sa langue était aussi pointue qu'une canine de renarde mais sa parole était parfois d'une déroutante subtilité. Peu de temps avant sa mort, alors qu'elle entrait dans sa quatre-vingt-dix-septième année, elle a exigé que son corps hors d'usage uniquement vêtu de ses poils de pubis fût enfoui à même la terre au pied du pommier solitaire qui ombrageait son potager. Sa famille en fut accablée. A l'instant de son trépas, j'ai osé lui demander d'où lui était venu un désir aussi ascétique. J'ai vu alors luire son œil. Elle m'a saisi le bras et m'a dit à voix basse que la pensée de cette union avec l'humus de son jardin lui paraissait d'un érotisme insurpassable. J'en suis resté le regard fixe et la mâchoire descendue, submergé par le sentiment que cette vieille, sans que personne n'en sache rien, avait probablement goûté à l'eau de la source des sources que cherchent depuis tant de siècles les assoiffés perpétuels.

C'est à elle que je dois l'extravagante et véridique histoire qu'il me faut maintenant écrire. Elle a voulu qu'elle soit à vous, ses sœurs humaines, expressément dédiée. Pourquoi ? Parce que vous seules, paraît-il, savez goûter les vérités fécondes, celles qui émeuvent les ventres autant qu'elles font des cœurs de secrètes matrices, et qui sans doute pour cela effraient l'intelligence des hommes. Je me souviens précisément de ce soir d'automne où Justine m'a confié ce surprenant désir. Elle avait ce ton de corneille lasse qui lui venait à ses rares instants d'abandon. Il pleuvait, et tandis qu'elle essuyait la buée du carreau j'ai osé lui objecter que si je répétais aux femmes ce qu'elle venait de m'apprendre elles en tireraient peut-être une gloire exagérée. Elle a fait alors un geste obscène qui signifiait son indifférence à ce genre de conséquences et m'a rudement ordonné de noter en lettres rouges ce qu'elle venait de me dire dans le cahier que je tenais serré sur mes genoux. J'ai obéi en maugréant. Son œil n'a pas quitté ma plume. Elle a posément approuvé chaque ligne à petits coups de front, puis, sans autrement argumenter, elle s'est mise à me conter cette aventure qui conduisit autrefois quelques pauvres gens non point sur le chemin de la perfection, car la perfection détruit qui l'approche, mais sur celui de cette imprévisible nourrice que l'on appelle, faute de mot plus ample, la vie.

Sachez donc que soufflait ce jour de printemps neuf un vent échevelant. Il sifflait aux lucarnes fermées du village, ronflait aux fentes des charpentes, hurlait aux brèches des enclos et des murets au bord des champs, ébouriffait les arbres dans les rares vergers à l'abri des

10

murailles. Son vacarme était si joyeux et débridé que les femmes trottant au puits, le front bas dans des tourbillons de paille et de crottin, entendaient à peine leurs longs cris d'hirondelles quand les jupons troussés offraient leurs hauts de cuisses à la fraîcheur passante. Les maisons enroulées autour du vieux clocher n'en voulaient rien savoir. Elles demeuraient obstinément rechignées sous les toits enfoncés au ras des portes closes. On appelait ce lieu Ramonicheux-le-Bas. Le Haut était à mi-pente du mont mais aucun cavalier n'en dévalait plus le sentier depuis que le seigneur du pays, sa troupe et sa famille s'en étaient allés faire moisson de vérole en Terre sainte. Ramonicheux-le- Bas résistait donc au déracinement avec la bravoure têtue des fronts durs et des fortes cuisses. D'ordinaire ses ruelles puaient aussi puissamment que les latrines du couvent des Boucs. Ce jour-là, par la grâce bondissante de la bourrasque, elles fleuraient bon l'humus et le bois pourrissant.

L'angélus de midi sonna. Le tintement de la cloche s'envola vers les pelotes de brume qui s'accrochaient aux arbres de la forêt proche. Les roulements des tambours célestes résonnaient dans l'ombre de l'église où n'étaient çà et là que des gouttières clapotantes, un curé bronchitique agrippé à la corde qui tombait des hauteurs obscures, et des rats qu'il chassait à coups brefs de sandale. Dehors, un lambeau de chemise arraché aux branches d'un orme s'en fut volant au ras des cheminées, se prit au bec d'un coq de girouette et ouvrit ses misères d'ailes comme pour s'efforcer de s'élancer plus loin. Ce fut à cet instant que l'imprévu fit irruption dans ce bas-fond du monde. Un lumineux vivant, à grands envols de bras, rejeta de droite et de gauche les pans mouillés de la guenille et se déploya dans l'air gris.

11

De l'autre côté de la rue la vieille Prude était derrière sa lucarne. Elle soufflait entre les battants des volets pour faire des petits au vent. Elle seule vit l'ange sur le toit de Pico, le menuisier lettré. Prude était sourde et muette. Toute sa vie était dans son regard. Elle voyait le ténu, l'impalpable, la lumière alentour des êtres. Elle ne se savait pas hors du commun des gens, elle croyait que chacun distinguait tout comme elle. En vérité un tel don n'est pas chose rare, chacun pourrait, s'il le voulait, voir nos voisins immatériels, mais on ne pense pas à ouvrir l'œil qu'il faut. Comme le dit saint Gargas des Sauzils dans sa *Brève Missive au Bûcheron Pensif* : « Si tu veux découvrir la vie dans sa plaisante nudité, oublie ce que le monde estime inoubliable et demeure attentif à ce qu'il croit léger. Tu m'en diras des nouvelles. » D'ordinaire, ces sortes de maximes sont juste assez sonnantes pour faire autorité. Leur unique vertu est de clore le bec des étudiants timides. Celle-là énonce une vérité pratique, ce qui la rend peu maniable au regard des lettrés, mais appétissante à celui des gourmands. Car le fait est que cette vieille-là avait un jour fermé les yeux sur ce que les savants prétendent irréfutable et s'était trouvée aussitôt familière des libres merveilles qui peuplent à notre insu l'air que nous respirons. Un ange donc, sur la crête du toit du menuisier Pico, se dépêtrait malaisément d'un lambeau de chemise. Prude ouvrit aussi grand la bouche que les yeux et rit à sa façon de louve. Sa fille qui touillait la soupe sous le couvercle du chaudron leva le front sur son épaule. La vieille désigna le linge, rit encore, battit des mains. « Un chiffon », se dit l'autre. Elle haussa les épaules.

C'était pourtant un ange, indiscutablement, bien que dépourvu de ces ailes démesurées qui encombrent, on ne sait pourquoi, les murailles des cathédrales. On ne lui voyait pas d'habit, et pourtant il n'était pas nu. Au regard aiguisé de Prude il parut plus garçon que fille, ce qui l'émut beaucoup, car si sa vie était à l'âge austère, les élans de son cœur ignoraient tout des rides et du blanc des sourcils. Au moindre souffle ils verdoyaient, et son jardin secret lui montait tout aux yeux. Cet être-là qu'elle observait était à l'évidence plus gracieux que les feuilles virevoltantes dans l'air nuageux, mais ses épaules et sa taille semblaient d'une prometteuse vigueur, sa figure était d'un écuyer de bonne famille et son visage avait l'air heureusement surpris malgré l'embarras de son corps. Bref, quoique transparent, il était si beau que la vieille laissa aller entre ses lèvres fanées un doux gémissement d'action de grâces qui se perdit en sifflement émoustillé. L'ange n'entendit rien de cet appel timide. Il se dressa, rendit à son errance la guenille qui s'obstinait à flotter autour de sa jambe, observa un instant le ciel, parut chercher la trappe par laquelle il était tombé, puis il s'agenouilla, colla l'oreille au toit comme font les chasseurs sauvages et s'enfonça au travers des ardoises moussues que là tempête faisait çà et là trembloter. Prude, le voyant ainsi disparaître, lui fit un signe d'au revoir et sans attendre le moindre salut en retour se remit à son jeu d'enfantement du vent entre ses volets presque clos.

Le logis où l'ange tomba était de plafond bas, ombreux, et pour son odorat subtil d'un catastrophique fumet de chou cent fois recuit mêlé de crasse humaine. Un couple l'occupait. Dans la lueur dorée d'une grosse chandelle un homme au nez pointu se tenait attablé devant un livre ouvert. C'était Pico, le menuisier. En vérité il ne menuisait plus depuis qu'il s'était convaincu qu'il lui fallait apprendre à lire et à écrire pour grandir quelque peu en savoir et prestige aux yeux de son épouse qui depuis trop longtemps l'accablait de regards plongeants. Il emplissait donc ses journées à bredouiller sa sainte Bible et copier dans un cahier les sentences qu'il jugeait dignes d'être répétées en public. L'innocent visiteur risqua un pas vers lui, esquissa un geste discret pour attirer son attention. L'autre n'en vit pas même une ombre. Il resta le dos rond sur ses feuillets cornés, éternua, se moucha dans ses doigts, s'essuya contre sa tunique et la langue dehors se remit à suivre de l'ongle les lignes sur le parchemin.

L'ange alors se tourna vers l'opulente femme qui se tenait assise auprès du feu mourant. Elle fardait son visage flasque en se mirant abondamment dans le cul d'une casserole, mais son occupation ne tempérait en rien l'ardeur d'une fureur qui paraissait ancienne autant qu'inépuisable. Elle marmonna entre ses lèvres une copieuse litanie de récriminations sournoises qui se perdit dans son jabot, l'interrompit un court moment pour tirer un trait de charbon sur son bas de front sans sourcils, la bouche ouverte pour mieux voir, et, satisfaite, poursuivit :

– Bref, je suis à cause de toi aussi malheureuse qu'un os. Je te conseille de noter ce qu'en saine franchise il faut que je te dise, et que j'ai par ailleurs inscrit dans mon cahier caché sous ma pile de draps, car je suis fille de notaire et je tiens à ce que les faits soient entre toi et moi clairement établis : Marguerite Pico, moi-même, après méditation et longue expérience, en est venue ce jour à la conclusion grave que son époux, toi-même, ou qui se prétend tel, n'était guère plus respectable, comestible et digne d'amour qu'une pomme souillée de fiente de pigeon.

Sa diatribe lui plut car elle se rengorgea et dit encore avec un calme neuf :

– Ce n'est pas un reproche, ami. Ce n'est qu'une constatation.

Elle se tut un instant pour noircir son œil gauche.

– « *Il était une fois un homme appelé Job* », murmura lentement Pico, déchiffrant son feuillet de Bible sans se laisser déconcerter. « *Cet homme était intègre et droit. Il craignait Dieu et s'écartait du mal.* »

Il leva le nez, fronça les sourcils.

– Intègre et droit, dit-il. Oh, j'ai grand-peur pour lui. Un tel début n'est pas de bon augure.

Il soupira, rapprocha la chandelle. Sa femme d'un revers de bras lissa son miroir de cuisine, puis battit ses joues de gras blanc, et haussant ses seins prodigieux pour mieux considérer l'ensemble, la tête penchée de côté :

– Si je t'ai épousé, mon cher, c'est que (naïve) j'espérais te voir à la menuiserie aussi ardent et empressé à remplir notre bas de laine que tu l'étais jadis au lit à réjouir mon entrejambe. Ayons le courage d'en rire. Tu es resté fainéant où tu l'étais déjà et tu l'es devenu où tu ne l'étais pas. Ce n'est pas un reproche, ami.

– Ce n'est qu'une constatation, chantonna mollement Pico. « *Un jour que les fils de Dieu venaient devant Yahvé, Satan vint aussi parmi eux.* » J'avais raison, le malheur est sur lui.

Marguerite Pico ne parut point l'entendre. Elle se rougit abondamment la lippe haute après la basse, se les froissa en cul-de-poule et reprit ainsi la parole sans cesser de se contempler, de près, de loin et de profil, dans son ustensile à reflets :

– Tout pourrait pourtant être simple si tu savais un tant soit peu t'empresser tendrement auprès d'une compagne à l'âme romanesque, et si tu te montrais évidemment capable de satisfaire ses désirs. Hélas, je le redis, tu as su autrefois, mais tu n'es jamais parvenu à te hisser plus haut que la bouche d'en bas, et même à cette humble altitude tu n'as pas su rester longtemps. Tu es trop sec du cœur, trop étroit de l'esprit, trop fluet du pipeau, mon minuscule ami, et c'est rédhibitoire.

Mon père m'avait prévenue. « C'est un bâtard », me disait-il. Que ne l'ai-je écouté ? Comment pouvais-je imaginer que tu bafouerais à ce point mes besoins les plus légitimes ? Que fallait-il à mon bonheur ? Des colchiques devant la porte, un coffre avec, autour, des sonneries d'alarme, des colifichets poétiques, des servantes adolescentes, des colliers, des pur-sang, que sais-je ? M'as-tu offert le moindre de ces biens ? Non. Je ne vois çà et là que des tabourets qui claudiquent, un feu qui fume, une soupe qui bout et un âne bigleux occupé nuit et jour à brouter ses feuillets de parchemin mystique. Heureusement, j'ai mon docteur.

— Pardonnez-moi, dit l'ange.

Il était jusqu'alors demeuré quasiment où l'avait déposé son poids de duvet d'oie, debout sur la terre battue, flottant imperceptiblement entre Pico et son épouse, risquant ses mains craintives dans les aigres bouffées de rogne conjugale qui lui passaient devant comme un ruisseau de brume, et découvrant autour de lui avec une amitié vaguement amusée le recoin à balai, les chapelets d'oignons pendus aux poutres noires, les fagots près de l'âtre, le volet qui battait contre le mur, dehors. Il se croyait visible au regard de ces gens que sa transparente présence n'occupait d'aucune façon, et s'il ne s'était pas fâché de leur totale indifférence, c'était qu'il ne connaissait pas l'envie d'être considéré, et qu'il était d'une patience d'ange. Il attendit donc sans souci l'essoufflement de Marguerite, leva timidement un doigt désincarné à hauteur de son œil joyeux comme un soleil et tenta d'expliquer sa venue en ce monde.

— Je me baignais, dit-il, dans le courant du vent.

Il mima un instant une nage vivace puis il poursuivit, jubilant :

— Plus que tout j'aime ressentir le ruissellement de l'air frais. C'est une volupté à laquelle vos âmes, à ce qu'il m'a semblé, sont elles aussi sensibles. Parfois, lorsque je les traverse, je les sens qui s'épanouissent et prennent ce même plaisir. D'ordinaire je vais, je plonge jusqu'à vous, je joue avec vos ombres, vos éclats de lumière, et je m'en retourne à ma rive. Cette fois, je ne sais comment un tourbillon m'a emporté, et me voilà tombé dans l'épaisseur des choses.

Il ouvrit largement les bras, partit d'un rire insouciant. Pico lisait toujours, son épouse rangeait ses fards et ses onguents dans un coffret de bois. Quand ce fut fait elle vint à la persienne et se mit à peigner sa chevelure lourde en regardant passer des oiseaux dans le ciel. Elle se pencha soudain, examina, le nez froncé, le bout de la ruelle. Elle dit, négligemment :

– Je crois bien qu'une maison brûle.

L'ange, déconcerté, contempla l'un et l'autre et se découvrit à l'instant aussi imperceptible que l'était à lui-même Dieu.

Il se sentit aussitôt pris d'un émerveillement si vif qu'il oublia de respirer. De fait, les anges ne sont pas aussi ombrageux que nous sommes. Ils savent, certes, s'émouvoir, mais ils ne craignent en rien l'imprévu, quel qu'il soit. Ils ne sont pas de ceux qui espèrent sans cesse entendre la fortune frapper à leur volet. Ils laissent tout ouvert dans leur demeure intime afin qu'elle s'y sente chez elle s'il lui plaît de s'y installer. « Moi, invisible ! se dit-il. Voilà qui est époustouflant. Je suis donc libre, grâce à Dieu, libre de toute politesse, libre de jouer aux miracles, aux dés sans chiffres, aux devinettes, libre d'entrer dans les esprits et d'inspirer des pensées neuves, libre de faire le prêcheur ou le pitre de basse-cour, libre de me mêler de tout et de dire mon sentiment sans avoir à veiller aux vexations possibles, puisque personne ne m'entend. Le vent m'a poussé en vacances. A lui mille mercis, à moi l'heureuse découverte du monde et de l'humanité. J'aurai beaucoup à raconter quand je reviendrai chez les anges ! » Il entendit frapper à la porte trois coups puissamment assénés. Le temps d'un souffle, il fut dehors.

Un homme contre le battant s'échinait à cogner du poing et du genou. La bourrasque s'était lassée. L'air n'était plus guère agité que de tremblotements maussades. Des gens accouraient de partout. Des femmes jacassaient, et se mangeaient les doigts en contemplant au loin une lourde fumée qui se mélangeait aux nuages. L'ange ému, affairé, voleta parmi eux, hésita à courir au feu, s'en revint vers l'homme accablé au seuil du menuisier lettré. Il gémissait, le dos voûté. Il avait le regard des gens qui ont perdu la clé du monde. Pico ouvrit enfin.

— Chaumet, dit-il, mon bon ami. J'ai quelques jolis mots à te lire. Entre donc.

L'autre le prit au col, l'attira vivement sur le pas de la porte et morveux, bégayant, désignant l'incendie au fond de la ruelle :

— Misère des yeux de mon père, dit-il dans un afflux de pleurs, ma maison, vois, elle est en flammes !

Marguerite Pico, du fond de son logis :

— Je te l'avais bien dit, mais tu n'écoutes rien.

— Oh Job, priez pour nous ! brailla Pico soudain en larmes, dans un élan compatissant.

Il prit son ami dans ses bras.

Prude sortit devant sa porte, contempla çà et là les gens, aperçut l'ange, lui sourit. Il se tenait au coin d'un portail d'écurie à observer quelques enfants qui couraient chez l'un et chez l'autre annoncer le malheur à grands gestes et grand bruit. En hâte elle trotta jusqu'à lui, le salua du bout des doigts. Il en fut grandement surpris.

– Tu me vois ? lui dit-il.

Elle fit « oui » de la tête.

– Es-tu donc une sœur d'en haut ?

Il posa les mains sur ses joues. Il dit encore :

– Pourtant non. Tu es vêtue de peau et je te sens des os. Sais-tu parler, dis-moi ?

Elle grogna et gémit.

– Muette de la bouche et point sourde du cœur. Tu es ainsi, n'est-ce pas ?

Elle mit un doigt à son oreille, secoua le front d'est en ouest, puis elle désigna sa poitrine et approuva du nord au sud. Après quoi elle le regarda, l'air tant énamouré qu'il recula d'un pas, tout à coup alerté, craignant un bond gênant à son cou impalpable. Elle resta pourtant à distance honnête, joignit les mains, ferma les yeux, plissa ses lèvres et les tendit en quête d'un baiser d'amant. Les anges ont un trou dans l'esprit, ils ne savent pas dire non. C'est ce qui les fait si légers. Il la prit aux épaules et l'attira vers lui au risque d'égarer ses doigts évanescents au travers de ses vêtements, puis il inspira longuement pour se donner force et courage, posa la bouche sur la sienne et lui souffla dedans un peu de l'air d'en haut. Elle en jouit par tous les poils et faillit s'en évanouir. Elle se trouvait au bord de l'indécence franche quand sa fille, qui la cherchait, inquiète, l'aperçut. Elle vint à elle, les bras hauts, la tira par la manche.

– Voyez-moi cette pie qui fait des simagrées de pucelle en chaleur à un mur d'écurie ! Aux yeux de tous, pendant que le feu décarcasse la maison du pauvre Chaumet ! Jésus Marie, j'ai honte. Pardonnez-lui, Seigneur. Rentre, dénaturée !

Elle l'entraîna par la main droite. La gauche lui resta derrière à dire au revoir à l'air gris.

On s'agitait abondamment devant la maison de Pico d'où l'on pouvait voir sans obstacle le fond de ruelle pavée qui tombait au bord du torrent. Là s'élevaient fumées et flammes. Il n'y avait plus rien à sauver. Les gens ne savaient trop que faire. L'événement les encombrait. Ils ne pouvaient donc que prier, se plaindre à Dieu et sa Marie, maudire le hasard, le diable, bref pousser le chariot du temps dans cette fabrique à poussière que l'on appelle le passé. Tandis qu'ils s'occupaient ainsi, le curé enfin accouru fendit l'assemblée des témoins avec l'autorité exaltée des prophètes, ne fit halte qu'au premier rang, considéra l'embrasement, s'offrit, les bras ouverts, au monde et ses banlieues. On craignit une homélie longue, un évangile improvisé, peut-être un chant d'apocalypse.

— Trop tard, dit-il.

Et ce fut tout.

— Le fait est que ça brûle bien, grogna Raynaud, le forgeron, énormément planté au milieu de la rue.

Il croisa ses gros bras sur son poitrail bombé, fit une moue de connaisseur. Son constat, quoique simple et peu roboratif, provoqua un regain sensible d'émotion. Des femmes tombant à genoux ordonnèrent aux nuées d'envoyer une averse, un enfant, l'air méditatif, s'assit à côté d'une bouse et se mit à planter des bouts de bois dedans, un vieux désignant les fumées dit qu'au siècle passé cela n'arrivait pas, le meunier, un œil clos et l'autre à peine ouvert, affirma que le vent allait bientôt faiblir, trois jeunes turbulents s'en allèrent rôder au bord de l'incendie. On leur cria prudence, quelques mères effrayées coururent à leur rencontre. Ils revinrent bientôt, essoufflés et suants, donnèrent gravement des nouvelles du front.

— Le toit est effondré, il fait chaud, dirent-ils. On pourrait cuire un cent d'œufs frais sur les rochers des alentours.

Chaumet pleurait sur le col de Pico. Son ami lui flatta longuement les cheveux puis enfin l'attira chez lui.

Les autres, soulagés de l'encombrant souci d'avoir à s'occuper d'un nouveau sans-abri, s'attardèrent un moment sous les nuages bas pour maudire un bon dernier coup la cruauté du Ciel et la négligence des hommes, puis ils s'en retournèrent aux travaux quotidiens.

A peine la porte fermée :

– Je n'avais pas assez d'un idiot de village, eh bien, m'en voilà deux, grinça Marguerite Pico, les poings enfoncés dans ses flancs. N'est-ce pas au curé de s'occuper des pauvres ?

Pico courba le dos puis haussa une épaule et dit à son ami Chaumet que sa femme était un peu brusque mais qu'elle n'avait pas mauvais fond. L'autre torcha son nez, puis il hocha le front. Il dit :

– Oh, je sais bien.

L'ange s'émut, sourit, vit leur âme simple et fragile. Ce fut à cet instant qu'il se prit d'affection pour ces deux frères d'armes qu'il estima, la larme à l'œil, tant désarmés que désarmants.

Chaumet s'assit devant la Bible, s'accouda et enfouit la tête dans ses mains. Son ami s'empressa de retirer le livre, craignant qu'il ne pleure dessus, puis il s'en fut à l'étagère, prit la fiole d'alcool de figue et deux gobelets d'olivier, se posa face au sinistré et servit amplement à boire. Ils avalèrent trois lampées. Chaumet se torcha les narines.

– Je revenais du bois, dit-il en hoquetant, enroué par l'alcool. Je me sentais joyeux, je voulais faire un grand ménage. J'attendais pour ce soir la visite de Louise. Seigneur, les mains de Louise ! Des ailes de moineau. Elle pose l'une en haut du ventre et l'autre à peu près aux genoux, puis elle les fait s'unir comme pour la prière à la flûte touffue.

Il remua la tête, laissa errer devant ses yeux une fin de rêve émouvant. Il sourit, dit encore :

– Un délice royal.

Et il se remit à pleurer. L'ange s'assit près de Pico. Il se pencha à son oreille.

– Sa maison a brûlé. Le grand ménage est fait. Tout est net maintenant, rien ne lui pèse plus. Il ne voit pas cela parce que l'effroi l'embrume, mais au fond il est soulagé. Par le saint Mardi-Gras regarde-le, que diable ! La lumière autour de son corps n'est-elle pas belle, fringante ? Qu'il oublie la fumée, et qu'il s'en aille à l'aise où ses souliers voudront ! Dis-lui cela, Pico.

On n'entend presque pas les anges d'ordinaire, et encore faut-il avoir l'oreille fine pour percevoir le sens de ce qu'ils sèment en nous. Cela nous parvient comme un chant aussi lointain que désirable. Il nous fait envie. On écoute. Voilà tous nos sens à l'affût. On s'imagine alors qu'une vérité rare vient de poindre au tréfonds obscur de notre esprit. On se hâte, on s'approche d'elle, on tente de l'apprivoiser. En vérité on l'alourdit. Les mots l'abîment, l'affadissent. On s'obstine, on cherche, on explique. On a tort, il faudrait chanter. Alors on met des phrases au monde, des à-peu-près, faute de mieux, mais la musique a fui comme un parfum qui passe.

Pico, donc, perçut quelque chose. Cela fut à peu près comme un trait de soleil dans un trou de nuée. Il parut réfléchir avec intensité. Chaumet le vit tant absorbé qu'il en espéra un miracle.

– Frère, dit enfin le lettré, nous avons grandi côte à côte, tourmenté le même curé, volé les mêmes pommes vertes dans le verger de Théraza et nous avons pleuré dans les mêmes mouchoirs les jours où l'on saignait nos bien-aimés cochons. Qu'avons-nous connu de la vie ? Le chaud et le froid des saisons, le poids des jours qui s'accumulent, les vieux chênes tordus de la forêt des Fanges, toi bûcheron, moi menuisier, le plaisir avec quelques femmes.

Il se tut un moment, puis chassant devant lui une mouche fantôme :

— Il me semblait que j'avais mieux à dire. C'était beau, mais j'ai oublié.

L'ange se tourna vers Chaumet.

— Tu n'as plus rien. Sens-toi léger.

Le chant subtil de ces paroles émut l'âme du sans-abri car il laissa tomber sombrement :

— Je suis lourd.

Il fit rouler entre ses paumes le gobelet à demi plein. Il soupira. Il dit encore :

— Toi au moins, grâce à Dieu, tu n'as pas à te plaindre. Tu as femme et maison, bonne eau-de-vie de figue et métier sans souci. Comment diable as-tu fait pour que le sort t'épargne ?

Pico lui prit les mains.

— Mon frère, lui dit-il, tu as des dons précieux. Tu es fort, je suis maigre et d'esprit plutôt lent. Ton sang est vif, ta Louise est une bonne fille, j'étudie comme un bœuf au champ, sans espoir d'événement frais. Je suis comme un chien à la niche, et toi comme un loup dans le bois.

Comme ils se contemplaient avec une affection mi-rire mi-chagrin :

— Mon docteur ! gazouilla Marguerite Pico qui se tenait obstinément la joue collée à la persienne.

Elle ébouriffa ses cheveux et trotta prestement au seuil en fredonnant faux un chant gai. Elle ouvrit la porte et les bras. Un petit homme en coup de vent lui passa sous l'épaule droite.

— Amie, qu'apprends-je à l'instant même ? dit-il en

23

ôtant son chapeau. Chaumet le bûcheron a flambé comme un rat, ce matin, dans sa turne.

Et découvrant le mort à table :

— Chaumet ! Oh le farceur ! Même pas souffrant. C'est terrible. Pardon, j'en ai le cœur parti. Tenez serré sur vous ce précepte romain, il est de bon conseil : « N'écoutez pas les vents qui passent, ils ne soufflent que menteries. » Allons, vous pouvez être fier, car je suis satisfait de vous.

Il était aisé de parole et pétulant par tous les bouts, comme le sont souvent les gens de basse taille qui se piquent de grand savoir et de nobles fréquentations. Le seigneur du pays, dont il avait soigné longtemps les plaies et bosses, lui avait confié, le temps de sa croisade en sainte Palestine, le soin des jardins du château. Il savait en latin le nom et les vertus des plantes curatives, possédait quatre bistouris volés sur un marché persan et l'évêque d'Alet-sur-Aude l'aimait d'amour platonicien, ce qui faisait de lui le plus indiscuté des docteurs du pays. Il se hissa sur la pointe des pieds et prit Marguerite au menton.

— Et vous, ma chère enfant ? Oh, je vous sens languide. Grimpons à votre lit, que j'ausculte vos sens.

Il l'entraîna vers l'escalier.

Quand les talons de leurs souliers eurent quitté le haut des marches :

— C'est ainsi deux fois la semaine, dit Pico, le front soucieux. J'en suis humilié, mais je n'en souffre guère. Elle me laisse étudier en paix.

— Misère de mes yeux ! lui répondit Chaumet, tout à coup fulminant. Veux-tu me dire qu'il la baise, là, sous ton toit, deux jours sur sept ? Par les dents gâtées du bon Dieu, qu'attends-tu pour jeter dehors ces fornicateurs maléfiques ?

Ce fut lui, cette fois, qui déboucha la fiole.

– Impossible, mon bon, je ne suis pas chez moi. La maison fut donnée par son père à ma femme. Je suis en vérité aussi pauvre qu'un mort.

– Buvez, buvez, dit l'ange, et quand vous serez saouls vous m'entendrez peut-être. Hâtez-vous, mille dieux, nous avons tant à vivre !

Il connaissait l'effet de l'essence de figue. Il avait goûté son parfum.

– Bois, dit Chaumet.

Ils burent. Le lit, en haut, grinça. On perçut un bruit d'ours s'empiffrant de groseilles dans un buisson d'oiseaux. Quelques grains de poussière pâle tombèrent dans les gobelets. Pico regarda le plafond.

– Mon frère, dit Chaumet, j'ai mal. Je ne peux même pas te prendre par la main et t'offrir l'hospitalité.

Et poussant un soupir à nouveau gémissant :

– Dieu nous étrille rudement. A-t-il contre nous une dent ? Veut-il éprouver notre foi ? Hélas, la mienne est famélique.

L'ange à plat ventre sur la table se délectait, les yeux mi-clos, à flairer la fiole au goulot. Il se redressa sur le coude.

– Hé, que me parlez-vous d'épreuve ? ronchonna-t-il, l'air offusqué.

Il posa les mains sur les nuques et parla fermement ainsi entre les deux fronts accablés :

– Écoutez-moi bien, mes frérots. Je tiens ce que je vais vous dire de source proche du Haut Lieu. Quand Jésus s'en fut aux enfers où croupissaient les âmes mortes il les assembla toutes et dit : « Suivez-moi donc, le ciel est mon jardin, je veux vous y conduire. » Les simples, les fous, les brigands aussitôt se levèrent et mirent leurs pas dans les siens sans rien lui demander, ni s'il pleuvait dehors, ni l'état du chemin, ni le prix des auberges. Mais les vertueux et les saints, un œil fermé et l'autre ouvert, se prirent la barbe au menton. « Le salut éternel, se ricanèrent-ils, même pour les fainéants, les escrocs, les ivrognes ? Méfiance, mes frères ! Assurément Dieu veut éprouver la vertu des meilleurs de ses fils. Nous en sommes. Souffrons. » Ils se tapèrent dans la main, tournèrent le dos au Sauveur et se rassirent tous dans leurs fagots d'épines. Ils y sont encore aujourd'hui, et sans doute ces fous se croient-ils héroïques, alors qu'ils sont les seuls, les derniers des damnés. M'avez-vous compris ? Si Dieu est, l'imaginez-vous malveillant au point de semer votre route de pièges à double ou triple fond ? Levez-vous, fuyez ce village. La vie est partout où l'on va. Aimez-la, elle vous aimera.

Une litanie galopante d'appels et de halètements traversa le plancher d'en haut. L'ange avait parlé fort aux oreilles flétries. Sans doute lui aussi était-il un peu ivre. Pico avait tout entendu de son discours ravigotant. Il crut à une idée germée comme au printemps dans son jardin secret. Il dit :

— Je sens du neuf.

Il joignit le pouce et l'index devant son bout de nez pointu comme pour tenir là, captif, un parfum rare. Il dit, le souffle lent :

— Chaumet, je sens que rien ne m'oblige au chagrin, que je pourrais vivre joyeux, joyeux comme sont les enfants, joyeux, simplement, sans raison.

Il resta un instant le souffle suspendu. L'autre le contempla, béat, fasciné par les mots à naître.

— Je pose mes fardeaux. Qu'ils pourrissent tout seuls, dit encore Pico. Si je veux que rien ne m'accable, mon dos se redresse tout seul. Les épreuves ? Je ris. Foutaises !

Une lueur vint aux yeux de Chaumet.

— Moi aussi, dit-il, sacredieu, moi aussi je me sens comme dans une gangue. Attends, mon coquin, que je goûte. Je ne me crois plus engangué, et, de fait, je ne le suis plus. Ma maison a brûlé. La vie va son chemin. Buvons, que je distingue mieux.

L'autre emplit les deux gobelets. L'ange était assis sur la Bible. Il se prit à rire gaiement.

— Sentez, goûtez, dit-il. Plus clair, plus vif, plus fort, sans crainte et de bon cœur, nom d'un archange rouge !

Il se leva, ouvrit les bras comme font les chefs de chorale, parut entendre naître un chant, l'écouta un instant, l'œil fixe, puis se remit à brasser l'air pour l'aider à se déployer.

Alors Pico voulut se dresser hautement. L'effort le fit roter. Les jambes lui manquèrent. Il saisit le bord de la table, et se tenant ainsi, semblable à un taureau ruminant un orage :

— Sais-tu bien, mon Chaumet, ce qui nous force à vivre comme des pauvres sous la pluie ? Je sais, moi, je découvre. J'étais aveugle. Enfin je vois. La peur, elle seule, frérot, la peur à l'haleine puante, la peur et ses finasseries de vieille putain au cul lourd, la peur qui fait de toi un mendiant en hiver au moindre cri d'oiseau dans une église vide.

L'ange embrassa si fort l'orateur vacillant qu'il lui passa tout au travers. Il se retrouva à genoux, riant à perdre souffle et sens contre la marmite de soupe qui bouillonnait sur les tisons. L'autre reprit avec une vigueur gourmande :

— Regarde-moi, Chaumet. La peur, je m'en défais. Je m'en lave et m'en déshabille. Je la dépose. Je l'écrase. Je la foule à grands coups d'orteils. Je l'émiette, je la dépiaute. Et maintenant, je me redresse.

Il tenta, en effet, partit à la renverse, se reprit à son bord de table, leva son vaste front suant.

— Je te parle, Seigneur, brailla-t-il au plafond, et je te le dis sans trembler : va donc, je ne te craindrai plus. A dater de ce jour fumant, je me soucie de tes procès comme d'une figue véreuse. Jouons ensemble, soit. Mais quant à m'effrayer de ton index brandi au moindre gargouillis dans mon ventre, bernique ! Et je te parle aussi, ma mort. Viens là. Écoute bien. Désormais, cherche un autre esclave. Marche avec moi si tu le veux mais derrière, à dix pas, car tu es maintenant mon ânesse fidèle, rien d'autre que la bête noire qui me portera sur son dos quand il faudra franchir le gué de la rivière.

Il but. L'ange riait si fort que l'on faillit l'entendre. Pico prit un nouvel élan et lança son poing dans le vide.

– Et toi, Ramonicheux-le-Bas, je t'informe que je te chasse à jamais de ma vie future. Hors de ma vie la soupe aux choux et les cercueils à menuiser. Hors de ma vie le moine collecteur de dîmes du couvent de Luc-sur-Orbieu qui chaque fois qu'il vient me rend pareil à lui, pingre, roublard, méfiant, hypocrite, moi, innocent vivant qui aime lire et boire. Hors de ma vie ce pète-sec lubrique qui deux fois la semaine envahit mon édredon rouge et pinaille ma Marguerite.

Il laissa un instant errer au-dessus de son crâne ras une main vaguement volante. Il ajouta, l'air négligent :

– De fait, je ne sais pas pourquoi j'use avec cette péronnelle de ce possessif familier. Je hais Marguerite Pico.

– Alors là, haleta l'épouse au-dessus des poutres enfumées, alors là c'est oh oui, oh le fou, le brigand, qu'est-ce qu'il me fait le monstre, oh Seigneur je jouis.

Un puissant grondement s'accorda tout soudain à ces balbutiements. Pico n'en voulut rien entendre. Il emboucha le goulot de la fiole, la vida, la posa dans l'air. Elle explosa près de son pied dans un joyeux fracas de tessons délivrés.

– Mais plus que tout je hais ces murs, rugit-il, moulinant des bras. J'y suis comme un insecte au milieu d'un caillou. Pourtant je suis vivant, mille millions de guêpes ! Je peux encore m'envoler ! Regarde-moi, Chaumet, regarde !

Il se hissa droit sur la table, tint par miracle sur ses pieds, renversa les deux gobelets, risqua une sandale au bord.

L'ange et son compagnon ensemble le reçurent sur le thorax. Pêle-mêle ils roulèrent sur la terre battue, embrouillant leurs membres et leurs rires. L'ange baisa les joues, les yeux et les cheveux, s'empoissa de sueur, étreignit follement les corps qui se démêlaient à grand-peine.

— Viens, Pico, nous partons, dit Chaumet, rampant sous la table.

— Je te suis, frérot. Attends-moi.

Ils se traînèrent jusqu'au seuil, sortirent, se dressèrent enfin et dévalèrent la ruelle. Ils se couchèrent, à bout de forces, au bord de la maison brûlée. L'ange leur murmura :

— Bonne nuit, mes agneaux.

Il s'en retourna au village.

2

Prude était assise auprès de son feu, à tremper du pain dans sa soupe. Sa fille rêvassait sur le pas de la porte comme elle le faisait tous les soirs à l'heure d'entre chien et loup. L'ange la découvrit ainsi, le chignon contre l'embrasure et les mains croisées sur les reins. A l'instant de franchir le seuil il examina sa figure. Elle contemplait la ruelle pentue, déserte, comme d'habitude. Elle n'y voyait jamais personne, sauf des voisins, de loin en loin, qui s'effaçaient toujours dans quelque abri lointain avant sa porte ouverte. La solitude où elle était ne paraissait pas l'affecter. Elle chantonnait même parfois en regardant distraitement les ombres des passants se mêler à la nuit. En vérité elle s'épuisait à espérer que quelqu'un vienne, un colporteur, un charbonnier, n'importe qui pourvu qu'il arrive de loin, qu'il la regarde, qu'il ait envie de la toucher, mais son corps restait froid comme une maison vide et son âme souffrait d'usure de jour en jour plus résignée. L'ange sentit cela. Il s'en trouva tout envahi de tendresse compatissante. Il murmura :

– Pauvre oubliée.

Il s'agenouilla devant elle, lui prit la taille, l'enlaça, posa le front contre son ventre. Sa jupe sentait fort le foin et la fumée. Il resta un moment ainsi à lui chanter des bontés simples. Elle eut soudain un long frisson, serra son châle entre ses seins. D'un moment elle ne sentit rien que la brise obscure et piquante qui faisait bouger ses habits, puis une lampe s'alluma dans la grotte secrète où les jambes se joignent. La chaleur lui monta partout, jusqu'à la gorge, jusqu'aux joues. Deux larmes emplirent son regard, non point de peine, ni de joie, d'une sorte de bonheur triste. Elle se demanda : « Qu'est-ce que j'ai ? » Elle se répondit : « C'est stupide. » Elle s'essuya les yeux du coin de son tablier. Alors l'ange se redressa. Il voulut lui parler mais il ne sut que dire. Il lui baisa la bouche, il traversa son corps et s'avança dans la maison.

Prude était à la cheminée. Elle poussait une bûche au feu. Elle tourna la tête d'un coup, comme font les bêtes à l'affût. Son cœur lui bondit au visage. Elle s'essuya les mains, en hâte, à son tablier. Il était déjà là, près d'elle. Elle fut aussitôt contre lui, joueuse, du rire partout, caressant l'air autour de lui. Un crépitement d'étincelles jaillit des braises ravivées. Une flamme naquit, s'éleva droitement.

– Vieille mère, dit l'ange, écoute et soucie-toi. Ta fille a grand besoin d'un homme.

Prude croisa les doigts sagement sur son ventre, l'approuva d'un hochement bref, puis à nouveau s'émerveillant elle le fit asseoir sur le banc, se posa à côté de lui, ferma les yeux, voulut l'étreindre, poser la joue au creux du cou. Elle lui passa toute au travers, bascula, les mains en avant, se rassit et se rajusta, la bouche fermée sur le rire qui lui débordait du regard. L'ange lui désigna le seuil.

– Sa vie se perd, dit-il. Elle est comme un ruisseau qui s'épuise au désert. Elle n'a pas de chagrin, pourtant elle désespère.

Prude pencha la tête, elle haussa les épaules. Un sourire contrit lui embruma les yeux. Depuis de trop longs jours elle n'espérait plus voir s'éveiller sa Judith. Il dit encore avec une chaleur nouvelle, le visage soudain tendrement empourpré :

– Ta fille me plaît, bonne mère, du beau feu brûle dans son cœur. Je crois bien que j'ai envie d'elle. Allons, ne fais pas l'offusquée, ton œil me dit que je t'amuse. Hé, nous n'ignorons pas le désir, chez les anges, nous savons jouir, nous aussi. Ta carcasse est usée, tes vacances sont proches, tu connaîtras bientôt nos jeux, nos voluptés. Mais ta pauvre Judith a de longs jours à vivre. Elle a besoin de découvrir la saveur secrète des choses, l'appétit infini des âmes pour la vie.

Prude resta les sourcils hauts à le questionner du regard.

– Aurais-tu oublié comment les femmes apprennent ?

Il lui toucha le ventre, effleura sa poitrine.

– Par ces portes, ma Prude. Oh, comme j'ai plaisir à bénir ces lieux saints ! C'est par là que les femmes aspirent le savoir, le vrai, le nourrissant, celui qui fait grimper la belle sève aux arbres. Elles s'en émeuvent, elles s'en exaltent, elles s'en font des alléluias. Bon sang de Dieu, j'aimerais tant que le désir vienne à ta fille ! J'aimerais que ses sens s'éveillent, que son corps s'émeuve, palpite, que ses yeux découvrent la soif !

Prude fut toute remuée par ces paroles imperceptibles. Elle fronça les sourcils. Son regard répondit que Judith était coléreuse, fragile comme un œuf couvé, qu'elle était de ces êtres à la confiance pâle que le cœur des hommes épouvante et qui sans cesse grincent et ruminent et s'aigrissent de ne savoir l'entrebâiller. Elle dit aussi, le front froissé, qu'elle aimait puissamment sa fille, mais qu'elle ne la supportait plus, tant elle rognait, soir et matin, à propos de tout et de rien. Enfin elle demanda que faire pour son bien. L'ange contempla le plafond, parut y chercher une mouche, puis il sourit, cligna d'un œil.

– Cours, lui dit-il, à la maison brûlée. Fais la folle, il faut qu'elle te suive. Pour le reste, j'ai mon idée. Elle est espiègle. Elle te ressemble.

Il lui prit à deux mains les joues. Prude, à nouveau émerveillée, offrit ses rides à sa caresse. Il murmura contre sa bouche :

– J'étais venu te dire adieu.

– Viens prendre mon âme à la mort, répondit un rire menu.

– Sois bénie, toi qui vois les anges.

– Sois béni de m'être apparu.

Il l'étreignit, baisa sa coiffe.

– Au travail, maintenant, dit-il.

Il se détourna et s'en fut. Elle faillit s'asseoir sur le feu. Il s'envola par la lucarne.

Prude prit son manteau, sortit et s'en alla dans la brise nocturne. Elle vit se perdre au loin une lueur mouvante. C'était l'ange entre terre et ciel.

– Où vas-tu ? lui cria Judith.

Le rire strident de sa mère affola un âne et deux chiens derrière un portail d'écurie.

– Misère de ma vie, veux-tu bien revenir ! Seigneur, elle va pieds nus. Elle est folle ! Elle me tue !

Elle se mit à courir, appelant et râlant, perdit un sabot, le reprit, perdit sa coiffe au vent et la laissa voler. Elle parvint au bord du torrent. L'eau bruissait, les feuillages aussi. Prude était là, les bras ballants, ne sachant plus où se tourner. Sa fille lui vint droit dessus. Elle l'agrippa, le souffle rauque.

– Judith, gémit une voix d'homme.

C'était Pico le menuisier.

On sait que le sommeil des hommes est à nos anges visiteurs ce qu'un jardin est aux enfants. La raison et ses sentinelles ne gardent plus aucun portail. Ils peuvent donc entrer dans les esprits éteints avec leur lampe à rêves et jouer à leur gré. Pico, pelotonné près des cendres fumantes de la maison brûlée, sommeillait pesamment. Tandis que mère et fille dévalaient au galop la ruelle pavée, l'ange s'était aventuré dans les brumes d'alcool de figue qui erraient dans les en-dedans du bonhomme aux ronflements doux et là, d'un geste magistral de chef d'orchestre à l'ouverture, il avait allumé ce songe époustouflant : Judith, en plein midi, nue dans la paille d'une étable, et lui-même, Pico, nu aussi, bandant droit, tous deux bouleversés de désir furibond, doués de mille mains fouilleuses et se disant des mots magnifiquement crus à ventre-que-veux-tu, sans souci des bœufs et des vaches qui leur broutaient le foin dessus.

— Judith, oh toi, c'est toi, balbutia l'endormi.

Ce borborygme terne et de pauvre saveur ne rendait compte en rien du miracle érotique à l'œuvre dans son corps. Il suffit pourtant amplement à émouvoir l'interpellée. Judith abandonna le poignet de sa mère, s'avança à tâtons, la figure tendue pour mieux scruter les ombres. Un buisson lui ôta son châle. Elle s'en laissa défaire sans que ses pas de louve en fussent ralentis. Au coin d'un mur noirci elle trébucha soudain au sabot de Chaumet allongé contre un arbre au feuillage roussi. Elle se pencha sur lui, puis entendit à quelques pas son nom à nouveau prononcé dans un rugissement d'extase. Elle se précipita. Un homme dormait là, couché sur le côté, enlacé à lui-même et caressant sa nuque. Elle tomba à genoux dans l'herbe près de lui. Sa chevelure éparse effleura les yeux clos et la joue de Pico, qu'elle reconnut sans peine.

— Je suis là, lui dit-elle. Ho, Pico, tu m'entends ? Seigneur, que me veut-il ?

L'autre poussa un grognement, lança un bras au cou de la fille courbée, l'attira contre sa poitrine et la serra si fermement qu'elle s'affala contre son corps.

Prude l'avait suivie. Elle se tenait, l'œil fixe, à deux pas de Chaumet, sous le feuillage racorni qui lui tombait sur les cheveux à la moindre bouffée de brise. Un rayon de lune fugace éclaira sa Judith captive de l'enlacement picaldien. A genoux, la bouche perdue dans la toison du poitrail mâle, elle gémissait et suffoquait. Ses mains voletaient dans l'air sombre sans trop savoir où se poser. Pico en saisit une, tenta de l'attirer vers son éruption basse. Elle résista, gronda un reproche inaudible, et le voyant partir en soubresauts farouches lui demanda stupidement à quel organe il avait mal. Il poussa un soupir d'une innocence simple autant que satisfaite. Prude le vit un bref instant tout revêtu de brume bleue. L'ange revint à la nuit fraîche, s'avança vers elle et lui dit en s'ébrouant et défroissant son absence de vêtements :

– Il faut maintenant qu'elle le suive et ne puisse plus le lâcher.

Il resta un moment pensif, puis releva soudain le front. Des voix sonnaient dans la nuit calme. Des laborieux tardifs revenaient au village. Son œil s'illumina d'un éclat si joyeux que la vieille en fut éblouie.

– Va, et ramène-les, lui dit-il vivement. Fais vite, et crie, et pleure !

Elle eut un bref instant l'air de ne plus savoir où se trouvaient ses mains puis poussa un ricanement, l'approuva d'un coup de menton, lança son poing à l'abordage, hissa ses jupons aux genoux et s'en alla dans l'herbe à grandes enjambées.

Elle parvint au chemin devant deux bûcherons au capuchon chargé d'un mont de branches mortes. Une femme était avec eux. Prude hurla pauvrement en fa dièse mineur (elle ne pouvait pas plus), lança les bras au ciel, tira ses cheveux plus haut qu'elle, puis empoignant ces gens sans cesse d'éructer, de geindre et trépigner elle leur désigna l'ombre et la maison brûlée derrière deux fantômes d'arbres. Ils crurent à un accident rare, peut-être à un assassinat. Tous trois lâchèrent leurs fardeaux et suivirent en hâte la vieille, qui trottant en avant et revenant sans cesse agripper leurs habits les amena bientôt devant les enlacés. Judith, prosternée, le cul haut, comme un Arabe à la prière, échevelée, le souffle rauque, paraissait avoir renoncé à reprendre sa bouche bée qui tétait le sein de Pico. Prude, fébrile, se signa, se laboura les joues, se descendit les yeux, tomba dans les bras de la femme et essaya de pleurnicher. Les bûcherons émoustillés se penchèrent d'un même front sur les intéressants ébats des fornicateurs supposés, puis se poussant du coude et ricanant en chœur :

— Dis, c'est Judith, ou je me trompe ?

— Avec Pico, le menuisier.

— Oh la renarde ! Oh la putain !

— Moi qui la croyais cul cousu, propre d'en bas comme un dimanche !

— Avec un homme marié ! glapit la femme en bottant sec les fesses de la fausse amante. Pauvre Prude, j'ai mal pour toi. Relève-toi donc, foutrassière ! Vois-tu pas que ta mère meurt de la honte que tu nous fais ?

Elle avait le sabot puissant. Du coup au bas du dos la face de Judith fit un bond décisif. Sa bouche quitta le sein mâle pour l'herbe humide au bord du corps. Les bras de Pico la perdirent. Elle se dressa, ébouriffée, joues en pleurs et mains éperdues, tenta de renouer les cordons du corsage aux mèches de cheveux et son col pendouillant à son haut de jupon.

— Pardon, ce n'est pas moi, dit-elle. Oh, pardon, il m'a appelée.

Elle gesticula vaguement, ne put expliquer plus avant et donc abandonna sa quête de mots simples pour un sanglot de louve en deuil.

– Que ta figue attire les merles, grinça la femme sous son nez, c'est ton affaire. Alléluia. Mais pas de cul pourri chez nous, c'est contagieux pour la volaille. Fous ton camp, misère de Dieu !

Elle lui cracha dessus, prit sa mère à l'épaule :

– Viens, Prude, laisse-la.

Les deux bûcherons s'attardèrent.

– Ton amoureux s'est endormi. Veux-tu qu'on se mignote un brin ? dit l'un, pelotant seins et croupe.

Elle hurla, recula, courut derrière un arbre.

– Trop tard, elle est usée, grogna son compagnon.

Ils s'en retournèrent au chemin et se rechargèrent l'échine. L'ange apparut auprès de Prude que la femme serrait contre elle comme une vieille veuve au train d'un corbillard.

– Bel ouvrage, dit-il. Ta Judith est sauvée, et voilà ta maison tranquille. Que Dieu me mène encore à toi !

Elle lui tendit la main, il la tendit aussi, et s'en fut à l'arbre roussi.

Pico enfin sorti des limbes s'assit les jambes en éventail et débraillé jusqu'au nombril. Judith, agenouillée à quelques pas de lui, pleurait bruyamment dans ses mains. Il la contempla bouche bée, l'esprit brumeux comme un étang, puis bredouilla, pâteux, les yeux écarquillés :

– Nom d'un chanoine turc, que fais-tu là, Judith ?

– Je meurs, répondit-elle dans un long bramement ponctué de hoquets. Hélas non, je suis morte. Enfin, j'ai comme qui dirait un pied dans le squelette.

Elle avait de ces expressions qui, passé le seuil du village, déconcertaient parfois les gens. Pico se traîna jusqu'à elle et la regardant sous le nez, le cou tendu, à quatre pattes, il demanda :

– Tu es malade ?

L'autre, considérant cette figure offerte, pensa sans

doute en un éclair qu'elle n'aurait peut-être jamais une opportunité plus franche de libérer d'un coup sa rage et son effroi. Sa main sembla lui échapper. Elle gifla la joue sans défense avec l'allant d'un fouet sur le cul d'un cheval. Pico était un homme bon. Il eut un instant d'hébétude, s'ébroua, tenta de penser, et pressentit qu'il y avait là, dans cet acte impromptu, quelque chose à comprendre. Il tint donc les fourmis qui lui venaient aux poings et l'esprit bourdonnant il écouta Judith tout à coup débondée l'accuser puissamment, à grand renfort d'insultes, d'avoir fait de sa vie un bordel à soldats. Il demanda qu'on lui explique. Son regard se perdit au loin à l'évocation de ce nom qu'il avait dit dans son sommeil. Son rêve lui revint par lambeaux émouvants. Il prit les mains de l'affligée, lui balbutia des à-peu-près traversés d'exclamations sourdes. Elle finit contre sa poitrine le récit du drame enduré, puis elle lui sanglota dessus qu'elle n'oserait jamais retourner au village, qu'elle n'y pourrait pas supporter le poids d'une faute fictive, ni souffrir les regards lubriques des mâles mariés ou non, les coups d'épingles des femelles et le harcèlement des chiens. Elle demanda enfin à Dieu pourquoi il l'avait enfoncée dans ce pétrin municipal, elle pourtant obéissante à ses ascétiques désirs. Espérait-elle une réponse ? Apparemment elle n'en eut pas. Alors soudain lasse de tout elle conclut en sainte martyre qu'il ne lui restait plus qu'à fuir et mendier son pain aux portes, ou se faire vraiment putain itinérante, puisque c'était cela que l'on exigeait d'elle, et laisser mourir de chagrin sa pauvre mère abandonnée sans aucun mot de réconfort.

– Elle est sourde, grogna Pico.

Il cherchait depuis un moment comment répondre utilement au flot de pleurs et jérémiades que Judith déversait sur son épaule gauche. Ce constat de simple bon sens à peine tombé de sa bouche, il pensa que la malheureuse espérait sans doute de lui une consolation autrement consistante. Il fouilla ses recoins pensifs. Il n'y découvrit rien qui vaille. Il dit, faute de mieux :

— Allons, tu dramatises.

De fait, c'était aussi ce que l'ange pensait. Il avait écouté geindre sa protégée, assis contre l'arbre roussi où Chaumet savourait un reste de sommeil après quelques sursauts ronflants au plus fort des bruits alentour. « Qu'ai-je donc fait à cette fille ? Du bien, se dit-il, rien de pire, et elle pleure une inondation. Dieu merci, elle ne me voit pas. Elle serait bien capable, hargneuse comme elle est, de me prendre pour un démon. Ces humains sont d'étranges bêtes. On veut jouer, ils croient qu'on les pourchasse. On les éveille, ils crient qu'on leur fait mal. On les ranime, ils grelottent de peur. Les pauvres gens, j'oublie qu'ils pèsent et qu'ils souffrent mille tourments dans leurs broussailles de questions. Ils ne voient pas plus loin que le bout de leur nuit. » Il bâilla, chercha un endroit où se reposer à son aise, choisit comme oreiller les cuisses de Chaumet et s'allongea, rêveur, dans l'herbe.

— Tu viendras avec nous jusqu'au prochain village, dit Pico, un bras pendouillant autour du cou de sa compagne, la main vaguement sur un sein. Tu y trouveras de l'ouvrage, un homme qui t'épousera, qui te fera quelques enfants, et tu redeviendras ce qui te pend au nez : une femme banale.

— Quoi, vous partez ? dit-elle.

— Pour toujours, dès le jour levé.

— Tu abandonnes Marguerite ?

— Vois, dit Pico, elle a brûlé.

La réponse plongea Judith dans un gouffre méditatif. Elle avait de toujours respecté les mystères. Or il s'en trouvait un dans ces simples paroles du menuisier lettré. Elle baissa le front et pria.

A l'aube, elle prétendit qu'elle n'avait pas dormi. Chaumet trouva pourtant ses membres mélangés à ceux de son compère. Elle rougit de se voir surprise aussi tendrement alanguie. On fit au sinistré un récit à deux voix des événements de la nuit. Il les trouva désopilants, ce qui ne plut guère à Judith. Ils s'en furent au torrent se débarbouiller la figure, lancèrent au village endormi quelques adieux fanfaronnants, pets de bouche et gestes obscènes, puis comme le soleil sortait en bonnet rouge de son grand lit de brume ils mirent tous trois sous leurs pas le chemin qui allait vers lui.

A l'heure de midi sur la pente d'un pré ils croisèrent une ferme basse où n'étaient qu'une chèvre, un bouc et une fille sans famille. Elle leur offrit quelques galettes avec des oignons, des olives et une cruche de lait frais. Tandis qu'ils déjeunaient assis contre le puits elle resta debout sur le seuil à les regarder dévorer, puis soudain, sans raison, pour ces gens qui mangeaient, pour le ciel, les oiseaux ou peut-être son seul plaisir, elle se mit à chanter un chant si humble et pur que l'air bleu alentour, les herbes, les monts même en parurent tout ravivés. Pico resta la bouche ouverte, sa nourriture au bout des doigts, Chaumet sourit, béat, et laissa ruisseler le lait aux coins des lèvres, Judith se mit à croire à la beauté du monde et l'ange en eut aux yeux des larmes d'amitié. Quand la fille se tut, tout se tut avec elle, les bêtes, les oiseaux, les plantes, les cailloux, comme en attente émue de réponse céleste, puis Pico la remercia pour cet heureux moment qu'elle leur avait offert. Elle parut ignorer de quoi il lui parlait. Elle resta un instant confuse, se réfugia dans sa maison et poussa la porte sur elle. Elle était comme l'eau des sources qui n'entend pas son propre chant, elle était comme la lumière qui ne sait rien de ses bontés. L'ange tout exalté bondit dans les hauts vents pour leur apprendre l'existence de la miraculeuse enfant et de sa ferme minuscule dont le toit se confondait presque avec les rochers dans le pré. Il aperçut, en bas, Chaumet, Pico, Judith qui reprenaient leur route. Il s'en revint vers eux, sûr que ces êtres-là étaient aimés de Dieu.

Au soir, comme ils sortaient de la forêt des Fanges ils aperçurent au loin un feu de campement. Des ombres lasses autour mangeaient et parlaient fort. Judith, qui redoutait un troupeau de brigands, n'y voulut pas aller. Tandis qu'ils erraient prudemment, de troncs d'arbres en buissons feuillus, un cantique fourbu monta du cercle obscur. Ces gens étaient des pèlerins. Pico aussitôt se dressa, sortit du buisson bas où il était caché et s'avança vers eux. Judith, craintivement, mit sa main dans la sienne. Chaumet lança un fier salut. On offrit aux trois voyageurs une place entre les épaules. Ils étaient là une douzaine, accroupis sous leurs capuchons. Tous venaient du même village, Espéraza, en Languedoc, et cheminaient vers Compostelle. Leur chef était un fort gaillard au torse de tour sarrasine, au nez large, aux yeux broussailleux. Il dit son nom : Truchet, l'articula trois fois en se battant le sein comme pour s'assurer qu'il était bien celui qu'il désignait ainsi, puis présenta sa compagnie. Elle comptait sept hommes et cinq femmes. Chacune d'elles fut nommée avec une affection narquoise. Il prétendit qu'elles lui faisaient plus qu'à tout autre homme confiance pour la simple raison qu'il n'avait aucun goût pour l'abricot fendu qu'elles cachaient sous leurs jupes. Elles rirent derrière leurs mains. Son regard s'attarda sur une brune vive qui sans cesse lançait des bouts de bois au feu. Elle s'appelait Lila. Il la désigna fièrement, puis soudain ramolli, fixant Chaumet dans l'œil :

– Je suis ce que mon prêtre appelle un sodomite. J'aime me frotter aux garçons. Veuille saint Jacques me guérir de ces plaisirs incomparables. Personne ici n'a rien à craindre, j'ai fait vœu de tenir mes sens jusqu'à notre retour chez nous, sauf si quelque diable me tente, auquel cas je succomberai, car Dieu merci, j'ai mes faiblesses.

Judith fit une moue sévère et se raidit, la bouche arquée, pour dire sa réprobation mais préféra, tout compte fait, grogner qu'elle n'avait rien compris aux paroles de ce maroufle.

– L'ennui avec la tentation, dit un maigrichon gris au visage pointu, c'est qu'on ne sait jamais clairement qui nous tente. Parfois on croit que c'est le diable alors qu'en vérité c'est Dieu qui mieux que nous connaît nos routes. L'inverse est aussi vrai. Il est connu de tous que le jeu préféré de compère Satan est de se travestir en pape.

On ricana autour du feu. Un borgne à la voix cahotante cligna de son œil mort et dit :

– Comment imaginer que Dieu ne baise pas ? Il crée, donc il désire et sûrement fornique à sa façon divine. Le diable, lui, crée-t-il ? Certes non, il imite, il singe, il nous berlure et se berlure aussi. Il confond le désir avec l'avidité. A mon avis c'est un grand pénitent. Il souffre, il boude le plaisir.

Pico se pencha vers Judith et lui murmura dans l'oreille :

– Ils parlent de théologie.

Et tant que sa bouche était là il déposa furtivement un baiser au creux de son cou. Elle frissonna. Elle demanda en chiffonnant son bout de châle :

– As-tu vraiment la nuit dernière fait un rêve avec moi dedans ?

– Oui. Nous marchions main dans la main vers le premier soleil du monde, nous étions unis tous les deux

43

comme les ongles sont aux doigts et ta figure était si belle que moi-même j'en étais beau.

Et comme Truchet, l'œil mi-clos, examinait son tentateur :

– Quoi qu'il en soit, lui dit Chaumet, je ne suis qu'un diable ordinaire. Ma damnation et mon salut sont l'un et l'autre chez les femmes.

Il regarda Lila, sourit. Elle se détourna, rougissante, et poussa une branche au feu.

– Bonsoir à tous, je dors, grogna le sodomite.

Le lendemain matin, comme ils marchaient ensemble, Chaumet demanda à Lila ce qui l'avait poussée à quitter sa famille pour un pèlerinage aussi aventureux. Elle lui répondit que sa gloire l'avait trop longtemps accablée, qu'elle n'avait pu trouver la paix dans son pays et qu'elle avait voulu le fuir avec les premiers voyageurs qui passeraient devant sa porte. Son compagnon, surpris, la pressa de lui dire ce qui l'avait hissée hors du commun des gens. Elle renâcla, fit la muette. Il fallut que les pèlerins qui cheminaient à leur côté se disputent l'honneur de conter son histoire pour qu'elle se décide à parler. Elle dit alors, l'air déconfit, que trois années durant un poète occitan l'avait aimée d'amour étrangement public. C'était un homme enthousiaste et d'éloquence bigarrée. Il lui avait dédié des chansons émouvantes, il les avait chantées à tous les vents passants, et le monde s'était trouvé tant séduit et bouleversé que le nom de Lila courant de bouche en bouche était en peu de temps devenu pour chacun l'emblème incontesté de la grâce amoureuse. Le bruit fait autour d'elle était monté si haut que monseigneur Raimond le comte de Toulouse avait émis le vœu d'accueillir à sa cour cette incomparable déesse partout chantée les larmes aux yeux. Or elle n'était en vérité qu'une fille de paysan. Son père s'était inquiété de cet excès de

44

renommée dont il la voyait s'enivrer. Las de craindre sa perdition dans les vanités du grand monde, il avait interdit qu'elle revoie son Constant (c'était là le nom du poète). Elle avait obéi d'autant plus simplement que ce noble amoureux désiré des comtesses était de ces spirituels qui aiment mieux chanter l'amour que lui mettre la main dedans. Constant s'était trouvé rudement éprouvé. Apparemment, son cœur était tombé en cendres. Il s'était fait errant et prêcheur d'absolu.

– Un jour, dit-elle, un voyageur l'a trouvé à genoux sur un chemin désert. Il ramassait le sable et le laissait couler entre ses pauvres doigts. L'homme a voulu savoir ce qu'il faisait ainsi. Constant a répondu qu'il cherchait sa Lila. L'autre s'est étonné. Il a dit : « Fou des fous qui espère trouver une perle aussi rare en un lieu aussi vil ! » Il paraît que Constant a répondu ceci : « Je cherche Lila en tout lieu, en moi et au-dehors de moi, dans l'espoir qu'un jour, quelque part, à nouveau elle voudra m'apparaître. »

– C'est émouvant, lui dit Chaumet.

L'ange se tenait derrière eux, penché sur leurs épaules jointes. « Quelle absurdité », se dit-il.

– Certains ont estimé sa folie admirable, poursuivit tristement Lila. Moi, je ne l'ai jamais comprise. Pourquoi me cherchait-il ainsi sur les chemins ? Ne savait-il pas où j'étais ? Tout le monde au pays savait. Serait-il venu à ma porte, il n'aurait pas eu à frapper, je passais mes journées à espérer ses pas. La nuit, au moindre bruit dehors, je m'éveillais, j'allais à la lucarne. Pourquoi m'a-t-il laissée sans lui ? Pourquoi ne m'a-t-il pas enlevée à mon père ? Pourquoi, lui dont les chants émerveillaient les gens, pourquoi ne s'est-il pas couché nu sur mon corps ? Pourquoi ? Le savez-vous ?

Elle se tut, renifla. L'ange pensa : « L'a-t-il seulement désirée ? » Lila soupira, dit encore :

– Sa mère était servante au château du village. Nous

nous sommes connus un jour de mois d'avril, vers la
fin de l'enfance. Il s'en était venu chercher du feu chez
nous. Moi, je le connaissais, il vivait chez les nobles,
lui ne m'avait jamais tant soit peu remarquée. Je suis
entrée dans la cuisine à l'instant où il se dressait hors de
la cheminée, après qu'il eut rempli sa cruche de tisons.
Il m'a vue. Il en est resté comme une statue de saint
Pierre. Et comme ses yeux me clouaient et me
dépouillaient corps et âme, le bas de son manteau s'est
soudain enflammé aux braises du foyer. Il ne s'en est
pas aperçu, tant était profond son oubli de tout ce qui
l'environnait. Si mon père et mes sœurs n'étaient pas
accourus, il aurait pu brûler des sandales aux cheveux
sans même se savoir en flammes. Je n'ai rien fait pour
le sauver. Pas un instant je n'ai pensé à éteindre cet
incendie qui lui montait à la chemise. Quand il s'en est
allé, seul mon corps est resté. Mon être est parti avec
lui. De ce jour, nos instants furent tous l'un pour
l'autre. Nous nous retrouvions aux pâtures où je gardais
notre troupeau. Il ne me touchait pas. Il m'effleurait
parfois du bout des doigts la joue, les cheveux, les
épaules. Il me regardait, rien de plus, et me récitait
des poèmes. Puis il est parti à la ville étudier la philoso-
phie, et c'est alors qu'il a chanté sur les places, dans les
tavernes, ce qu'il avait écrit pour moi. Je m'en suis sentie honorée. Quand il revenait au village il m'enivrait
de nouveaux chants, mais jamais ne touchait mon
ventre, pas même le bout de mes seins. J'espérais
chaque fois le voir enfin se taire et m'empoigner les
hanches avec ce désir lourd que je sentais en moi.
Comment aurais-je pu lui dire mon envie, parfois,
d'être prise comme une agréable putain ? Pour lui
j'étais Lila, dame de pur amour, et j'avais honte de me
voir autant assoiffée de caresses. Seigneur, je n'étais
pas la Lila qu'il chantait, je n'étais qu'une fille impatiente et charnue, de moins en moins joyeuse, de plus

en plus perdue dans ces yeux qui ne voyait rien de mes désirs inavouables. Si les hommes savaient comme l'amour est simple! Trop simple, assurément, c'est peut-être pourquoi ils n'y comprennent rien. J'étais pourtant de bon vouloir, prête à toutes les fêtes et à tous les soucis. Pourquoi, dis-moi, pourquoi ne m'a-t-il jamais vue? Que regardait-il donc quand son manteau brûlait?

Elle dit cela la tête basse. A qui parlait-elle? Au chemin, ou peut-être à quelqu'un en elle qui ne savait rien des miroirs. L'ange baisa sa nuque courbe. Elle dut en sentir quelque chose, car elle leva soudain le front et contempla son compagnon en souriant d'un air contrit.

– Je bavarde, dit-elle encore. D'ordinaire je suis muette. Je vais seule, et c'est bien ainsi.

L'ange se pencha vers Chaumet.

– Aime-la, lui dit-il. Elle veut être pétrie, elle veut venir au monde. Ne vois-tu pas cela? Hé, que diable, sois Dieu, fais d'elle une vivante!

Et se mêlant à eux, virevoltant autour, enveloppant leurs corps et les touchant partout:

– Les ventres seuls savent aimer les ventres, et seuls les cœurs savent aimer les cœurs. Que vos ventres et vos cœurs s'unissent et soient bénis! Ne parlez pas trop, mes chéris, dites ce qu'il faut, rien de plus, pour que l'esprit vous vienne au corps, pour que le corps seul soit savant, pour qu'il ne souffre plus de son poids de chair crue, mais bien plutôt qu'il en jouisse. Oh, quelle chance vous avez! J'ignore tout de vos plaisirs, mais je pressens qu'ils sont sacrés. Le désir, divine trouvaille! Il est ce qui vous pousse et vous tire devant, il est le soleil des nomades, il est le levant infini! Allez, mes agneaux, je vous guide. Ce soir qui vient, c'est dit, vous danserez le branle.

Les magies de l'ange étaient sûres. Les deux qui cheminaient ensemble en eurent des bouffées émues.

– Il fait chaud, dit Lila.

Il faisait presque froid.

– Donne-moi ton manteau, lui répondit Chaumet.

Il le lui prit sur les épaules, puis mit à la place son bras.

Quand vint le crépuscule ils étaient amoureux. Près du feu crépitant, assis l'un contre l'autre ils sentirent le sang leur échauffer les tempes. Dès qu'ils eurent dîné ils goûtèrent, muets, la chaleur des envies de plus en plus sauvages qui les envahissaient, puis regardant Chaumet baisoter sa compagne, Judith fut prise d'un frisson monté des fesses au cervelet et se plaignit du froid piquant. Pico lui offrit sa pelisse. Elle enveloppa ses mollets soigneusement dans ses jupons, mit ses bras en croix sur ses seins, et ainsi enfermée chez elle accepta d'être réchauffée. Truchet partit chercher dans la nuit du bois mort, ou peut-être un diable passant. Tandis qu'on se pelotonnait au plus près des braises nocturnes Lila s'en fut vers le ruisseau qui frivolait à quelques pas. Chaumet dans un souffle surpris lui demanda où elle allait. Elle ne répondit pas. Il la suivit sans hâte. Elle chemina le long du courant bondissant, parvint au pied d'un roc semblable à un taureau. Il portait sur l'échine un amandier tordu. Là, toute droite, elle attendit de sentir dans son dos la présence de l'homme. Alors elle se tourna vers lui, et prenant à deux mains sa face elle gronda rudement :

– Tais-toi.

Elle baisa goulûment sa bouche. Puis elle le dévêtit en désordre effréné tandis qu'il lui sortait les seins et la défaisait de sa jupe. Ils roulèrent dans l'herbe en étouffant leurs cris d'oiseaux effarouchés, de peur d'être entendus des autres.

L'ange, à la cime du rocher, veilla comme un gardien de nuit sur le dernier feu de la terre. Ce fut ainsi, penché sur eux, que Lila, les yeux grands, le vit à l'instant d'avaler le ciel et les étoiles. Chaumet jouit dans un grondement d'ours qui émerveilla sa compagne. Quand leurs halètements se furent apaisés elle lui dit que là-haut, au sommet du rocher, elle avait aperçu un éclat de lumière. L'autre, qui dégustait une pointe de sein, les yeux embroussaillés de cheveux mêlés d'herbes, s'appesantit sur elle et lui grogna dessus une crapulerie de paillard satisfait. Ils rirent et s'étreignirent encore mollement en se murmurant des bontés d'êtres familiers l'un de l'autre depuis la naissance des temps. L'ange fut tant ému de les voir accolés aussi intimement, dans cet humble grain d'ombre où n'était même pas un chant de rossignol, qu'il en fut submergé par l'irrépressible désir de dire à l'air sa gratitude. Il se mit soudain à prier avec une ferveur sauvage. Or Benoît Bron le Hollandais, qui fut familier de ces choses, le dit expressément dans sa *Bulle Inspirée des Vents Avignonnais* : « Les anges ne prient pas comme les gens d'ici. Ils se font aimants. Ils aimantent. Ils attirent sur eux les vivants invisibles qui passent par là, s'il en est. » Et donc, comme l'ange priait, un de ces voyageurs célestes s'en vint du haut de l'amandier. C'était un être humain sans corps. L'ange le salua, s'en fut au bord du roc, lui désigna Lila que Chaumet caressait, et lui dit que ces gens l'avaient autant que lui aimanté en ce lieu. Tandis que le passant nocturne se plaisait à les contempler, l'ange lui murmura que ce ventre de femme où se baignait la lune était assurément une auberge accueillante, qu'il connaissait ces êtres et qu'il veillait sur eux. L'autre comme un oiseau follet s'en fut autour des amants nus, revint sur la crête du roc. Il hésita, voulut savoir quelle serait sa vie prochaine s'il faisait son nid dans ce corps.

— Qu'importe, dit son compagnon, l'existence terrestre est un voyage bref. Tu apprendras beaucoup, tu reviendras bientôt.

– Certes, je sais, répondit l'autre, mais dans la pesanteur la mémoire se perd, et plus que tout je crains l'oubli.

A nouveau, d'en bas, dans la nuit montèrent des cris, des murmures, des plaintes, des halètements.

– Entends-tu ? dit l'ange. Ils t'appellent. Vois comme ils savent bien prier. N'as-tu pas envie de leur vie ?

L'être au bord du roc se risqua, s'en revint, hésitant encore.

– Seigneur, gémit-il, qu'ils sont beaux ! Oh, comme leur plaisir me plaît !

– Va mon fils, ne crains pas. Toi dedans, moi dehors, nous marcherons ensemble. Je serai ton double léger, ton désir d'En Haut, ta mémoire. Tu connaîtras la jouissance, la nostalgie, le mal de Ciel et d'autres choses que j'ignore. Je t'accompagnerai jusqu'à nos retrouvailles. Alors tu m'apprendras les beautés de la vie humaine.

– Oui, murmura l'enfant à naître. Adieu, je t'oublierai, mais toi ne m'oublie pas.

Il se laissa tomber comme une feuille d'arbre. L'air le berça avant sa mère. Un gouffre l'aspira entre les ventres joints. Lila se releva enceinte et amoureuse, Chaumet plus ébloui que las.

Le lendemain matin, les cinq femmes et quelques rares hommes virent qu'une même lumière brillait dans leurs yeux fatigués. On sut donc ce qu'ils avaient fait. Pico s'en trouva si content qu'une bonne heure il marcha seul devant la troupe pèlerine en chantant comme un fantassin. Judith ne quitta pas Lila qu'elle se plut à chaperonner comme une grande sœur fièrement vigilante. Truchet, réveillé avant l'aube, avait vu les nouveaux amants revenir en catimini dans la chaleur du campement. Un funeste dépit avait poigné son cœur et enragé sa tête. A l'instant de prendre la route il avait donc chargé Chaumet d'un sac de pommes vertes ramassées le long des chemins. Il le railla fort méchamment, ne cessant de l'aiguillonner du bout de son bâton ferré et de lui accabler le dos, par plaisanterie malveillante, de pinçons et de coups pesants. Le bougre était énorme. Il brûlait d'en découdre. Chaumet était trapu mais quelque peu craintif. Il le supporta donc sans déclouer les dents. Quelques hommes, flairant la possible empoignade, se mirent à se pousser du coude et ricaner servilement aux boutades du sodomite. Les femmes, alertées par leur jeu qui menaçait de tourner aigre, s'en vinrent disperser à grands envols de poings les jean-foutre qui se pressaient autour des bottes de leur chef, après quoi ces assourdissantes se mirent à sermonner Truchet. La plus menue de toutes osa lever la main sur l'échine du mastodonte et le battit en le traitant de jaloux et de garnement. Il grognassa, fit le benêt, rentra son cou dans les épaules et s'éloigna comme un marmot pris le museau dans la compote. Une matrone alors entonna un cantique que tous reprirent en chœur, et le soleil monta sans autre souci sur les têtes.

Vers midi, comme ils parvenaient à la sortie d'une vallée, un village leur vint devant. Une vachère assise au sommet d'un talus leur dit qu'ils arrivaient à Crézi-pas-le-Vieux, qu'elle était née dans ce pays mais qu'elle le quitterait bientôt, ce que nul ne lui demandait. Ils échangèrent ses fromages contre des médailles bénies, et coururent à grands bruits de sacs bringuebalants vers leurs espoirs d'auberge, d'odeurs de cuisine et de lits. La rue qui menait à l'église était étrangement déserte. Pico et Judith firent halte devant l'étal d'un boulanger. Ils lui demandèrent pourquoi on ne voyait âme qui vive. Le bonhomme leur dit que tous les gens du bourg discutaillaient sur la grand-place. Il la leur désigna d'un coup de menton flasque et s'en revint à son pétrin sans les informer davantage. Les deux sans plus tarder rejoignirent Lila et Chaumet enlacés qui longeaient la ruelle au pas de promenade. Tous les quatre s'en furent à la rumeur de foule qui enflait à chaque enjambée. Devant l'église était une estrade de planches ornée de bannières fanées. Des gens vociférants l'arpentaient en tous sens. D'autres à l'extrême bord lançaient leur poing au peuple en braillant des slogans à peu près inaudibles. Chaumet et Pico se penchèrent à l'oreille d'un vieux assis sur une borne d'écurie et lui criant dans l'orifice ils lui demandèrent trois fois quelle sorte d'événement on célébrait à si grand bruit. L'autre leur répondit que le forgeron du village, là-bas debout sur les tréteaux, avait trucidé son épouse à coups de tisonnier rougi, et que l'on cherchait l'assassin. Ils crurent que le vieux avait perdu le sens. Ils se regardèrent en riant. L'ange, qui n'avait pas quitté Lila, accourut devant eux et leur cria de fuir ce pays au plus vite. Il pressentait du trouble. On ne l'entendit pas. Les deux traversèrent son corps sans plus le voir qu'à l'ordinaire et s'enfoncèrent nez au vent jusqu'au premier rang des badauds.

3

Selon l'intimidante opinion de la vieille Justine B. (que Dieu craigne de l'irriter, s'il l'héberge en son paradis!), aucun lettré, au cours des âges raisonnables, n'a jamais apporté la preuve irréfutable que les anges couraient plus vite que le temps et qu'ils pouvaient aller et venir à leur guise le long du fil des jours humains. On ne peut donc savoir. Mais on peut pressentir, pour peu qu'on ait l'œil clair et la truffe sensible, qu'ils sont d'infaillibles devins. Le sage Costas de Banyuls, dont on connaît en Catalogne l'athlétique sagacité, avance finement dans ses *Insomnies Printanières* cette hypothèse de haut vol: « Considérons les aigles et leur hauteur de vue. Ils peuvent, planant dans les nues, apercevoir sur nos chemins certains obstacles éloignés que la pauvreté de notre œil nous empêche de distinguer avant que nos fronts ne s'y cognent. Considérons les anges et leur légèreté. Dites-moi, n'ont-ils point, par nature aérienne, un pouvoir comparable? Ils l'ont, assurément. Ils savent s'élever, ces aigles temporels, au-dessus de nos vies présentes, et voir les embarras, les pièges, les obstacles que nous rencontrerons demain. Certes, conclut le Bienheureux, il se peut qu'affirmant cela j'erre hors des routes convenables, mais j'avoue, je suis assez fier de cette intuition lumineuse qui me tombe à l'instant de je ne sais pas où. » Peut-être, en effet, dit-il vrai. Peut-être aussi le flair de ces êtres célestes leur permet à coup sûr de sentir avant nous la venue des orages. Bref, le fait est que l'ange avait clairement vu les trappes effrayantes où ses deux compagnons allaient bientôt tomber, et l'un s'alarmait fort de voir flâner les autres, les yeux grands et la bouche aussi, dans la foire d'empoigne qui les environnait. Les vivants invisibles n'ont de pire souci que notre surdité, car d'elle naît souvent l'odieux malentendu, maître des tragédies humaines. Qui n'a pas l'ouïe assez pure ne peut rien contre ce démon, sauf prier le Ciel qu'il nous garde de ses méfaits terrifiants.

Donc, comme l'ange, inquiet, voletait autour d'eux avec l'affairement d'un infirmier d'urgence, Pico et Chaumet s'avançaient entre les épaules des gens vers leur évitable destin. Évitable, en effet, car il suffit de voir le gouffre pour retenir le pas de trop. Or ils ne voyaient rien, dans ce bruyant village, que ces arpenteurs de tréteaux occupés à gesticuler, lancer les poings en l'air, se battre la poitrine en grondant des menaces, et tendre au ciel le cou à s'en faire jaillir le sang par tous les trous. Seul parmi ces furieux un baryton ventru errait de l'un à l'autre en trompetant, l'air affligé, de fracassants appels au calme. La voix de ce héros d'opéra primitif résonnait comme un gong, mais aucun des tribuns ne paraissait l'entendre. Débordants d'homélies, d'explications rogneuses et de je-parle-taisez-vous, ils s'époumonaient tous jusqu'à l'épuisement provisoire des souffles. Alors ils s'en allaient téter du vin aux cruches, s'épongeaient la sueur et revenaient sans cesse à grands pas d'assaillants avec au bout du doigt tendu un post-scriptum à leurs diatribes, et qui enflait bientôt en regain cascadant. De temps en temps, de l'assemblée houleuse s'élevaient une voix, des quolibets paillards. On poussait des hommes nouveaux à coups d'épaule sur l'estrade, d'autres, fourbus, en descendaient, poursuivaient leurs palabres en groupes rétrécis et bientôt harcelaient de piques ironiques et de sinueuses questions les orateurs frais émoulus.

– Ils parlent justice, droiture, ordre nécessaire, raison. Ces mots ne trompent pas, mon beau, ils puent le sang, cria Pico à la joue de Chaumet. A mon avis, une guerre menace, peut-être une croisade au quartier des Hébreux, peut-être une dispute avec le roi d'Espagne. Il faut craindre en tout cas des charretées de morts.

Devant eux se tenait un prêtre aux courtes pattes qui ne cessait de se hisser sur la pointe de ses pieds nus et de brandir son chapelet en hurlant à voix de fausset des protestations inaudibles. Chaumet appesantit la main sur son épaule, le rabaissa sur ses talons et lui cria dessus qu'il ne comprenait pas de quoi l'on débattait avec tant de fureur. L'autre, content d'être écouté, écarta les gens alentour à coups de coude dans les côtes et de genou dans les pubis, prit l'un et l'autre par le bras et les fit s'asseoir avec lui dans l'épaisse forêt de jambes qui se pressaient au-dessus d'eux.

– Notre forgeron, leur dit-il, a troué sa femme en plein cœur. Voilà le fait indiscutable. Il l'a clouée au mur d'un coup de tisonnier. Certains (minoritaires) exigent qu'on le pende.

Pico hocha sa tête rase, joignit les mains, intéressé comme un juge compatissant écoutant l'aveu d'un pervers.

– Dans les cas de meurtre avéré, répondit-il avec mesure, c'est ce que d'ordinaire on fait.

Chaumet, inquiet d'amour plus que d'assassinat, s'agita, se dressa, chercha des yeux Lila, au-delà des chapeaux. Le curé d'un coup sec lui rabaissa la manche et le fit se rasseoir. Il poursuivit ainsi :

– Certes, me dites-vous, il a tué, qu'il meure. C'est d'un bon sens irréprochable, mais c'est raide, convenez-en. Or il importe d'être souple et de considérer ce qui nous pend au nez si nous allons sans barguigner à ce verdict irrémédiable. Albert est un bon artisan, et nous n'avons que lui, à Crézipas-le-Vieux, pour ferrer nos chevaux, ciseler nos serrures, forger nos clés, nos clous, nos barreaux de fenêtres et nos armes municipales, sans parler des pièges à gibier. Si nous l'exécutons, nous en pâtirons tous. Est-ce bonne et droite justice ?

– Graciez-le donc, dit Chaumet. Sa femme était peut-être ignoble.

L'autre haussa ses maigres épaules.

– Je l'ai connue, elle était morne. Pas plus d'amants que de seins dans le dos. Le meurtre n'est pas contestable. L'homme était saoul comme une vache rouge. Il voyait des bouchers partout.

– Des bouchers ? dit Pico, soupesant le détail en connaisseur de rêves. C'est original. C'est fantasque.

Sa main s'envola devant lui, puis il revint d'un trait dans l'air à ses évidences pratiques.

– Si cet homme est coupable, il doit être puni. Éloignez de lui les tonneaux. Enchaînez-le à son enclume.

– Et qui donc forgera sa chaîne ? Ne m'avez-vous pas entendu ? Il est l'unique forgeron de ce misérable village oublié des vierges et des dieux !

Chaumet, la mine soucieuse, à nouveau se dressa debout, appela encore Lila. Le prêtre empoigna sa ceinture et lui mit le nombril à l'air.

– Asseyez-vous donc, mille diables ! rugit-il à son ventre nu.

Il soupira profond, et soudain réarmé de patience pédagogique :

– Il nous faut un pendu. C'est là le prix fixé par la loi pour un meurtre. Or ce ne saurait être Albert. Nous avons tous besoin de lui.

– Vous ne pouvez pourtant condamner quelqu'un d'autre, objecta Pico, ébahi.

56

– On y songe. Mais qui ? On débat. On se creuse.

– Pourvu qu'elles ne soient pas malmenées dans la foule, dit Chaumet, le front tourmenté. Lila est vulnérable, et tu connais Judith. Farouche comme elle est, elle nous pondrait l'Apocalypse, ses trompettes et ses cavaliers au moindre frôlement dans ses ombres frivoles.

– Tout comme l'épouse d'Albert, dit le curé. Que Dieu la garde.

Il se signa. Tous trois se relevèrent ensemble. Le fracas s'était apaisé.

Il y avait du neuf sur les planches. On n'entendait plus qu'une voix. Elle était grinçante mais ferme, apparemment précise et pourtant nuancée, ironique, joviale, parfois insinuante, tendre, parfois sonnante comme un pet, bref elle connaissait l'art de baiser les oreilles et de caresser les esprits entre les yeux du chat qui sommeille dedans. Qui discourait ? Un nain. Mais il était plus haut que tous, car il trônait sur l'encolure d'un colosse au front de bison, au poitrail broussailleux débordant du tricot, aux cuisses inamovibles. Il n'avait qu'un sourcil touffu tracé droit d'une tempe à l'autre, et ses deux yeux dessous considéraient les gens comme de petits animaux à l'affût au bord de leur trou. Le nain, chevauchant ses épaules, semblait aussi content qu'un pape à son balcon. Il redressait parfois sa taille pour accompagner ses envols, ouvrait les bras sans perdre une once d'équilibre, se penchait en avant, fermement agrippé comme aux bords d'un pupitre aux oreilles froissées de l'énorme inférieur et parfois martelait du poing le crâne de l'homme et demi comme pour enfoncer dans la tête des gens ses arguments majeurs.

– C'est Chabaud le Gog, dit le prêtre, le regard soudain affûté. Il est tailleur d'habits. Il parle excellemment. Son éloquence est comme un fil chinois, fine, sans poids, mais incassable.

Il bava d'aise au coin des lèvres, avança le menton pour savourer les mots qui tombaient de l'estrade. La foule, alentour, s'était tue.

— Et dessous ? demanda Pico.

— C'est son frère. Il n'a pas de nom. Il grogne quelquefois mais il ne parle guère. Il ne dit rien que « oui » et « non ». Écoutez. Écoutons. Chabaud est un grand homme. Il va, n'en doutons pas, allumer nos bougies.

Chaumet une dernière fois, hissé sur la pointe des pieds, scruta autour de lui les têtes mais il n'osa plus appeler. Tous écoutaient. Ils écoutèrent.

— Or, dit Chabaud le Gog, si nous n'avons qu'un forgeron, chacun sait ici, je suppose, que Crézipas-le-Vieux compte deux boulangers. L'un, Basile Nazier, a traversé la nuit en compagnie notoire. J'en étais. J'en témoigne. Il a joué aux dés. Il a perdu sa Vierge en cuivre, sa ceinture en cuir espagnol et sa fille presque pubère. Grâce à Dieu, le voilà blanchi. L'autre, Firmin le Bleu, dormait (à ce qu'il dit, mais il n'a pas de preuve) à l'heure où l'on assassinait dans la forge à côté.

Il se tut un instant, laissa baguenauder son regard de renard sur les yeux fascinés et les bouches béantes, ricana mollement, puis redressant le front :

— Je ne cherche noise à personne, bonnes gens, reconnaissez-le. Que demandons-nous, vous et moi ? Le nécessaire, rien de plus : que chacun à sa place marche sur le chemin tracé par Dieu, que toute dette soit payée, que tout bienfait soit honoré, que tout péché soit expié. Le crime ne doit pas demeurer impuni. Je vous demande donc, en conscience, ceci : Firmin le Bleu est-il coupable du meurtre commis par Albert ? Vous me direz : C'est peu probable. Moi, je vous répondrai : antique est le débat, profonde la question, terrible la réponse.

Ces paroles naniques assénées d'un poing dur sur le crâne du frère énorme impressionnèrent grandement.

On applaudit. Chabaud le Gog leva la main. On fit silence à l'unisson.

– Antique est le débat, poursuivit l'orateur. Créon l'eut avec Antigone. Profonde est la question. S'il faut que la justice et l'ordre se combattent, quel camp choisissons-nous ? La réponse est terrible.

– Pendons le boulanger ! cria une voix dans la foule.

On l'approuva de-ci de-là. Il y eut un mouvement de houle et une rumeur de ressac. Le nain étendit ses bras courts.

– Je dirai simplement : point de salut sans ordre. Les vérités sont des chiennes de guerre. Opposons-les, elles se déchireront. Laissons-les donc à leur chenil. Veillons à l'ordre, et à lui seul. Une vie indûment volée doit être payée d'une vie. Si nous manquons à cette loi, gare à la colère du Ciel. Or, l'ordre veut aussi que notre forgeron continue de ferrer nos portes et nos chevaux, mais aussi (et surtout) de façonner nos sabres, nos pièges à loups, nos fers de lance, sinon, mes sœurs et frères, oh, sinon redoutez que Crézipas-le-Vieux soit bientôt surnommé Crézipas-l'Envahi, et peut-être, hélas, je le crains, Crézipas-le-Dépenaillé.

Le prêtre émoustillé se pencha vers Pico.

– Avez-vous entendu ? murmura-t-il au bord de l'orgasme mystique. Esprit fin, léger, incassable. Fine fleur de génie chinois.

– Et l'ordre accepte enfin de voir sacrifier à sa légitime exigence non point ce cher Albert, dont nous avons besoin, mais l'un des boulangers que nous avons en trop. La décision qu'il nous faut prendre est d'une rare cruauté. Mais nous savons, hélas, que la vie est aveugle. Il nous faut du courage et de l'abnégation pour faire ce que nous devons malgré les soucis et les doutes. Acceptons, bonnes gens, que nos cœurs se déchirent, si c'est là le prix à payer pour que soit préservée la paix dans ce village bien-aimé où nous avons tous vu le jour. Je me tais maintenant. Je n'ai que trop parlé. Je laisse à l'assemblée (car elle est souveraine) le soin de décider qui doit être pendu et qui ne doit pas l'être. Alléluia, mes bons enfants. Que Dieu me garde dans sa main, je vous garderai dans la mienne.

On lança les chapeaux en l'air, on hurla qu'il avait raison, on scanda longuement des mots aphrodisiaques, puis des voix çà et là entonnèrent sur l'air de la danse des ours le nom du boulanger que l'on voulait coupable. On le hua et l'on brandit les poings.

— Retiens-moi, je m'enfonce, ils m'étouffent, ils sont fous, haleta Pico, cramoisi.

Il empoigna Chaumet au milieu du poitrail, si tremblant et si furibond qu'il arracha sous la chemise une touffe de poils follets. Il balbutia. Il suffoqua. Il repoussa son compagnon, et ne pouvant tenir plus longtemps la tempête qui lui ravageait les poumons il se mit à brailler si frénétiquement que les gens alentour se voûtèrent soudain et levèrent les coudes comme pour se garder d'une gifle du Ciel.

Pico était ainsi, studieux, effrayé par les fortes femmes, prompt à fuir les petits dangers mais capable d'indignation autant aveugle qu'héroïque si lui venait au nez ce qu'il estimait être une injustice monstre. Alors ses yeux s'exorbitaient, sa bouche débordait d'exaspérations rouges et dans son cœur soudain lui partait à l'assaut une armée de tambours et de fifres pointus qui l'entraînait tout cru au massacre indistinct.

— Holà, éructa-t-il sans plus rien gouverner, ni ses mots ni ses gifles à l'air. N'écoutez pas ce nain, c'est un péché vivant, une erreur, un loustic, un âne venimeux. Confesse-le, curé, fais vite, c'est urgent, il sent le tombeau plein. Si ce fils de vipère et de renard malade est un bon catholique, alors, vive l'enfer ! As-tu entendu comme il juge ? Et toi, Seigneur, fais quelque chose, descends, c'est un ordre, viens là, bâillonne-le, il est ignoble, il fait honte à ta Création ! Vas-tu nous laisser seuls dans ses flaques de bile ? Et vous, les bonnes gens, appelez vos aïeux, vos mères, vos grands hommes, qu'ils vous débarbouillent l'esprit, qu'ils vous allument les orbites, qu'ils vous bottent les joues d'en bas ! Aux armes, compagnons, aux bannières, au tocsin, haut les cœurs les guerriers, c'est la peste qui vient !

Et Chaumet, profitant des remuements soudains dans leur alentour proche :

– Lila ! Judith ! Où êtes-vous ? Le ciel se couvre, nous partons ! Rendez-vous là-haut, chez les vaches !

L'ange était là, flottant sur l'estrade fatale, résigné, souffrant et muet. Il savait qu'il ne pouvait rien. Le nain le chassa loin d'un geste épiscopal sur la foule énervée qui grondait méchamment sur ces deux inconnus venus au pied levé cracher dans leur chaudron de disputes locales.

– Du calme, mes agneaux, laissez parler cet homme, dit Chabaud le Gog, l'air gourmand.

Il fit planer ses mains un moment devant lui comme des feuilles mortes, s'accouda au front ras de l'hercule inférieur, se pencha en avant, examina Pico. Il dit les yeux mi-clos, grinçant comme un violon à la foire au vinaigre :

– Vous êtes, semble-t-il, étranger au pays. Bienvenue chez nous, compagnon. Nous sommes tous, ici, prêts à apprécier vos conseils fraternels. Parlez, nous sommes des gens humbles et accueillants aux nouveautés.

– Ne lui réponds pas, par pitié, rends-toi compte, tu envenimes, gémit Chaumet, le souffle rauque. Allons, pense à Judith, à moi, à Lila, la pauvrette. Partons, ne tardons plus, le bon air des prairies nous ravigotera.

L'autre ne voulut pas l'entendre. Il le repoussa rudement. Le sang lui cognait dans la gorge. Il avait les oreilles en feu et le crâne farci d'abeilles. Il chercha un instant son calme, crut le tenir, respira fort.

– Je m'étonne, dit-il. Je m'effraie. Je m'indigne.

Il serra les poings, mais en vain. Sa rogne à nouveau déborda. Il se tourna vers les figures qui lui grognassaient dans le dos, chassa les mains qui l'agrippaient.

– Au large ! cria-t-il, ce diablotin vous trompe, il abîme vos sens, il vous mange le cœur ! Femmes qui m'entendez, relevez vos chignons ! Ne laissez pas cailler le lait dans vos tétons ! Qui peut donc accepter qu'un homme soit pendu pour le crime d'un autre ?

Le nain se redressa, prit à témoin la foule en riant doucement.

– Mille pardons, frère, dit-il, que savez-vous de cette affaire ?

– J'ai vu cet homme tout à l'heure devant l'étal du boulanger, cria une voix sans visage. Il était avec une fille. Ils n'ont pas acheté la moindre mie de pain. Ils ont parlé longtemps avec le prévenu. Ils semblaient fort bien le connaître.

On entendit de-ci de-là des ricanements, des huées, des « Pendons-le avec Firmin », des « D'où sort-il ce pet d'ânesse ? » et des « Finissons-en j'ai faim ».

– Qui êtes-vous au juste ? Un voyageur perdu ? Un espion provençal ? Un ami d'assassin traversant par hasard ce paisible village ? Exprimez-vous sans peur, nous sommes tout ouïe, dit Chabaud s'élevant au-dessus du débat, les fesses décollées de sa large monture.

– Je témoigne, cria le prêtre, qu'il ne savait rien du malheur. C'est moi qui lui ai tout appris. *Mea culpa*. Qu'on se le dise.

Sa voix ne fut pas plus audible qu'un égosillement d'oiseau dans la menaçante rumeur qui montait partout de la foule.

– Entendez-vous ? brailla Chaumet. Nous sommes des passants, des pèlerins, rien d'autre.

– Pèlerins, certainement pas. Nous les avons trouvés en route. Ils nous sont sortis d'un buisson.

C'était la voix du sodomite.

– Truchet, souffla Pico, tout à coup accablé.

– Pute vierge ! grogna Chaumet.

Tous deux se retournèrent ensemble. Le front de l'escogriffe, à quelques pas derrière, dépassait comme une île des vagues chevelues. Il rit, content de lui. On entendit des femmes, autour, le houspiller. Il fit le pataud. Il gronda :

– Je n'ai dit que la vérité. Hé, lâchez-moi donc, les volailles !

– Ainsi, couina Chabaud le Gog, vous nous avez menti, bonhomme. Vous êtes des errants, des rôdeurs, des nomades, et non pas de pieux pèlerins. Que font les gens de votre sorte quand un bourg leur vient sous les pas ? Ils sèment ce qu'ils ont, la poussière et le vent, la salissure trouble, le désordre vicieux des âmes sans foyer. Firmin le Bleu vous connaît donc.

Il se pencha, tendit l'index, et la voix traînaillant en grincements féroces :

– Lui avez-vous prêté main-forte la nuit fatale, dites-moi ?

– Il n'a rien fait, ni bien ni mal. Chacun le sait ici, que diable ! gémit Chaumet, cherchant secours dans des regards butés de mégères muettes.

– Laisse donc, dit Pico, soudain transfiguré.

Il fit un geste négligent, laissa errer sur son visage un sourire de moine au-delà des tourments. L'extrême perfidie du maître de ces lieux venait étrangement de désarmer sa rogne. Une porte s'ouvrit dans son être innocent. Il en franchit le seuil. Comme le dit excellemment l'hermétique Colin de Fa dans ses *Psaumes Municipaux* : « La lumière n'est pas en haut, elle est au fond du noir d'en bas. » Pico venait de la trouver. Déshabillé de toute peur, débarrassé de tout espoir, il se découvrit seigneurial. Il sourit. Il se sentit bien.

Une femme cria :

— Ils ont dormi au camp ! Dis-le, Truchet, sinon je te flanque une rouste !

— Ils n'ont tué ni gens ni bêtes, c'est promis. Pas même un lézard, glapit une matrone rousse. Au contraire, le brun a mis le sien au chaud !

Des compagnes rirent autour d'elle. Chaumet sentit une main tiède se nicher au creux de ses doigts. Il se tourna. C'était Lila. Le cœur lui monta dans les yeux.

— Où étais-tu ? Je m'inquiétais.

— J'étais derrière toi, tout près. Tu me cherchais trop loin, et tu ne m'as pas vue.

Judith était là, elle aussi.

— Pico, je suis fière de toi. Tu es un juste, lui dit-elle. Tu leur as parlé comme il faut.

L'air brave, elle se raidit. L'autre se rengorgea. Il la prit par l'épaule.

— Ce qu'ils ont fait la nuit dernière, je n'en sais rien, cria Truchet. J'étais à ramasser des pommes.

Chabaud le Gog, les yeux faussement égarés, fit voleter ses mains au-dessus de sa tête.

— Mystère insondable, dit-il. On ignore où ils ont dormi.

Il fronça les sourcils.

— Mais on sait à coup sûr que ces deux rôdeurs-là ont parlé ce matin au présumé coupable. Or ils ont prétendu ne le connaître en rien. C'est plus que grave, c'est suspect. Je rappelle à tous qu'il y a meurtre, et qu'on ne peut laisser courir des complices sinon probables, du moins vraisemblablement sûrs.

Et se dressant si brusquement qu'il en fit vaciller le colosse porteur à l'extrême bord de l'estrade :

— Nous ne laisserons pas les fourbes et les menteurs changer notre bon air en parfum de bordel. Hardi, crézipasiens ! Saisissez ces jean-foutre !

64

Une clameur brutale éberlua le ciel. On applaudit le nain, on lui tendit les mains, à pleine gorge on lui cria des obscénités agréables. Il leva les bras en vainqueur. Il y eut une échauffourée brusque. On empoigna Pico partout, aux cheveux, aux poignets, au col. Il dit, noble et hautain :

— Votre violence est vaine. Conduisez-moi, je vais.

Un sournois au dos rond lui fit un croc-en-jambe. Un autre lui botta le train. Il s'affala. On le traîna. Judith, toute rage dehors, moulina des poings et des pieds. On déchira sa robe. Un sein sortit à l'air. Elle tomba sur le cul. Elle fut un court instant environnée de rires, puis on se détourna. Elle se redressa, furibonde, en grand désordre de jupons, de coiffure, de bras et jambes et courut à Chaumet qu'on accablait de gnons, qu'on poussait et tirait. Elle s'acharna en pure perte contre des dos indifférents. Lila voulut marcher avec les prisonniers sous la grêle de poings qui leur courbait l'échine. Elle fut jetée au large. Alors elle se fraya un chemin vers l'estrade où Chabaud, les bras courts pauvrement ouverts, battait la mesure guerrière d'une marche braillée par les gens en cortège derrière ceux qu'on emmenait.

Dès qu'il se trouva seul en face de Lila sur la place vidée :

— Que voulez-vous ? dit-il.

Sa voix paraissait presque tendre dans le silence revenu. Elle répondit :

— Pitié.

Il ricana :

— Quoi d'autre ?

Elle remua la tête. Elle dit :

— Je ne sais pas.

Des oiseaux dans l'arbre au bord de l'estrade piaillaient à nouveau. Chabaud tendit le cou et se pencha vers elle. Son frère, dessous, se courba. Il suait, sa face était rouge. Il semblait avoir mal au dos.

– Moi, je sais, répondit le nain. Vous voulez me donner l'envie de votre corps comme on tend un os à son chien hors de portée de son museau pour qu'il fasse le bel esclave.

Il eut un bref éclat rogneux, partit d'un rire discordant. Lila se détourna et s'en fut en courant, les mains sur les oreilles.

Quand Chaumet et Pico se furent relevés dans le cachot puant où quelques pieds et poings venaient de les jeter, ils se crurent enfermés vivants dans une tombe, tant le lieu leur parut étroit et ténébreux. Leurs yeux s'accoutumant au noir, ils devinèrent une lueur qui tombait pauvrement du haut de la muraille. Il y avait là un soupirail d'où pendaient des branches de ronces. Ils se laissèrent choir dessous.

– Si je comprends quoi que ce soit à ce qui nous arrive là, souffla Pico, abasourdi, que Dieu me change la cervelle en cathédrale de Saint-Guy.

Ils restèrent un moment hagards et haletants à regarder leurs mains pendantes entre leurs genoux écartés, puis Chaumet souleva péniblement un bras.

– J'aurais apprécié, dit-il, que tu te taises. Bien sûr, ce nain ne vaut pas plus que la crasse sous l'ongle. Son art de juger déconcerte, je te l'accorde volontiers.

Il claqua des doigts sous son nez, remua le front, dit encore :

– Pourtant, à bien y réfléchir, pardonne-moi si je t'offusque, il n'est pas dépourvu d'allant.

– Folie, gronda Pico à nouveau bouillonnant, mais trop fourbu pour déborder. Vois où nous a menés son allant, pauvre mule. Moi, je le trouve abominable.

Ils se turent encore longtemps. Quelques abeilles bourdonnèrent dans le buisson du soupirail, puis rendirent la basse-fosse à son silence sans espoir. Chaumet dodelina lentement de la tête, hésita, dit enfin :

— Je pressens une vérité troublante comme un feu follet.

Pico tourna vers lui la tête, l'œil par avance douloureux. Son frère de cachot lui lança un coup d'œil, prit bravement son souffle et poursuivit ainsi :

— Là-haut chez les anges et les saints autant qu'en bas chez la mère Nature on se soucie de la justice comme d'une figue écrasée. Ne t'impatiente pas, c'est juste pour parler. Moi, je suis deux fois né. Je ne l'ai jamais dit. Personne ne le sait. Écoute que je te raconte, le temps nous pèsera moins lourd. Mon père un jour pêchait au bord du Brézillou. Tu connais ce torrent ? Ses truites sont énormes, bleues dessus, argentées dessous. Bref, une femme vient à lui avec deux enfants dans les bras. Elle confie l'un au vieux Chaumet. Elle dit : « Veillez sur lui le temps que je traverse. Je dépose l'aînée là-bas, sur l'autre bord, je reviens chercher le petit. » C'était prudent. Le courant était vif, et ses deux marmots l'encombraient. Et donc elle s'aventure, elle traverse l'eau à moitié, elle trébuche, elle tombe. Adieu tous. La mère et sa fille se noient. Mon père, ce jour-là, s'est à jamais fâché avec Celui qui, paraît-il, nous protège et nous veut contents. Il a levé le nez et il a dit à Dieu : « Si moi j'avais agi comme tu viens de faire, j'aurais été maudit et jeté en enfer. Eh bien, je te maudis et te jette en enfer. » Le sauvé, c'était moi. Il m'a gardé pour fils.

— Tout le monde savait, lui répondit Pico. Quand elles parlaient de toi entre elles sur le banc les vieilles t'appelaient Moïse. Mais en quoi, s'il te plaît, le malheur de ta mère justifie ce nain répugnant ? Ne le défends pas, c'est le diable.

— Pardon, je me tais, dit Chaumet.

Il tint parole un long moment. Un rayon de soleil oblique traversa le noir devant eux. De grouillements de ventre en somnolence amère le point de lumière bougea de leurs pieds à l'angle du mur. Chaumet ronfla un peu. Pico compta les clous sur la porte moisie. Ensemble, tout à coup, ils tendirent l'oreille. La place à nouveau s'animait. Des pas, dehors, passèrent au bord du soupirail. Les broussailles frémirent. Des voix leur tombèrent dedans, des bruits sourds de planches clouées. Ils écoutèrent, tête basse, se jetèrent de brefs coups d'œil. Chacun chercha la main de l'autre. Chaumet gémit. Il dit enfin :

– Je ne peux m'empêcher d'être turlupiné. Reste calme, frérot.

– Dieu garde, j'ai trop peur. On s'affaire, là-haut. C'est un gibet qu'on dresse. Parle, profites-en tant que la corde est lâche.

– Par pitié, ne me distrais pas. Suis mon idée, elle est solide. Un forgeron tue sa moitié. Il était saoul. Qui est coupable ? Celui qui a tenu le tisonnier fatal ? Ou peut-être le vin ? Ou le chagrin qui l'a poussé à téter la fiole au goulot ? Le mal qu'il a subi pour qu'il ait ce chagrin ? Ses parents qui l'ont mis au monde, et qui l'ont pondu là bancal, autant de cœur que de jugeote ? Ses aïeux qui ont fait ses père et mère inaptes à tricoter un forgeron incapable d'assassinat ? Qui est donc le premier fautif ? Ne remue pas ainsi, tu m'enfonces les côtes. Je sais, je sais, il faut que le mal soit puni, sinon, oui, la débâcle et, bien sûr, le chaos.

Pico répondit doctement :

– C'est à la conscience des sages de décider qui doit subir les inévitables tourments. La justice est affaire humaine.

Puis désignant le haut :

– Un seul gibet, ou trois ? Aide-moi, que je voie.

Tous deux se levèrent en grinçant. Chaumet offrit ses doigts croisés à la sandale de son frère, le hissa jusqu'au soupirail. Pico dit dans un soupir d'aise :

– Apparemment, il n'y en a qu'un. C'est donc le boulanger qu'on va pendre en premier. Au moins jusqu'à demain, nous voilà hors concours.

– La justice est affaire humaine, tu l'as dit et j'en suis d'accord, gémit Chaumet ployant sous le fardeau vivant. On juge, on met de l'ordre, on décide, on arrange, et cet arrangement, quel qu'il soit, est mauvais. Descends, je n'en peux plus.

– Tiens bon ! Du nerf, que diable ! Mauvais ? Et pourquoi donc ? Je ne vois pas Chabaud.

– Parce que le vrai fautif, aussi loin qu'on le traque, est sans cesse derrière un fautif apparent. Donc pourquoi pas un boulanger à la place d'un forgeron, si c'est pour le bien du village ? L'un et l'autre sont innocents. Le coupable est inaccessible. On ne peut rien savoir de lui. Tiens-toi au fenêtron, je n'en peux plus, je lâche.

Pico descendit dans ses bras.

– Tous innocents, bougonna-t-il en s'époussetant à grands gestes. C'est vrai, peut-être, mais malsain. Laisse donc ces folies, elles m'agacent les dents.

– Je les déteste aussi. Dis-moi, bien franchement, tu crois qu'on va nous pendre ?

Leurs dos le long du mur glissèrent.

– J'aurais bien aimé trouver Dieu avant de mourir, dit Pico. Tu as raison, mon beau, il ne se soucie pas de ses pauvres enfants qui ont si grand besoin de croire en sa justice. Eh bien, puisqu'il en est ainsi, à dater de ce jour, cette heure et cet instant, je ne me soucie plus de lui.

Chaumet lui répondit :

– On le cherche pourtant, on ne peut s'empêcher.

– A quoi bon ? Il est introuvable.

– Sans doute, mais à quoi bon vivre, si ce n'est pour aller vers lui ?

– Seigneur, je les aime, dit l'ange.

Il était assis devant eux, à les écouter tendrement. Il regarda le soupirail. Il eut vers la lumière un élan désirant. Son corps s'en fut à elle.

Le lendemain à l'aube froide Pico ouvrit les yeux et s'assit aussitôt d'un élan haletant. Il sortait d'un rêve accablant où des gens allaient et venaient dans l'obscurité du cachot, et bavardaient comme au marché, et traînaient çà et là des caisses. Il se dressa, bouleversé, regarda de droite et de gauche. Ces bruits, en vérité, lui venaient de la place. Il secoua Chaumet qui poussa jusqu'au bout un ronflement d'enfant, s'étira, puis soudain se recroquevilla, bondit debout en implorant pitié et courut se blottir dans un recoin voilé de toiles d'araignées.

– C'est moi, souffla Pico. Hé, n'aie pas peur, mon âne.

Chacun palpa fiévreusement les cheveux et les joues de l'autre.

– J'ai cru que c'était le bourreau, gémit le dernier réveillé en se dépêtrant de ses toiles.

– Il est là, dehors, à l'ouvrage.

Ils écoutèrent, nez levé. Chaumet pointa l'index vers la vague lueur.

– Va voir, tu me raconteras, dit-il dans un frisson nerveux.

Pico se signa, répondit :

– Savoir me suffit, compagnon.

Ils restèrent à l'affût sous les pâleurs de l'aube qui embrumaient le soupirail.

Le matin était frais et beau. Un rossignol dans l'arbre à l'angle de l'église s'égosillait éperdument. Des hommes tôt levés se tenaient çà et là en groupes étroitement serrés, les épaules voûtées et les poings dans les poches. Ils parlaient vaguement de choses ordinaires, guettaient de temps en temps le bout de la ruelle et sautillaient d'un pied sur l'autre pour réchauffer leurs dos transis. Des volets s'ouvrirent autour de la place. Des femmes apparurent aux lucarnes et des têtes d'enfants entre les grosses mères. Elles leur montrèrent le gibet qu'on avait dressé sur l'estrade. On attendit ainsi sans hâte, un long moment, puis on se tourna vers la rue où venait d'éclater un fracas de sabots. Trois garçons accoururent, essoufflés, impatients d'annoncer à tous qui venait. On n'entendit pas ce qu'ils dirent. Ils précédaient à peine un cheval de labour qu'un boiteux tirait par la bride. Sur sa croupe houleuse était Firmin le Bleu, la bouche bâillonnée et les poignets liés. Il était torse nu. Son ventre débordait de sa ceinture basse. Les gens devant lui s'écartèrent. On le mena jusqu'à l'estrade, puis on le prit par les liens. On le renversa sur les planches. Le temps que Chabaud vienne, on le laissa rogner et subir sans miséricorde les coups de botte de ses gardes dès qu'il tentait de se lever. Le nain enfin sortit de l'ombre du grand arbre d'où ruisselait encore le chant du rossignol. Comme la veille il chevauchait son frère, mais il avait changé d'habit. Il était coiffé d'un chapeau aux bords abaissés sur sa face et vêtu d'une cape sombre qui traînait presque jusqu'au sol. Il grimpa sur l'estrade avec son mastodonte, il le mena jusqu'au gibet, raffermit sa vaste coiffure, fit signe qu'on amène à lui le condamné. On lui obéit en silence. Seul protesta Firmin le Bleu. Il freina des talons et malgré son bâillon parvint à faire entendre un râle étouffé mais puissant. Chabaud croisa ses bras courtauds tandis que le frère inférieur enserrait à gestes précis le cou du supposé coupable, l'assommait d'un coup de poing sec et le hissait comme un sac à la grange. Ce fut simple et guère effrayant. Dès l'ouvrage accompli on voulut arracher les enfants aux fenêtres. Beaucoup s'insurgèrent à grands cris. Ils avaient espéré une cérémonie plus longue et plus troublante. Était-ce donc cela, une pendaison d'homme ? Elle ne valait pas même un meurtre de cochon. On ferma portes et volets. Chacun s'en fut à ses affaires, on laissa pendouiller Firmin sous le beau soleil printanier, et dans l'arbre le rossignol ne gazouilla plus que pour lui.

De fait, s'il s'obstinait à chanter à tue-tête, c'était qu'il se sentait puissamment inspiré. Depuis la venue de Chabaud, l'ange flottant entre deux branches n'avait cessé de caresser son ventre tiède et son plumage, d'exalter sa jubilation malgré la cruauté de l'heure, et l'oiseau au creux de ses mains n'avait plus été qu'un chant ivre, un chant pur, oublieux de tout, un chant sans plus de corps autour, un chant qui ne sait pas qu'il chante. L'ange attendit ainsi que le boulanger mort sorte de sa carcasse. Dès qu'il le vit paraître il l'appela d'un geste, et le rossignol s'envola. Firmin s'en vint dans le feuillage, ébahi, aérien comme le vivant sans entraves qu'il avait toujours rêvé d'être.

– Je suis mort, dit-il, ou je rêve ?

L'ange lui répondit :

– On peut en discuter. Regarde ton corps. Il est mort. Et pourtant tu vis, donc tu rêves.

– Qui es-tu ? demanda Firmin.

Il était de ces culs de plomb que les subtilités rebutent. Ils n'y voient que magies de dupes, donc ils se braquent et, méfiants, se replient sur les questions simples.

– Un ange, lui répondit l'ange.

– Donc je suis mort, conclut Firmin.

Il rit, tout à coup rassuré. L'œil lumineux, il dit encore :

– J'ai eu grand-peur pour presque rien.

– Pour un pas, lui répondit l'ange, un petit saut à cloche-pied.

Il s'allongea sur un rameau et croisa les doigts sur sa nuque.

– Instruis-moi, boulanger. Dis-moi. Je pensais, hier, sur cette estrade où les gens disputaient, criaient et paradaient : « Les humains n'aiment pas la vie, ils lui préfèrent le théâtre. » J'en étais oppressé aux larmes. Quel poids, Seigneur, quel poids ! Tous parlaient de ce monstre que vous nommez la mort. Et je pensais encore : « Pourquoi s'enferment-ils dans ce mot sec et noir comme dans un cachot suspendu dans le vide ? » Suis-je moi-même mort parce que je suis un ange égaré chez les hommes ? Explique s'il te plaît, maintenant que tu peux m'entendre et me répondre. Pourquoi dramatisez-vous tant ces allées et venues somme toute ordinaires ?

– Pour vous ce n'est peut-être rien, pour moi c'est extrêmement grave, répondit Firmin, offusqué. On m'a tout de même tué. Je n'étais pas si vieux. Pardon, mais j'ai souffert une injustice énorme.

Même trépassé on se vexe et l'on s'encombre de rancœur. Ce n'est pas une loi céleste, c'est un constat désabusé.

– Ne te retourne pas, oublie donc, lui dit l'ange. En langage plus solennel on nomme l'oubli le pardon. Sois bon, allège-toi, pardonne.

Firmin bomba son ventre absent et fronça ses sourcils désormais virtuels. Il était à nouveau perplexe. « Cet être m'emberlificote avec ses sentences jouflues », pensa-t-il, méfiant, à l'ombre de son front sans contours perceptibles.

– Je suppose, dit-il, que tu m'attendais là pour me conduire à Dieu. Marche donc, je te suis.

– A Dieu ? répondit l'autre en riant, les yeux ronds. Sais-tu où le trouver ? Pas moi. Je pressens parfois quelque chose de ce qui pourrait être lui, mais c'est rare et trop volatil, je n'ose guère m'y fier. Il est, n'est pas, mystère, on cherche. Et l'ignorance où tu me vois est, je le crains, universelle. Je ne peux donc nulle part te conduire, pas plus à la chambre de Dieu qu'à l'écurie de son valet, si tant est qu'il monte à cheval.

Firmin le Bleu mit quelque temps à trier et ranger dans ses tiroirs obscurs ces déconcertantes nouvelles, puis, soucieux mais décidé, il voulut savoir où était le tribunal de l'Au-delà, si ses juges étaient fréquentables et quelle pénitence il risquait d'endurer pour les quelques péchés qu'il avait en mémoire. L'ange s'étonna derechef. « Quelles questions stupéfiantes me pose-t-il là ! se dit-il. N'a-t-il donc pas assez souffert de ces persécutions bizarres pour encore en redemander ? » Il le rassura. Il lui dit qu'il ne rencontrerait dans le monde sans corps ni juge, ni bourreau, ni personne qui se soucie de ce qu'il avait fait dans sa carcasse lourde. L'autre réfléchit longuement, puis ayant tout pesé :

— Je retourne chez moi, dit-il. Je veux voir si ma femme pleure.

L'ange pensa soudain à Lila et Judith. Il répondit :

— A tout bientôt. J'ai des gens à voir à l'auberge.

A l'instant même il s'y trouva.

4

— Je ne suis pas de ceux qui vont chercher des poux dans les poils du nombril des vierges, dit Truchet en poussant sa timbale vidée, mais ces deux bougres-là ne me paraissent pas de bons chrétiens d'Église. Ils n'ont pas le sens du péché.

Il rétrécit ses petits yeux, frotta devant le nez son pouce et son index, puis cherchant des regards, çà et là, dans l'auberge :

— Et se trouver privé de faute, de remords, de macérations, poursuivit-il avec une onction de gourmet, pour qui sait flairer le subtil, c'est signe que Dieu vous néglige. Car le péché, mes camarades, est l'aiguillon de la piété. Il nous tarabuste l'en-bas pour que nous, les porcs et les boucs qui pataugeons sous le ciel triste, parvenions à franchir la porte de l'enclos où le Saint Fermier nous attend. Ce Chaumet et son acolyte ne sont pas poussés comme nous par le souci du repentir. Ce sont des sauvages sans diable.

Il balaya l'air, fit la moue.

— Des hasardeux. Des chiens errants.

Les deux maigres lurons attablés avec lui rirent servilement en se poussant du coude puis ils approuvèrent leur chef de hochements enthousiastes qui enfoncèrent leurs chapeaux sur les oreilles et les sourcils. Truchet, content de sa palabre, emplit à nouveau son godet. Il rota puissamment. Les gringalets qui l'imitaient en tout battirent ensemble leur poitrine, lâchèrent à grands efforts quelques rots sans ampleur puis se tournèrent en riant haut vers un groupe de compagnons qui buvaient et tranchaient du pain dans le soleil d'une lucarne en questionnant les gens du lieu sur le temps montagnard et l'état des chemins. Les femmes près du feu rapiéçaient des habits, observaient à la dérobée le sodomite et ses compères, et raillaient à mi-voix les deux pieds-plats béats qui, agrippés à leur timbale, écoutaient pieusement leur chef parler de délices coupables et de nécessaires rigueurs. Lila n'était pas avec elles. Elle avait déjeuné avec Judith d'olives et de galettes dures sur la pierre du seuil, puis toutes deux étaient restées muettes, assises à l'ombre d'un figuier au feuillage bruissant d'abeilles.

Quand l'ange se posa près d'elles il les trouva ainsi, accoudées, le front bas, sur leurs genoux ouverts, les mains abandonnées comme des fleurs fanées, la coiffe de travers, les cheveux pendouillants, les yeux égarés dans les herbes, bref, abattues et délavées. Il se glissa entre elles, il les prit par le cou, il leur dit tendrement :

— Mes jolies, mes feux doux, mes sœurettes chagrines, mes loupiotes, mes parfumées.

Il chantonna pour apaiser leur peine, il les berça d'autres mots enfantins, il caressa du doigt leurs joues froides, leurs tempes, il rit pour éloigner la peur qui leur faisait trembler le souffle. Elles restèrent hébétées encore un long moment, puis Lila soupira. Ses sourcils se froncèrent et ses yeux s'assombrirent. Elle parut mesurer la profondeur d'un puits. Elle dit soudain :

— Je vais me vendre.

— A qui ?

— A ce rouquin qu'ils appellent La Taupe. Il a la clé de la prison.

Judith prit dans sa main celle de sa compagne, la tapota, hocha la tête. Elle répondit :

– C'est courageux. Se faire monter par ce monstre, c'est même du martyre à Rome au temps des cirques et des lions. D'autant qu'il doit avoir des bestioles partout. Tu risques une invasion sournoise.

Et frissonnant soudain, la mine ravivée :

– Savent-ils à quel point nous les aimons, nos hommes, nos foutus petits, nos mignons ?

Elle rit, tout attendrie, renifla une larme.

– Non, dit Lila, mélancolique, ces ânes se demandent où nous sommes à cette heure, si tant est qu'ils parlent de nous. Ils s'imaginent seuls au monde. Ils nous croient sans doute parties.

– Parties ? Seigneur Jésus, où pourrions-nous aller ?

– A Compostelle. A notre sauvegarde.

– Eux-mêmes à notre place auraient fait comme nous, affirma fièrement Judith. Ils auraient tranché dans le lard.

Elle étala ses jupons sur ses cuisses et les lissa d'un coup de main, signe de ferme conviction chez les ménagères amoureuses. Lila resta pensive. Elle sourit, résignée. Elle dit :

– Les hommes ont le chemin dans l'os. Il faut qu'ils marchent. Il faut qu'ils aillent. Chaumet m'aurait pleurée sur le ventre d'une autre, Pico nous aurait attendues peut-être une demi-journée puis serait parti pour toujours en pensant « Je reviens demain ».

– Pico ? couina Judith.

Elle se rengorgea, offusquée, partit d'un rire clair, et frappant l'air du poing :

– Il aurait mis le feu à ce maudit village. Oh, je le connais bien. Au fond, c'est un sanguin. Quand nous étions enfants il était déjà maigre et tellement peureux que si les voyous de Brenac le cernaient sans espoir de fuite il fonçait tout droit dans le tas et moulinait des gnons comme on se jette à l'eau de peur de se noyer. Il faisait des ravages. Il a l'air d'un prédicateur, mais ne

77

t'y fie pas, ma petite. Derrière son front de lettré un lion catalan ne dort que d'une dent.

Elle hésita un court instant. Sa voix soudain s'amenuisa.

— Du moins je le pressens, dit-elle.

D'un long moment elles ne parlèrent plus. L'ange les sentit retomber en solitude misérable. A nouveau il baisa leur joue, caressa leurs cheveux, souffla entre leurs yeux pour ranimer le feu qui s'éteignait dedans. Lila frissonna, dit enfin :

— J'ai comme un creux dans la poitrine, un feu qui fait du bien, qui fait du mal aussi. Judith, dis-moi que tu le sens.

— Oh oui, ma Lila, c'est l'espoir.

— C'est comme un aimant à miracles. On guette la merveille, on se dit qu'elle approche, qu'il ne faut pas bouger et qu'elle finira bien par arriver un jour si on la veut assez. Les hommes partent au loin chercher je ne sais quoi, conquérir Dieu, faire la guerre. Et nous, qu'attendons-nous, là, comme des mendiantes ? Tu le sais ? Moi, je sais. Un amant chaud comme un manteau, un gaillard, un roc, un amour. Et certes, nous savons nous battre.

— Oh oui, misère, nous savons !

— Mais nos batailles à nous ne sont pas pour l'honneur, ni pour le roi d'ici, ni pour celui du Ciel, elles sont pour préserver le feu, le feu d'espoir, là, dans le creux. S'il s'éteint, nous mourons aussi.

— Il ne s'éteindra pas, Dieu garde. Oh, tu ne connais pas Judith, l'évadée de Ramonicheux !

Elle ponctua bravement ses paroles de son coup de front coutumier, puis soudain resta les yeux ronds. Sa face s'éclaira. Elle se raidit comme une fille contente de son premier ruban, enfonça son coude pointu dans les côtes de sa compagne et marmonna sans que ses lèvres bougent :

– Regarde qui vient. C'est La Taupe. Le Ciel est avec nous. Tiens-toi bien, ma Lila. Entrouvre ton corsage. Un peu plus, que diable. Souris. Dieu qu'il est laid. Et en plus, malheur, il est roux. Comme le mari de ma sœur. L'odeur. Une abomination. Il n'est pas né dans un buisson de roses, voilà au moins qui est acquis. Yayay, la brute épaisse. Un cierge de pénitent blanc, ceux qui mettent neuf jours à fondre. A mon avis, il n'a pas moins. Tu ne pourras jamais, ma fille.

La Taupe venait en effet parmi les choux du potager, lourdaud, les cuisses courtes, le torse touffu jusqu'au cou, les joues rondes couleur de pêche et les cheveux comme un champ de soucis. Il avait la lenteur placide des robustes. A vingt pas du seuil de l'auberge il mit ses deux index en bouche et lança un coup de sifflet si brusque et si pointu qu'un couple d'oiseaux prit la fuite dans le feuillage du figuier. Une fille apparut sur le pas de la porte, malingre, vaguement voûtée, les manches troussées jusqu'aux coudes, les mains s'essuyant au tablier. Elle jeta derrière elle un coup d'œil apeuré, trotta vers l'homme en rajustant sa coiffe. Il ferma sur elle ses bras en ronronnant des paillardises. Elle se pelotonna, s'enfouit dans la toison de carottes râpées qui ornait sa large poitrine, offrit son cou à la bouche impatiente, sa croupe aux pognes farfouilleuses, son ventre au ventre véhément, puis à grand-peine elle se défit du corps de son amant rustique. Elle lui gémit des mots de désir, de regret, de rencontre impossible, de crainte d'être vue, de rendez-vous prochain. Il la laissa aller. Elle lui baisa furtivement les lèvres et s'en retourna en courant.

– L'animal est en rut, dit Judith à mi-voix. Ho, la bête, viens là. Il hésite. Il ne sait que faire. Sainte Vierge aide-nous. C'est bon, il se décide. Tudieu, il n'est pas vif. Relève tes jupons. Ne le regarde pas. Mange une olive. Sois distraite.

La Taupe s'approchait, l'allure nonchalante, en haussant sa ceinture. Il venait à l'instant d'apercevoir les filles à l'ombre du figuier, et puisqu'il n'avait plus, pour l'heure, que terre en bas et ciel en haut, autant, s'était-il dit sans doute, aller faire un brin de parlote à ces pèlerines timides. Il salua les deux mignonnes, se tut longtemps, se gratta l'œil, puis il poussa un grand soupir, fit rouler des graviers en gorge et déclara qu'il faisait beau. Ce n'était pas à l'évidence un parleur de haute volée. Judith en fut déconcertée. Elle s'attendait à plus bestial. Elle avala un grand bol d'air, elle dit qu'elle s'appelait Judith, puis se tourna vers sa compagne, posa la main sur son genou et ajouta d'un ton de mère maquerelle :

– Et voici mon amie Lila.

La Taupe sourit.

– Oh, dit-il.

Ce qui suivit fut soudain, quoique simple. Les deux femmes en furent frappées comme par la botte secrète d'un dieu travesti en benêt. L'œil bleu du rouquin s'alluma et il se mit à fredonner, rythmant d'un doigt ses notes fausses :

Lila je porte au front votre pure présence,
Lila de votre nom mon âme se nourrit
Lila je vois l'amour à votre ressemblance
Lila au fond de moi votre signe est inscrit.

– Seigneur, gémit l'apostrophée.

Dès l'entrée pesamment ânonnée du poème une vague de canicule avait envahi sa figure et sa nuque s'était courbée comme sous un fardeau d'âne caravanier. Quand il se tut elle resta le front bas, captive, apparemment, de l'armée de fourmis qui défilait dans l'herbe. La Taupe, la mine faraude, se dandina d'un pied sur l'autre et dit en se torchant le nez :

– Pardon, j'ai oublié la suite. C'est un pèlerin, l'an

80

passe, qui m'a appris cette chanson. Elle est l'œuvre, à ce qu'il m'a dit, d'un grand troubadour toulousain amoureux d'une reine arabe. Elle est si belle, paraît-il, qu'on la mangerait sans persil. Cette dame-là, voyez-vous, ce n'est pas du fraisier commun. C'est de la neige en plein soleil sur de la montagne imprenable. Vous portez le même nom qu'elle. C'est un hasard, bien sûr, mais il fait bien les choses. Il me permet au moins d'entretenir ma voix.

– Un hasard ! s'écria Judith d'un ton de cantatrice rauque, le souffle tout ébouriffé, les yeux faussement égarés cherchant le salut dans les branches. Entends-tu, ma Lila ? Seigneur Dieu, un hasard ! Mais savez-vous, monsieur, qui vous voyez ici ? Lila, tout bonnement. Lila. La vraie Lila. La Lila de celui qui a chanté Lila. La neige en plein midi sur le mont stupéfait. C'est elle. C'est Lila. Voilà. Je vous autorise à baiser le bout de ses doigts. Soyons simples. Lila, fais-lui plaisir. Condescends, s'il te plaît.

Elle rajusta son châle, épousseta sa manche, attendit patiemment, en regardant ailleurs, le sourire hautain, sûre que l'homme allait s'effondrer de son haut, battre le sol du poing et couvrir son front de poussière. Lila leva un peu la tête de côté, lança un coup d'œil noir à La Taupe planté qui la contemplait, incrédule, les mains tombées du ceinturon où tandis qu'il chantait il avait mis les pouces. Il dit enfin :

– Vous plaisantez.

Ce fut encore un choc pour les deux femmes assises. Judith eut un hoquet. Lila fronça le nez, elle fit « non » de la tête.

– Pardonnez-moi, dit-elle.

Elle examina le rouquin d'un air de défi fatigué, sourit à peine et s'en revint à son examen de fourmis. Judith s'impatienta :

– Écoutez, mon ami. Nous avons trop de retenue, ma

81

chère compagne et moi-même, pour cuisiner des farces au nez plein de points noirs d'un homme décisif. Car décisif, mon beau, que vous vouliez ou non, vous l'êtes bougrement. Ne cherchez pas pourquoi, c'est affaire privée. Sortez donc, s'il vous plaît, des broussailles rouquines où je vous vois perdu. Je vous offre une clé d'amour aussi rare que la lumière dans vos petits yeux de goret. Elle s'appelle Lila. La voici. Prenez-la, et vous verrez s'ouvrir, promis, juré, craché, la porte dérobée des troubadours heureux. Me comprenez-vous bien ?

L'autre l'examina, les sourcils soucieux, l'attention obstinée, puis remua la tête à sa gauche et sa droite. Elle reprit vaillamment :

– Lila, je vous l'affirme, est la Lila chantée à la cour de Toulouse et même, à ce qu'on dit (mais je vois que cela vous survole de haut), à celles d'autres rois dans leurs royaumeries de France et de Majorque. Elle va faire ses dévotions à Saint-Jacques-de-Compostelle. Si vous désirez l'honorer, nous vous autorisons à ouvrir votre cœur. Ne traînez pas, il se fait tard.

– L'honorer ? dit La Taupe en riant mollement. En vérité, pardon, je la trouve quelconque. Si c'est là madame Lila, sacré bon sang, je suis déçu.

On croit parfois que l'on maîtrise le cours apparemment prévisible des jours. On imagine, on projette, on décide, tout semble cohérent, on tient ferme le cap, la barque est bien armée, on doit donc parvenir sans encombre à bon port. On oublie volontiers que le vrai maître à bord est le dieu entre tous le plus indiscutable, celui dont nul ne peut nier la déconcertante existence, celui qu'aucun de nous n'a besoin de prier pour qu'il nous pende au nez. L'Imprévu est son nom. C'est à lui que pensait sans doute Claudine de Quillan l'Oblate la nuit où ses *Visions du Jardin sous le Pont* s'augmentè-rent de cette loi : « Le sûr est improbable, l'impensé est certain. » Les deux compagnes, donc, furent prises de court, et l'ange se sentit comme un marathonien débordant de confiance et butant impromptu contre un caillou fatal. « Nous ne gouvernons rien, se dit-il stupéfait. Certains des miens pourront penser, quand je leur conterai mon voyage terrestre, que j'ai mené ces gens où je voulais qu'ils aillent. Erreur. Je suis aveugle autant qu'ils peuvent l'être. Quelqu'un est là, au-dessus de ma tête, qui me conduit comme je les conduis, et sans doute mon guide ignore autant que moi où nous allons ensemble, car lui aussi, probablement, chemine dans l'obscurité. Oh, Seigneur qui tiens par la main le premier vivant de la troupe au fond de l'obscur infini, rassure ton enfant. As-tu les yeux ouverts ? »

Lila éclata en sanglots.

– Laisse donc, c'est un porc, lui dit Judith, rogneuse, en tapotant sa coiffe. Quand je pense à cette souillon qu'il a presque baisée devant nous tout à l'heure, va, je ne suis pas étonnée.

L'ange vint se pelotonner sur les genoux de l'éplorée. Il murmura, mélancolique :

– Il n'a pas su te regarder. Tu sais bien que seuls les amants voient la beauté des gens, des choses.

Il se trouva si bien contre son ventre tiède qu'il renonça dans un soupir à la consoler plus avant. Il ronronna, voluptueux, se plut à enfoncer le nez entre ses seins, et la prit par la taille et se tint là serré comme un nourrisson sur sa mère. Lila sécha ses larmes en deux revers de bras.

– Comprends, Judith, bafouilla-t-elle. Que je ne sois pas à son goût me serait un soulagement si je ne voyais pas le mur qui nous vient en pleine figure. Nos pauvres hommes sont perdus.

Et levant vers le ciel sa face chiffonnée elle s'écria, rageuse, à nouveau sanglotante :

– On dit qu'un bon ange, là-haut, veille sur chacun d'entre nous. Où est le mien, Seigneur Jésus ? Qu'ai-je fait pour qu'il m'abandonne ? Et celui de Chaumet, où est-il, ce fainéant ?

L'ange se redressa, ouvrit grands ses yeux d'ange. Il voulut balbutier une protestation mais il ne put articuler le moindre pourquoi ni comment, occupé qu'il était à découvrir, pantois, ce qu'entendent les gens par ces mots malsonnants : injustice flagrante. Il gémit :

– Oh, Lila.

Et il se renfonça contre elle, le corps soudain frileux et l'esprit embrumé.

Seul demeura placide, en cet instant confus, La Taupe dépassé par les enjeux du drame. Il eut un rire cahotant, il affirma que les poètes étaient tous de fieffés menteurs, puis il fit un clin d'œil et ajouta, l'air fat, que madame Lila n'avait pas à rougir, qu'elle était avenante et que la beauté de ses courbes était somme toute passable, mais qu'on imaginait sacrément autre chose, à entendre les mots de ces belles chansons que son amant bigleux avait faites pour elle.

Il conclut, la mine égrillarde, par ce compliment déroutant :

– Je vous le redis de bon cœur, vous avez tout ce qu'ont les femmes, ce qui est rare de nos jours. Et si je n'avais pas ma Juliette à trousser, je vous palperais bien le bout du nez des seins. Mais je ne peux pas m'y risquer, la mignonne est jalouse, elle a les crocs pointus et l'appétit aussi gros qu'elle est maigre. Yayay, elle est goulue comme une nonne verte ! Ho, voilà que le ciel se couvre. Bonsoir, j'ai des oiseaux en cage, il me faut aller les nourrir.

Il rajusta son ceinturon, salua d'un doigt sur la tempe et s'en alla comme il était venu.

C'est alors que Judith tout soudain s'affola. Le cœur lui bondit à la tête, elle ne vit plus que brume rouge et lui vint à l'esprit dans un éclat de foudre cette inacceptable pensée : « Si je laisse partir cet homme (Seigneur ayez pitié de nous), je ne reverrai plus le mien. » Pour elle seule elle dit :

– La clé.

Elle se dressa, les mains devant. L'ange, alerté, sortit en hâte de sa sieste. Elle cria au rouquin qui s'éloignait, tranquille :

– Savez-vous qui sont ces oiseaux ? Savez-vous bien, cornes du diable ? Prenez garde, ils ont des pouvoirs que vous ne soupçonnez pas, mon bonhomme !

Elle vint à lui si vivement que sa jupe se déchira aux épines d'un églantier. Dans un tréfonds de cœur paisible abrité de l'ivresse aveugle qui l'envahissait de partout quelqu'un s'étonna de ces mots qui venaient à l'instant de sortir de sa bouche. L'ange lui cria :

– Va, Judith ! N'écoute pas, n'écoute rien, griffe, mords, crache, sois terrible !

Et donc enragée, riant fort, bavarde, débordée par les mots emballés, les yeux étincelants et pourtant, dedans, grelottante comme un chat sous la giboulée, elle se planta devant La Taupe, le prit au col et lui rugit, tandis que l'autre, abasourdi, éloignait prudemment sa face d'un ouragan de postillons :

– Honte de Jésus-Christ, connaissez-vous Pico ? Non. Il ne connaît pas. Je n'en suis pas surprise. L'ignorance rouquine effraie même les loups. Tais-toi ! Je ne crie pas, je ne fais qu'essayer d'atteindre ta cervelle. Pico est un lettré biblique. Un savant. Un docteur. Un médecin céleste. Un saint, pour faire court. Il m'a sauvé la vie pas plus tard qu'avant-hier. Oui, bonhomme, moi qui te parle, il m'a tirée de chez les morts. Je mourais chez ma mère, il a crié mon nom, et hop, debout Judith ! Voilà. Il est ainsi. C'est sa vie ordinaire. Il va chercher les gens devant le cimetière et les ramène droit chez eux. Guéris. Sains. Gambadants. Prêts à culbuter leur Juliette. Il poserait les mains sur tes copeaux d'oranges et tu virerais brun comme tout un chacun. Pico. C'est là l'oiseau qui croupit dans ta cave. Un miraculeur tel que Dieu même est jaloux. Or voici qu'il s'en vient à Crézipas-le-Vieux pour sauver quelques têtes. Et que fait Crézipas ? Crézipas le fleurit ? Lui caresse le dos ? Lui offre un porcelet pour son dîner d'accueil ? Non. Crézipas l'enferme. Maudit soit Crézipas. Et toi qui le nourris de quelques radis sales, holà, j'ose à peine penser à ce qui t'attend, bougre d'âne, s'il arrive quelque malheur.

Elle resta un instant à le fixer d'un œil d'hypnotiseur de foire, l'index raide planté dans son poitrail velu.

– Putréfaction sur pied. Il te souffle dessus et tu tombes en tas flasque. La clé.

– Quelle clé ?

– Du cachot.

Le rouquin demeura perplexe, une main sur sa poche et l'autre gratouillant son front creusé de rides. De fait, s'il avait du souci, c'était qu'apparemment il lui fallait répondre, mais il ne savait trop quelle était la question. Il opta pour la diversion.

– Si je vous comprends bien, dit-il, ce Picard serait à peu près comme un guérisseur en voyage.

– Pico, gronda Judith, nerveuse.

L'autre contempla l'infini, parut y trouver une idée, dressa un doigt terreux devant sa face pourpre.

– Il faut en avertir monsieur Chabaud le Gog, dit-il. Attendez là.

Il partit en courant.

L'ange le regarda décroître, puis il se tourna vers Judith qui contemplait, pétrifiée, le lointain où se perdait l'homme. Il s'assit au soleil, ouvrit les bras au ciel.

– Ces êtres sont époustouflants, dit-il, rieur autant qu'ému. A chaque instant je les découvre, à chaque instant ils m'émerveillent. Je les aime de plus en plus. Ils sont pesants, mais quelle force ! Tant dans les mondes hauts que bas je ne vois pas meilleurs vivants. A qui d'autre Notre Seigneur pouvait-il confier ce bas-fond d'univers où n'était aucune lumière ? A nous, les angéliques ? Eh non, un rien nous blesse et nous trouble les sens. Aux hommes. Ils sont venus, et ils ont allumé le feu divin partout. Quelle foi il leur a fallu pour se dresser droits sur la terre, pour tracer leurs chemins, pour bâtir leurs villages dans ce chaos décourageant !

Le savoir, le jeu sans enjeu et le sentiment amoureux sont les nourritures des anges. Ils en font leurs repas comme nous à midi mangeons le pain ou la potée, et si leur vient une trouvaille ils la dégustent en gastronomes en s'enivrant jusqu'à plus soif du parfum capiteux d'un château-saint-esprit hors d'âge. Donc, comme il savourait ainsi son déjeuner de découvertes, les pèlerins sortirent en troupe de l'auberge. Truchet s'en vint devant Lila, s'appuya sur sa canne ornée de coquillages et lui dit qu'il était grand temps de reprendre le droit chemin. Elle ne voulut pas l'écouter. Elle demeura assise à l'ombre du figuier. Il se pencha sur elle et lui tendit la main. Elle resta le front bas. Une femme dit :

– Laisse-la. Chance pour elle, elle a un homme.

Et une autre :

– Elle veut voir son Chaumet pendu. Elle nous rejoindra en Espagne.

L'escogriffe grogna, prit Lila au menton pour relever sa tête. D'un mouvement hargneux elle se défit de lui. Il haussa les épaules. Il bougonna :

– Adieu.

Il rejoignit ses gens qui déjà s'éloignaient, fringants, en parlant fort. Judith vint se rasseoir sous l'arbre. L'ange croisa ses doigts, le regard ébloui.

– Femelle, sois bénie, dit-il, les larmes aux yeux, et bénie soit ta peur aussi, car elle t'a puissamment aidée. Nom d'un archange bleu, ta peur, quelle sorcière ! Je l'ai gonflée, grandie autant que je l'ai pu, j'ai soufflé sur son feu à m'en crever les joues, tu as fumé, bouilli, et vois, c'est un miracle. L'esprit du rouquin s'est fendu. Pico docteur, saint guérisseur, miraculeur de plaies et bosses, quelle belle et joyeuse idée ! Je vais annoncer la nouvelle à nos deux frères encavés.

Il prit le vent et s'en alla.

– Tu es folle, dit Lila.

– Oui, murmura Judith. Et fatiguée aussi.

– Pico sera martyr bien avant d'être saint. Malheur, Chaumet aussi.

– Je le sais, répondit Judith. Laisse-moi pleurer, j'ai besoin.

Elle ouvrit la bouche, elle aspira l'air et le lâcha tout aussitôt. Un torrent de sanglots lui secoua les côtes. Lila la prit contre elle, la berça, lui frotta le dos, essuya ses joues ruisselantes.

– Qui sait ? dit-elle tendrement. Mon ange gardien m'a perdue, le tien t'a peut-être trouvée et c'est peut-être lui qui t'a soufflé ces choses. Il faut que nous gardions confiance. Qui sait si ce n'est pas par ce drôle de bout que nos hommes seront sauvés ?

– Quelqu'un parlait pour moi, lui répondit Judith. Moi, je ne savais pas que dire. Je criais, et les mots venaient.

Elle renifla. Elle dit encore :

– D'ailleurs, à bien y réfléchir, je sens encore une présence, là, près de nous.

– Je sens aussi. Judith, nous ne sommes pas seules.

Elles l'étaient pourtant. C'est banal : quand l'ange est là, nous l'ignorons, et quand nous croyons le flairer ce n'est rien, c'est du vent qui passe. A l'instant où les deux compagnes l'imaginaient à leur côté, l'ange était en prison. Il s'échinait à ranimer le cœur épuisé de leurs hommes. De fait, il s'efforçait en vain. Chaumet était plongé dans un tel désespoir qu'il n'osait même plus le dire, et Pico s'estimait abandonné de tous, de Dieu n'en parlons pas, des hommes depuis que son père, un jour, était parti sans retour au marché, et des femmes depuis la veille.

La Taupe s'en revint vers l'heure de midi. Lila l'aperçut la première courant à travers le jardin sans souci des choux piétinés. Judith était couchée dans l'herbe, le corps au soleil jusqu'au cou, les yeux dans l'ombre raccourcie. Elle priait le Ciel qui jouait avec le feuillage bruissant. A peine entendit-elle la course du rouquin. Elle se dressa, le cœur à nouveau bondissant. Il était là, suant, soufflant.

– Monsieur Chabaud le Gog veut vous voir, leur dit-il. Venez, je vous conduis au conseil communal.

Elles eurent grand-peine à le suivre, tant il mit de hâte à marcher. L'une et l'autre trottant derrière le questionnèrent à voix menue, inquiètes de ce lieu où elles devaient se rendre et de ce redoutable nain qu'elles allaient devoir affronter. La Taupe leur dit que Chabaud n'était pas seulement son chef, mais aussi le chef du village. Il répéta trois fois ce « chef », les joues aussi gonflées que par un confit d'oie, et comme il n'était pas de ceux qui bavardent la bouche pleine il renonça à dire plus, sauf qu'elles étaient presque arrivées. Tous trois traversèrent la place où étaient quelques hommes armés de coutelas autour d'un rémouleur et des femmes courbées sur un seau ruisselant devant le chariot plat d'un marchand de poissons. Le rouquin d'un coup de menton désigna le clocher carré, puis il s'engouffra dans l'église. Elle paraissait à l'abandon, ses piliers se perdaient dans des hauteurs obscures, elle sentait le moisi, l'encens, le vide triste. Tous trois sur la pointe des pieds s'avancèrent jusqu'à l'autel où n'était qu'une cruche verte débordante de fleurs pourries. Ils firent là, sans s'arrêter, une demi-génuflexion et un signe de croix furtif, puis La Taupe s'en fut au fond du chœur ombreux pousser une petite porte et se mit à gravir un étroit escalier planté dans l'épaisseur du mur. Des lueurs de meurtrières baignaient de loin en loin les marches creusées par l'usure. Les femmes à tâtons le suivirent. Il fit halte au premier palier, leur ordonna de se hâter, grimpa encore deux étages. Là était une salle. Ils franchirent le seuil.

Elle était baignée de lumière. Deux fenêtres en ogive armées de gros barreaux étaient ouvertes sur le ciel traversé de nuages blancs. Aux coins, quatre statues de saints à la bienveillance accablante offraient leurs mains de bois verni. Ces bienheureux étaient si beaux dans leur gloire mélancolique et leur figure était si manifestement dépourvue de tout vice qu'ils en étaient décourageants. Lila, sous leur regard, rétrécit ses épaules et joignit humblement les mains sur son pubis. Judith mordit sa lèvre et se sentit honteuse de ce qu'elle avait dit tout à l'heure à La Taupe. Elle craignait le feu de l'enfer après un mensonge aussi grave. Le rouquin les poussa devant Chabaud le Gog, qui se tenait assis sur un étrange siège aux longs pieds d'échassier. A sa droite et sa gauche étaient deux écritoires où deux greffiers notaient dans de vastes cahiers de parchemin bruissant ce que dictait leur maître.

— C'est assez, leur dit-il. Il y a du vin là-haut. Allez boire, mais peu. Mon frère vous surveille.

Il les congédia d'un revers de main lasse, rajusta les coussins sous ses fesses et ses reins, sourit les yeux mi-clos aux deux effarouchées, se pencha en avant, posa le menton dans sa paume. Il resta un moment à scruter leurs visages avec une attention d'animal à l'affût. Il dit enfin :

– Ainsi, votre Picon est un saint guérisseur.

– Pico, gémit Judith à voix de canari.

A peine eut-il pour ce couinement triste un frémissement de sourcils. Il leur désigna les statues.

– Je suis un familier de ces êtres, dit-il. Les odes que je dicte à mes écrivassiers content leur vie et leurs bienfaits. Depuis que notre prêtre a quitté sa paroisse pour aller vivre chez les loups, l'âme du peuple cauchemarde. Les gens ont besoin de merveilles. Je leur en fournis à foison. C'est mon devoir, et mon plaisir. Si votre jean-foutre est capable de rendre aux moribonds le goût du lait de femme, le pendre serait maladroit. J'ai des doutes, pourtant. Réfléchissez, bougresses. Avez-vous dit la vérité ? Avouez votre égarement, et vous ne serez que fouettées. Persistez dans votre mensonge, et ce jour pour moi ordinaire sera pour vous de tous le plus mal embouché. Nous vous pendrons demain avec vos deux pantins, ce qui serait dommage car j'aimerais vous voir un de ces soirs d'avril danser le cul nu sur la place en me tapotant le nombril.

Judith poussa Lila du coude. Elle balbutia, les larmes aux yeux :

– Dis-lui ce que tu veux, moi j'ai le nez qui coule et les dents me mangent les joues.

Lila serra les poings, et relevant le front :

– Nous n'avons pas menti, dit-elle en s'efforçant à la bravoure droite. Pico est anormal. Je veux dire : il m'étonne. D'ailleurs, il est fameux partout. Il soigne à sa façon, puis petit à petit ses malades guérissent. Il faut compter parfois une semaine ou deux. Est-ce trop ? Disons moins. Trois jours, si vous voulez. Bref, il fait des miracles énormes.

Chabaud le Gog plissa les yeux. Il dit à mi-voix menaçante :

– Dans ce cas, pourquoi tremblez-vous ?

Elle lui répondit sèchement :

– Hé, vous m'effrayez trop sur votre grand fauteuil.

D'un geste il chassa la réponse, fit une grimace aga-
cée, claqua nerveusement des doigts. Son frère apparut
à la porte, il s'approcha de son perchoir, lui tendit ses
pognes velues.

Le visage du nain s'illumina d'un coup. Il sembla
tout soudain défait tant de ses cruautés que de ses maux
intimes. Il enlaça le cou qui se penchait vers lui comme
un enfant aimant aurait fait à son père, s'assit dans les
bras de l'énorme, caressa son crâne tondu. Il demanda
enfin :

– As-tu fait bonne sieste ?

Et Judith, le voyant distrait, les doigts devant la
bouche, en hâte :

– Jésus Marie Joseph, il fallait avouer. Par ta faute
nous sommes mortes.

– Au moins nous échappons au fouet, grogna rageusement Lila, les yeux à l'affût sous sa coiffe.

Chabaud n'entendit rien de ces chuchotements. Il
était tout au monstre tendre. Il lui parlait, le caressait, et
dans ses yeux brillait une lueur rieuse, paisible, dému-
nie. L'autre le regardait, pareillement heureux, grognant, hochant à petits coups la tête tandis que le nain
contre lui le berçait de paroles simples.

– Le lit, là-haut, est-il moelleux ? C'était celui du
vieux seigneur. C'est maintenant le tien, pour toujours.
Ne crains pas. Es-tu content, dis-moi ? Non, ne te soucie pas de moi, je coucherai sur le plancher. Je souffre
moins des os quand je dors sur la dure. Oui, je te conterai l'histoire de saint Jacques et nous irons ensemble,
un jour, le visiter. Non, tu ne seras plus attelé aux char-
rues. Oublie, mon beau, oublie. Pourquoi faut-il que
cela te revienne tous les jours que le Ciel nous fait ?

Oui, le seigneur est mort, et ses chevaux aussi, et ses gardes. Tous morts.

Lila regarda la fenêtre, suivit un vol d'oiseaux qui traversait le ciel.

– Qu'on les sorte de leur cachot, dit-elle à voix à peine audible. Ensuite, à la grâce de Dieu. Il nous faudra courir sans regarder derrière jusqu'à ce que les pieds nous tombent des mollets.

Chabaud le Gog se redressa, haussa le sourcil gauche et releva le droit.

– Que racontez-vous donc dans vos mentons, femelles ?

Il prit appui sur le bras de son frère, enjamba sa nuque courbée, s'accouda sur son crâne ras. Il grinça, à nouveau terrible :

– Je sais que vous mentez.

Il lança les bras en avant.

– Eh, que m'importe ! Prenons l'air !

Le corps, dessous, avança puissamment. Lila et Judith reculèrent et dévalèrent l'escalier.

Sur la place, il y avait du monde. Seul le rémouleur, à l'écart, était resté devant sa meule, indifférent à tout sauf à l'affût des lames et aux éclats de feu qui lui piquaient le nez. Les autres, hommes et femmes, écoutaient pérorer La Taupe. Il contait, fiérot, aux badauds ce que lui avait dit Judith, qu'un guérisseur miraculeux était peut-être là, par mégarde, en prison. On informait les vieux à grand bruit dans l'oreille. Les hommes soupesaient leurs doutes, les regards des femmes espéraient. Quand Judith et Lila parurent avec Chabaud perché sur sa monture, on accourut à eux et l'on s'agglutina. Le rouquin désigna Lila. Il dit en bombant son poitrail :

– Savez-vous qui est cette dame ?

Il se mit à chanter son début de chanson. On lança

des sifflets. Quelques-uns applaudirent. Il dit encore avec une emphase de pitre :

– La reine de cœur, la déesse, la si belle qu'un loup lui mangerait du foin dans le creux de la main, c'est elle. Saluez !

– La paix ! gronda Judith.

Lila baissa le front sous les ricanements, et rejoignant Chabaud qui se mettait en marche elle bouscula les gens, passa devant La Taupe, lui écrasa le pied d'un coup de talon sec, et rageuse autant que précise planta le coude dans son foie. L'autre ouvrit grands les yeux, la bouche plus encore, et resta là courbé, cherchant partout de l'air, tandis qu'elle s'en venait en tête du cortège et prenait dans sa main menue le bout des doigts du colosse muet. Ils s'en allèrent ainsi à la maison hantée où étaient enfermés les condamnés à pendre. La Taupe en claudiquant descendit au sous-sol de ce lieu pourrissant où d'ordinaire ne logeait qu'un spectre de vieil assassin et remonta bientôt en poussant devant lui les prisonniers hagards, couverts de poudre grise, de toiles d'araignées et de paille moisie. Ils titubèrent, grimaçants, chacun se rassurant à palper à tâtons la chemise de l'autre, puis Lila courut vers Chaumet, Judith se hâtant vers Pico trébucha sur un croc-en-jambe, s'affala dans ses bras, se suspendit à lui, le fit tanguer à reculons, les bras en ailes de moulin, et la bouche contre l'oreille elle voulut lui dire en deux mots par quelle ruse extravagante il se retrouvait là-dehors. Chabaud le Gog cria :

– Silence !

Il ordonna d'un geste aux femmes de retourner derrière lui puis il lança, moqueur, faussement solennel :

– Que le saint guérisseur s'avance !

– Holà, Seigneur, couina Judith à peu près autant enjouée qu'une vieille pie prise au piège, il ne bougera pas, il est bien trop modeste, il craint la foule, les fanfares, les alléluias, les hourras.

Elle ajouta, les mains bavardes et les grimaces à l'unisson :

– N'est-ce pas, Pico ? N'est-ce pas ? Pico, regarde-moi, je te parle, réponds !

En vérité, aucun des récents décavés n'avait encore osé affronter la lumière. Ils se frottaient les yeux, toussaient, éternuaient, semblaient considérer les gens comme des apparitions infernales et regardaient Chabaud sur son frère géant avec autant d'effroi qu'un arbre menaçant de s'écrouler sur eux. Chaumet dit enfin :

– On nous pend ?

Il sautilla, tout effaré, tenta d'apercevoir par-dessus les chapeaux une corde, un bout de gibet.

– Sommes-nous libres ? dit Pico.

– Une rumeur prétend, lui répondit Chabaud, que vous savez guérir les pestes, choléras, lèpres, coliques vertes et autres maux puants.

– Moi ? demanda Pico, l'index pointé sur sa propre poitrine.

Il demeura pétrifié, la bouche ouverte à tous les vents.

– Eh, qui d'autre ? brailla Judith.

Elle partit d'un rire si faux qu'il se perdit bientôt en grimace peinée.

– Nous avons au bord du torrent un hôpital que protège saint Jacques, dit encore Chabaud, l'œil méchamment rieur. Nous gardons là, prêts à remettre à Dieu, cinq enfants moribonds, trois femmes infectées du ventre et quelques vieillards fous qui mangent leurs genoux. Bonhomme, je vous y conduis. Je déteste ce lieu. Vous y entrerez seul. Je veux en voir sortir avec vous les malades. S'il plaît à Dieu qu'ils soient guéris, vous serez chez nous bienvenu et vous aurez tout à foison le temps qu'il vous plaira de veiller sur nos têtes. Sinon demain vous mourrez tous les quatre comme des

95

porcs à la saison des saucisses et du boudin blanc. Ce marché convient-il à votre seigneurie ?

Pico s'épousseta les manches et le devant, vit Lila faire des mimiques et des signes de sourd-muet. Il devina l'espoir de fuite derrière la farce jouée. Dans la foule aux épaules jointes il chercha un trou de soleil, une brèche, un salut possible. Il n'en vit pas le moindre. Il fit un geste vague.

– Eh bien, dit-il, vivons, puisque nous sommes morts.

Il s'étonna furtivement d'avoir si sottement parlé. Chabaud fut lui aussi surpris. Il trouvait la sentence forte. Il lui vint à l'esprit que peut-être cet homme était plus grand qu'il ne croyait. Ils s'en allèrent à l'hôpital.

5

L'ange demeuré seul au seuil de la prison bâilla et s'étira, leva la tête au ciel, et les bras déployés il s'emplit amplement de printemps parfumé. Il avait grand besoin de se revigorer. Les miasmes souterrains et le lourd désespoir de ses deux compagnons avaient tari ses sources et fané son jardin secret. Bref, il avait perdu confiance. Confiance en quoi ? Question non angélique. Ici, pour la clarté des choses, doit être dit le mot de celui qu'on nomma, faute de nom gravé sur son cartable d'œuvres, l'Anonyme Content d'Être de Carcassonne : « La vraie confiance est sans objet. Elle se nourrit d'étonnement. » L'ange avait donc laissé au fond de l'escalier sa force et son envie de dire à l'univers : « Vieux Père, étonne-moi. » Mais il est vrai que ces êtres célestes sont comme chez nous les enfants : un rien les tue, un rien les fait revivre. Ils sont aussi par heureuse nature d'impénitents voluptueux. Et donc, ragaillardi par l'air frais du dehors il se sentit renaître, et la joie revenant un désir véhément de baignade aérienne le fit de partout frissonner. Un bref instant il hésita. L'épreuve où l'on menait ses compagnons de route était intéressante autant que périlleuse. Il les regarda disparaître au fond de la ruelle en pente avec Chabaud caracolant, Lila près de Judith, la tête en oraisons comme à la procession de Pâques, et la foule animée qui leur faisait escorte. Il eut vers eux un élan

97

d'affection, à nouveau huma l'air d'en haut, dit aux uns « Je reviens » et à l'autre « J'arrive », prit d'un hop-là fringant le chemin vertical et s'en fut se rouler dans les ruisseaux de brise qui faisaient bruisser le ciel bleu.

Or comme il naviguait dans les parfums de l'air il vit en contrebas sur les toits de la place errer Firmin le Bleu, le boulanger sans corps pendu de l'avant-veille. Il lui fit un signe amical et l'invita à hauteur d'hirondelle. L'autre le rejoignit d'un vol si maladroit qu'il s'empêtra d'abord dans un feuillage d'arbre, puis traversa de part en part la tour accolée à l'église, sortit de la muraille aussi saoul qu'une mouche évadée d'un tonneau, parvint dans le plein ciel où n'était plus d'obstacle. L'ange le retint par un pied. Il s'agita, tout essoufflé, cherchant appui sans rien trouver. Enfin, se laissant dériver auprès de son compagnon d'air :

– Je ne me sens pas bien, dit-il. Je viens de ma boulangerie. Ma femme larmoie mollement. On sent le souci de bien faire, mais le cœur dort, c'est évident. J'aurais été content de la voir s'arracher quelques touffes de poils, hurler comme une louve à la lune montante, ou tomber à plat ventre en criant qu'on lui rende son bien-aimé Filou (elle me nommait ainsi). Je suis déçu, vraiment. Elle geint de temps en temps sur les seins des voisines et vaque à ses affaires en lorgnant l'ouvrier. Bref, je me sens lourd. Mais je vole. C'est là le seul point positif. Car mon nouvel état m'afflige plus encore que la tiédeur de ma Lucie. Je croyais que la mort m'apprendrait quelque chose, mais non, elle me laisse tout seul. Depuis que j'ai quitté mon corps, pas le moindre signe d'En Haut. On n'a pas plus souci de ma pauvre personne que d'un quignon de pain brûlé. Qu'attend-on, au juste, de moi ? J'aimerais enfin le savoir. Sauf le respect qu'on doit aux chefs de l'Au-delà, je vous le dis tout net : l'impatience me gagne.

– Laisse-toi vivre, lui dit l'ange.

L'autre oublia de remuer. Il prit son air de bœuf cognant du front les mouches. Il répondit enfin, l'encolure mouvante :

– Je suis tout de même un peu mort.

– Justement, tu es libre. Reste là, près de moi. Regarde en bas ces gens qui vont à l'hôpital. Vois-tu celui qui marche en tête ?

– C'est le nain géant, mon bourreau.

– Que Dieu l'aide, il souffre des os. Derrière lui vont deux hommes et deux femmes. Ils sont ma famille ici-bas. J'ignore où ils vivront demain, peut-être encore dans leur corps, peut-être comme toi, déshabillés de tout ce qui les tient par terre. J'aime ces êtres infiniment. Vois comme la peur les abîme. Ils ont besoin d'être surpris. La surprise réveille l'âme, ravive les regards, fait danser dans le corps les mille et mille grains de lumière vivante qui font les frissons délicieux. Nous allons jouer avec eux. Cesse donc d'agiter les bras, ne crains pas, tu ne pèses rien. Désire seulement me suivre.

Ils piquèrent droit vers les toits. De nuit on aurait pu les voir comme deux étoiles filantes.

Ce que l'on nommait l'hôpital était en vérité une bergerie basse aux tuiles fracassées, aux murs partout fendus. Seule la porte était solide. Le cours vif du torrent encombrait ses abords d'ordures et de branches boueuses. Le chemin était trop étroit pour que tous puissent s'approcher de cette aïeule des bâtisses qui faisait pitié même au vent : pas la moindre brise alentour. Des curieuses se faufilèrent aux côtés de Chabaud le Gog, quelques enfants grimpèrent aux arbres, d'autres se disputèrent à coups de pied et poing des cimes pointues de rochers. Comme les condamnés parvenaient à la porte Judith prit la main de Pico, lui pétrit violem-

...nt les doigts, se pencha contre son oreille, et d'un ...ouffle éperdu dévida ces paroles longuement préparées au secret de son cœur mais qui par excès d'émotion sortirent à peu de chose près dans cette bousculade étrange :

– Si demain nous vivons et si tu m'aimes encore aujourd'hui plus qu'hier, je me donne à toi toute et tu me prends le reste. Enfin, on se comprend. En tout cas moi je me.

L'autre, effaré, tourna vers Chaumet grelottant son front moite et barré de rides. Le sang bourdonnait tant dans ses oreilles rouges qu'il n'entendait rien que la mer. Il gémit :

– Qu'est-ce qu'elle dit ?

– Qu'il faut aller, lui répondit son frère. Tu tiens nos vies. Que Dieu t'assiste. Moi je m'assieds et je t'attends, les jambes ne me portent plus.

Lila derrière lui le saisit aux épaules, posa la bouche sur sa joue, et la baisant elle murmura :

– Le mur du fond tombe sur le torrent. Troue-le et plonge. Sauve-toi.

Le bruit des trois verrous tirés lui prit ces mots avant qu'il n'ait pu les entendre. Chabaud, cérémonieux, lui fit signe d'entrer. Il se sentit poussé par des mains impérieuses. Il fit trois pas précipités. L'ange et Firmin le Bleu franchirent aussi le seuil. Derrière eux la porte claqua.

La puanteur du lieu était d'une brutalité qu'un nez normalement pourvu de sentiment pouvait considérer comme impossible à vaincre. De fait, elle exigeait l'approche progressive et l'apprivoisement prudent. Pico se tint donc un moment aussi raide qu'un garde suisse à respirer le moins possible sous un rai de soleil tombé du toit percé. Devant lui s'étendait un vaste espace ombreux. Sur des amas de foin remuaient vaguement des apparences d'êtres décharnés et tordus comme des branches effeuillées par l'hiver. Les lambeaux de vieux drap dont ils étaient vêtus ne couvraient presque rien de leur crasse collée aux os. Deux femmes aux seins vidés lentement se dressèrent, fascinées par cet homme droit nimbé de lumière céleste qui jetait des coups d'œil inquiets à droite, à gauche, en haut, sans que sa tête bouge. L'une pesant sur son bras raide, l'autre assise contre un pilier, elles se tinrent immobiles à fixer sa figure avec une attention si vive et si fiévreuse que leurs yeux au travers des cheveux emmêlés se mirent à luire étrangement comme ces lueurs sans visage qu'on aperçoit parfois, la nuit, dans les broussailles. Il y eut des bruissements, des mains ouvertes errant au-dessus des litières et retombant dans l'ombre, des reptations de fantômes muets. Un vieillard s'appuya malaisément au mur, se hissa debout en couinant, puis il s'en alla dans un coin, s'accroupit sous un trait de jour et se mit à chier dans un grognement d'aise. On fit soudain silence. On écouta ses bruits dans un recueillement quasiment religieux. Quelques pets amicaux fusèrent çà et là. On entendit de pauvres rires, des grognements approbateurs. Le vieux retournant à sa couche buta du pied contre un corps nu qui bondit comme un chat sauvage et l'agrippa par le talon en poussant des cris d'écorché. Il y eut autour de lui des geignements rageurs, des vols de brins de paille, des brusqueries griffues. Certains se recroquevillèrent, les mains sur leur crâne tondu et les genoux sous le menton. Des femmes attendirent à l'affût, pareilles à des bêtes peureuses. Gestes et remuements redevinrent bientôt d'une lenteur de songe. La misère et la paix se rendormirent ensemble. Pico s'en étonna. Il s'attendait à pire, et pourtant il savait qu'au moins chez les vivants il n'aurait pu trouver plus basse pauvreté.

— Va, lui dit l'ange, presse-toi, ce lieu ne plaît pas à Firmin.

Le boulanger, quoique désincarné, ne semblait pas, en effet, à son aise. Il s'était rencogné le nez contre une fente par où passait un fil de vent et de là observait l'espace maladif, l'œil débordant d'effroi mystique. Pico n'entendit rien des paroles angéliques, mais il en perçut la musique car il fit un signe de croix, cogna à petits coups du poing sur sa poitrine pour se donner courage, prit une ferme inspiration et s'approcha de la première couche où était un vieil homme allongé sur le dos. Il s'agenouilla près de lui, le renifla de-ci de-là, et comme il ne savait que dire il demanda comment on allait ce matin. L'autre ne lui répondit pas. Seules semblaient l'intéresser les mouches qui tournaient au- dessus de sa tête. Alors du bout des doigts l'improvisé docteur mit à nu prudemment le corps que couvraient des chiffons empoissés de sueur, et les mains suspendues resta la bouche ouverte. Des pieds à la poitrine il n'était que plaies vives et croûtes purulentes. Il grimaça, il écarta sa face, lâcha les lambeaux de charpie, leva le front, joignit les mains. Il plongea vaillamment dans un ardent Pater, mais lui vint presque en même temps que le premier souffle de mots l'évidence que son effort pesait le poids d'un pet de lièvre dans l'infini du non-savoir. Il n'alla pas plus loin que « votre règne arrive ». Il mollit, pris soudain d'impuissance effrayée. Il se traîna jusqu'au voisin, espérant il ne savait quoi, peut-être une convalescence, ou des maux plus coopératifs. L'ange derrière lui s'allongea près du vieux qu'il venait de quitter, posa les mains sur son crâne pelé, parut un instant sommeiller, se redressa soudain, s'en fut chercher Firmin qui ne voulait rien voir mais regardait quand même, le tira par le bras comme un enfant rétif.

– Prends sa main, lui dit-il, il faut qu'il se repose, il a grand besoin de dormir.

Des cicatrices roses étaient partout visibles sur le corps du couché, mais de blessure, pas la moindre.

Le boulanger ébaubi se pencha, risqua un doigt sur la peau neuve et l'ôta vivement comme s'il eût touché la queue pointue du diable.

— Alors là, c'est plus fort que le vinaigre basque, dit-il, admiratif. Comment avez-vous pu en aussi peu de temps rafistoler ce vieux ?

L'ange, content, lui répondit :

— Je lui ai demandé s'il désirait rester dans le corps où il est ou s'il avait envie de paysages neufs, de sensations nouvelles. Il m'a dit qu'il était un être casanier, qu'il n'avait pas encore usé toutes les voluptés de la pesanteur dans ce monde, qu'il aimait sa carcasse et qu'il avait grand-faim de ces potées de choux que lui servait sa femme au temps où elle vivait. J'ai donc cousu les trous par où fuyaient ses forces.

Firmin tendit le cou. Il n'eut pas à chercher son air de bœuf atone. Sa mâchoire tomba et ses yeux se voilèrent. Il gronda :

— Impossible.

— Impossible pour moi de mettre un pain au four, de pousser la charrue, de soulever un sabre, dit l'ange voletant d'une litière à l'autre, tout à coup affairé comme un inspecteur gai. Pour un être de chair, impossible de voir mon doigt, mon pied, mon nez, cet œil qui te regarde. Nous, gens du ciel, ne pouvons rien de tout ce que peuvent les hommes, mais nous pouvons ce qu'ils ne peuvent pas. C'est pourquoi nous allons ensemble.

— Fadaises, dit le boulanger. J'ai toute ma vie marché seul, sans aucun compère à côté.

— Ton double t'a partout suivi, mais tu l'as beaucoup effrayé et, je crois, tu l'effraies encore. C'est pourquoi il reste caché. Nous pourrions joliment jouer, nous gens d'En Haut et vous d'en bas, si nous venions les uns aux autres. Mais nous, les aériens, nous sommes trop farouches, et vous trop myopes, trop pesants.

L'ange errant sous les trous du toit désigna dans la paille éparse deux vieux prostrés et un enfant aux yeux plus grands que la figure.

– Ceux-là veulent quitter leur corps, dit-il. Nous les laisserons s'en aller.

Ce fut à cet instant que Pico à genoux marmonnant son Pater auprès d'une femme livide entendit ronfler le guéri. Il se tourna, les sourcils hauts. Le vieux semblait plongé dans un rêve joyeux. Il s'en revint à lui, se pencha, vit ses plaies fermées, son corps propre.

– Ah ça, dit-il.

– Pousse-toi donc, grogna Firmin, soucieux comme un infirmier au chevet d'un blessé fragile. Il ne faut pas qu'il se réveille.

Pico tenta de se tenir à l'air, n'y parvint pas, tomba assis, l'esprit envahi de brouillard, cœur et sens en capilotade. Il balbutia :

– Seigneur, je ne peux pas te croire.

Et il se mit à sangloter. L'ange descendit près de lui, se serra contre son épaule.

– Je sais, dit-il, c'est surprenant.

Il posa la main sur son cou, pencha la tête de côté. Il dit encore, à voix menue :

– Que celui qui entend dans ton âme m'écoute. Il est depuis toujours un pacte d'alliance entre les anges et les humains. Nous servons ensemble la vie. Vous enfantez les êtres, nous leur donnons l'élan et le désir d'aller plus loin que l'horizon. Je sais donc réveiller les forces de ces gens. Trois d'entre eux cependant ont hâte de quitter ce corps qui les tourmente. Je ne peux pas aller contre leur volonté. Ils mourront dès ce soir. Ne t'offusque pas, c'est ainsi. Chacun décide de son heure, et nul ne meurt contre son gré. On sait cela dans l'invisible. Tu ne me crois pas, je le crains. C'est que la peur te tient, Pico. La peur ne veut pas que tu bouges. La peur n'a qu'une peur, c'est que tu l'abandonnes.

Mais la peur, dis-moi, que sait-elle ? Aimer, chez nous, les anges, c'est ouvrir grands les bras, pour accueillir, ou laisser libre. Vous, vous savez combattre, et nous savons aimer. Quel vivant invincible à nous deux nous faisons ! Aussi simple pour nous de recoudre les corps que pour vous de les déchirer. Comprends-tu cela ? Non, sans doute. Qu'importe, aime-moi, je vivrai. Je t'aime, et vois, je te fais vivre.

– Vous auriez fait un bon prédicateur, dit Firmin occupé à caresser les doigts du vieillard endormi. Dommage que ce bougre-là soit sourd comme une miche molle.

– Il est tout hérissé, dit l'ange. Mes tendresses l'effraient. Le pauvre se méfie même d'une berceuse. Holà, mon beau, courage ! Faudra-t-il que je te conduise au pied de ton gibet promis pour que tes humeurs se réveillent ?

Pico se moucha dans ses doigts, se frotta vivement les yeux, se pencha à nouveau sur les plaies effacées et se dressa d'un bond comme piqué par le dard d'une abeille. Il courut à la porte, se ravisa, revint, retomba à genoux près du vieillard guéri, franchit son corps à quatre pattes, s'en fut jusqu'à la femme pâle qu'il avait laissée là en cours de patenôtre, ouvrit les bras aux poutres, dit sa prière d'un trait raide, enjamba l'allongée, trébucha sur ses cuisses, piqua du nez sur un enfant qui respirait à longs sifflements d'asthmatique. Il le prit contre sa poitrine, le tint serré à l'étouffer, proféra son Pater dans ses cheveux bouclés, oublia de le reposer sur sa litière de vieux foin et bondit avec lui au malade prochain. C'était le vieux qui avait chié. Il était béat et souillé comme un porc dans ses immondices. Il rit stupidement en poussant de la langue son unique dent de devant et demanda qu'on lui gratte le ventre. Pico, prodigieusement exalté mais s'efforçant à la raideur sévère, lança le poing en l'air avec cet ordre simple :

— Seigneur, qu'il soit gratté.

Puis il dit à l'enfant en tapotant ses fesses d'aller prendre un bain chaud avec du lait sucré. En vérité, sous le masque de père noble son esprit dansait la bourrée. L'enfant ne voulut rien entendre. Il resta fermement suspendu à son cou. Son saint guérisseur présumé pria donc à voix étranglée, les mains offertes aux murs contraires avec son pendentif vivant qui tentait de l'escalader, puis il s'en fut ainsi à la femme voisine, s'empêtra au petit qui écrasait ses couilles en prenant appui pour grimper, s'affala au travers de la gisante morne, dit son Pater le front dans la paille moisie tandis que l'obstiné marmot parvenu sur son dos éperonnait ses flancs. Il poursuivit à quatre pattes sa visite des morts vivants comme un âne portant en croupe son Jésus, les yeux exorbités autant par la fatigue que par l'embrasement mystique de ses sens, le front ruisselant de sueur et le dos de plus en plus courbe. Il ne s'arrêta plus que devant les pieds nus, et le nombril sur les genoux il exhala ses patenôtres trouées de halètements rauques au ras des orteils verticaux. Malgré son souffle rare et son regard vitreux il pria sans erreur jusqu'à l'Ainsi soit-il, en serviteur têtu et farouchement soucieux de mener à bon port son troupeau de paroles. Il y parvint, mais ce fut rude. L'ange à son train fit son ménage. Le plus émerveillé, ce fut Firmin le Bleu.

— Oh que c'est beau, s'exclama-t-il, tout à coup léger, remuant, voletant d'un guéri à l'autre. Dis, petit, te sens-tu fringant ? Et toi, Julie ? Et toi, grand-père ? Que c'est rafraîchissant de vous voir rafraîchis ! Holà, j'en ai des chants d'oiseaux dans le cœur et le bas du ventre. Franchement, compagnon, être celui qui soigne et qui guérit les gens sans qu'ils n'en sachent rien, passer sur eux comme une brise, les regarder ouvrir les yeux et vous sourire sans vous voir, voilà, bon sang de Dieu, de la volupté rare. Je n'aurais jamais cru que l'état

106

de défunt me serait aussi jouissif. Je veux être ton apprenti. Enseigne-moi donc tes magies, tes recettes, tes manigances.

– Accompagne Pico, dit l'ange, il tient à peine sur ses pieds. Souffle sur lui comme on fait sur les braises. Il a besoin qu'on ranime son feu.

L'autre gonfla les yeux, les joues, la jugulaire. On aurait dit le dieu des vents. Il fit lever la paille autour du nouveau saint qui marchait vers la porte avec l'enfant joueur affalé sur l'épaule.

– Est-ce bien ? demanda Firmin.

– Tu es gourmand, goulu, ignorant et pataud. Tu es un homme magnifique, dit l'ange débordant d'enthousiasme ému.

Il lui prit la main, le retint.

A l'instant de sortir Pico se retourna et contempla, béat, le miracle accompli. Dans son cœur bouillonnait une puissante envie de rire, de pleurer, de danser pieds en l'air et de faire mille grimaces, pourtant il se tenait aussi raide qu'un pieu et mesurait sévèrement ses gestes. En vérité, il se croyait sous le proche regard de Dieu, et comme il supposait que notre Créateur réprouvait les extravagances, surtout celles d'un fils qu'il venait de sortir de l'humaine purée, il fronça les sourcils et s'efforça en vain d'installer le petit sagement contre lui, comme sont les saints nourrissons dans les bras des statues d'églises. Deux doigts crasseux lui tordirent le nez. Il eut un mouvement de recul agacé, puis aussitôt lui vint l'envie irrépressible de s'amuser aussi. Il lança un coup d'œil au ciel, espérant un instant d'inattention divine, et fit mine, par jeu, de mordre le marmot, qui partit d'un rire sonore. Alors Pico se débonda d'un coup. Il mima le gros chien, il mordilla son cou, sa joue, son nez morveux, oublia Dieu, ses saints, le supposé respect que les mortels leur doivent, les gestes convenables, le protocole admis et même la balance où les péchés se pèsent. Il se mit à tourner comme un derviche turc, à baisoter l'enfant, à chatouiller ses flancs, à faire l'ours, le loup et la poule couveuse, à trompeter du nez une chanson guerrière en marchant à l'assaut des rayons de soleil, à tournoyer encore, à lancer son Jésus parmi les mouches hautes, à s'enivrer de son fou rire. Comme il dansait à reculons il trébucha soudain, buta sauvagement du dos contre la porte. Elle s'ouvrit aussi sec qu'un revers de torgnole.

Il tomba sur le cul contre les jambes drues de Chabaud l'inférieur. L'enfant, qu'il n'avait pas lâché, se mit d'un bond debout sur sa poitrine creuse. Il n'eut pas le temps de savoir si le vent était gris ou bleu. Sa mère jaillie de la foule le happa dans un cri à effeuiller les arbres et déshabiller les oiseaux. Pico se releva en se tenant les reins, la figure fripée tant par son mal partout que par le grand soleil brusquement retrouvé. Le temps qu'il s'époussette et se frotte les yeux tous virent, et lui aussi, paraître sur le seuil les fantômes timides aux regards éblouis. Personne, d'un moment, n'osa bouger d'un pas. Tous, les ressuscités, ceux du dehors aussi, restèrent là muets à se redécouvrir comme morts et vivants dans la lumière bleue du premier jour du monde après la fin des temps. Des femmes tombèrent à genoux dans un bourdonnement d'abeilles en patenôtres. Des hommes se signèrent et se tinrent plantés sans plus pouvoir fermer la bouche ni les yeux. Chabaud le Gog, les bras tout à coup ramollis, déposa son menton sur le crâne ras de son frère.

— Il en manque trois, dit Pico.

Et croyant inventer il ajouta, tranquille :

— Dieu voulait qu'ils reviennent à lui. Il m'a dit : « Pico, prends les autres, ces trois-là sont mes invités. » Je lui ai répondu : « Seigneur, que votre volonté soit faite. Servez-vous le premier. Monsieur Chabaud, j'ose le croire, n'en sera pas contrarié. »

Une main se glissa prestement dans la sienne. Il sentit sur sa joue le souffle de ces mots légers mais tremblotants :

– Je ne sais pas pourquoi, quand je pensais à toi je me disais : « Cet homme a du pouvoir dans l'œil. A peine je le vois, et j'ai des incendies partout dans mes garrigues. » C'est vrai que tu n'es pas normal.

Et le chantonnement se brisant tout à coup :

– Je crois que je m'évanouis. Nom de Dieu, Pico, retiens-moi.

C'était Judith. Elle s'appesantit sur sa manche jusqu'à faire craquer le col et lui découvrir l'omoplate. Lila la remit droite et l'une tenant l'autre elles s'avancèrent, fascinées, vers les évadés de la mort.

– C'est toi qui as fait ça ? souffla Chaumet, l'index tendu.

– Apparemment oui, dit Pico. J'ai dit un Pater sur chacun, et hop là !

Il claqua des doigts, l'air d'un artisan satisfait d'un travail somme toute simple.

Des gens d'abord passant à sa droite et sa gauche le bousculèrent sans le voir, aveugles à tout sauf à ces spectres sortis de leur au-delà gris qui tâtonnaient dans la lumière et semblaient aimanter les vivants stupéfaits par la seule vertu de leur fragilité. De pauvres petits cris fusèrent, des visages s'illuminèrent, des bras des deux côtés s'ouvrirent. Ceux du dehors et du dedans s'étreignirent timidement, les uns riant et rendant grâces, les autres en pleurs et gémissants. Quelques-uns, les mains affamées, palpèrent les os des fantômes comme pour s'assurer qu'ils étaient en bois dur. Deux vieillards s'en allèrent seuls sans que nul ne s'en aperçoive. On revint vers Pico et l'on s'extasia, mais on se tint craintif à quelques pas de lui, comme l'on aurait fait d'un contagieux divin. Quelqu'un enfin osa lui effleurer la manche. Il n'en fut pas changé en cierge incandescent. Alors des femmes, les mains jointes, tombèrent contre ses genoux, lui miaulèrent des gratitudes, mangèrent goulûment ses doigts. Certaines, le cul haut, baisèrent ses chevilles. L'une d'elles lui présenta, par-dessus les coiffes mouvantes, un nourrisson braillard qui se mit à pisser sur le bord d'un chapeau. Chaumet, voyant son compagnon cerné par ses pieuses dévoratrices, visa la tête de l'enfant et traça au-dessus de lui, dans la banlieue de son oreille, deux virgules en forme de croix. Chabaud le Gog éperonna son frère, il le poussa parmi ces gens, puis droitement posé sur les hautes épaules, les yeux voilés de contrition et pourtant noble comme un coq à la cime de son clocher :

– Je suis triste, dit-il, triste d'avoir douté de toi, triste du mal que je t'ai fait, triste d'être ce que je suis : un homme haut à la vue basse. Je n'ai pas su te distinguer parmi les pèlerins, les voyageurs douteux et les bigotes aux seins en coquilles Saint-Jacques que le grand chemin nous envoie. Il faut à un chef de village l'œil infaillible du faucon. Si tu sais me guérir de cet aveuglement que tout maître attentif redoute, je te supplie de me soigner dès qu'il te plaira de le faire. Notre prêtre nous a quittés. Ce vaurien s'est changé en ermite hérétique, il boude dans un couvent vide, là-haut, entre alpage et forêt. En offrande de bienvenue je te donne son presbytère. Tu pourras y loger avec tes trois disciples aussi longtemps que tu voudras. Il est vaste, aéré, ses plafonds sont ornés de vierges aux seins puissants et de Jésus nourris au lait de grosses vaches. La Taupe vous y conduira. Il sera votre serviteur. Si quelqu'un ose vous déplaire, prévenez-moi, je sévirai. Dieu vous garde et nous garde aussi.

Il salua d'un doigt au front, enfonça les talons dans les flancs de son frère et s'en fut chevauchant sa monture au galop.

Lila chercha de l'œil La Taupe. Elle ne le vit ni sous l'averse des bénédictions picaldiennes ni sur le seuil de l'hôpital où les derniers morts et vivants se baisaient encore les joues. De fait, le rouquin était seul, à quelques pas, sur le chemin, et de là n'avait rien perdu du discours de Chabaud le Gog. Il savait donc à quelle tâche il était désormais voué. Il n'en paraissait pas autrement affecté, au contraire, il semblait rêveur et point insatisfait de sa mission nouvelle. Un rien d'appréhension, pourtant, troublait son air, et quand il vit Lila, faussement nonchalante, venir à lui et se planter à hauteur de son col ouvert, son souci s'alourdit d'un coup.

— Chante donc, mon coquin, dit-elle. N'est-ce pas un beau jour, et n'es-tu pas content ? Chante, La Taupe, chante.

Elle lui pinça le bras si fort qu'elle s'en pâlit le bout des doigts et se mit lentement à fredonner du nez, la mâchoire crispée, les premières mesures de la chanson d'amour qu'il avait ânonnée par moquerie méchante sur le chemin de la prison. Tandis qu'elle chantonnait dans un grondement sourd de tigresse affamée les mots les plus courtois du monde ornés de musique assortie, il se défit avec une douceur pataude de la main qui vissait rudement son biceps, fit une grimace d'excuse et dit en se frottant la peau :

— Je vous ai piquée tout à l'heure. Soyez bonne, pardonnez-moi. J'ai voulu amuser les gens, il ne m'est pas venu en tête que vous en auriez du chagrin. Je suis un peu simple et grossier. Chacun fait avec ce qu'il est.

Elle le considéra, la tête de côté, se sentit remuée par une honte vague. « La vengeance est un plat que je cuisine mal », pensa-t-elle. Elle baissa les yeux. Elle murmura en confidence :

– Je suis aimée de Dieu. Un homme me désire. Je me sens belle de partout.

Et son œil soudain s'éclairant :

– Apprends la chanson à Chaumet.

L'autre plissa ses petits yeux, parut un instant méfiant, ne vit pas de lueur douteuse dans le regard vif de Lila. Alors il se gonfla d'importance nouvelle et s'approcha des deux compères occupés à bénir les têtes et repousser les mains fiévreuses qui s'essuyaient à leurs habits. Sans souci des poussées, hauts cris et bousculades il mit les poings aux hanches et entonna son chant. Chaumet se retourna en brandissant le poing, vit les yeux de Lila briller. Elle lui fit signe d'approcher. Il se défit des suppliants.

– Nous sommes vivants, lui dit-elle, vivants, Chaumet, vivants, vivants !

Il prit, la bouche grande, une goulée de brise comme font les nageurs profonds revenant au soleil sur l'eau, puis eut un rire bref, infiniment surpris, et mesura d'un coup l'étendue du miracle. Il s'était trouvé jusqu'alors submergé par l'événement. Les gens sortant de leur mouroir, l'afflux soudain des femmes aux figures adorantes, le discours de Chabaud le Gog malaisément perçu dans les bourdonnements qui lui débordaient des oreilles, tout cela lui venant dessus avait ébouriffé si rudement les sens qu'il n'avait pas vu l'évidence : de tous les sauvés de ce jour, ils étaient les plus improbables. Il ouvrit largement les bras, parut rencontrer là son double, s'offrit, extasié, à son embrassement et lui dit à peu près ces mots hétéroclites :

– Que dis-tu ? Je tu vis ? Moi vivant ! Oui mon fils. Toi sauvé ? Moi Chaumet ! Oh sainte patronne des farces, je ne comprends rien à la vie !

112

Or, comme il essayait, dans sa bruyante extase, de dire un mot sensé aux Esprits supposés qui peuplent l'air du monde, La Taupe au milieu du chemin n'avait pas cessé de pousser sa triomphale sérénade. Et certes, il chantait faux, mais assez puissamment pour imposer silence à l'amant égaré, qui renonçant bientôt aux onomatopées se mit à danser seul, à trébucher aux pierres, à rire éperdument, la bouche dans l'air bleu. Il entraîna Lila, il la prit sous les bras, il la fit tournoyer comme un lanceur de poids au concours de la foire aux sacs. Ses sandales volèrent et ses pieds nus aussi. Le rouquin reprit au début son unique couplet fini. Alors quelques hommes accourus se mirent à chanter avec lui, puis à danser avec Chaumet, et les femmes quittant Pico s'en vinrent lever leurs jupons, et tricoter des jambes et sautiller des seins.

Le guérisseur de moribonds s'affala sur un caillou rond, tenta de battre la mesure, de dire çà et là un mot de la chanson. En vérité, il ne pouvait plus suivre. Il se sentait las et brumeux comme après trop d'alcool de figue. Il pensa soudain à Judith. Il la chercha parmi les figures rieuses et les mains qui battaient au-dessus des chapeaux, tendit le cou, ne la vit pas. Il se releva, s'en fut à l'écart dans l'ombre bruissante d'un orme. Il l'appela. Au loin sur le chemin allaient des groupes lents de ressuscités en famille. Judith, apparemment, n'était pas avec eux. Alors il s'en revint au seuil de l'hôpital, risqua le nez dedans, fit un pas circonspect. Il l'aperçut enfin auprès des trois mourants qu'elle avait alignés ensemble sur un lit de foin rafraîchi, de feuillage neuf et de fleurs ramassées au bord du torrent. Il s'approcha. Il s'accroupit près d'elle et posa la main sur sa nuque.

— Vois, ils dorment, murmura-t-elle.

— Non, répondit son compagnon. Écoute leur souffle. Ils s'éloignent. J'aimerais savoir où ils vont.

Judith renifla, se torcha le nez, les yeux pleins de larmes. Elle balbutia :

— Au paradis.

Le boulanger grogna, poussa l'ange du coude et lui dit rudement :

— Faites donc un effort, que diable ! Regardez ces deux-là à genoux dans la paille. On dirait des Marie Joseph. Ils sont tristes, ils sont beaux, je les sens cuits à point. Dites-leur ce que nous savons. Oui, certes, ils ont l'oreille aveugle. Crions-leur ensemble dessus, peut-être nous entendront-ils. « Qui veut peut », disait ma grand-mère. Mais non, vous flottailliez comme une chemise à la brise, sans souci de ces gens qui souffrent mille morts avant la seule vraie. Je ne le répéterai pas (d'ailleurs à qui, cornes de Dieu ?) mais vous n'êtes pas charitable.

Ils étaient là tous deux assis contre un pilier, dans l'éclat de soleil tombé du toit crevé. Des oiseaux voletaient là-haut dans la charpente. L'ange les regarda chercher la brèche bleue, puis il prit la main de Firmin, la tapota avec une affection paisible.

— Tu es un homme bon, dit-il. Je le savais. Quand je t'ai vu sortir de ton gros corps pendu, j'ai pensé : « Voilà du pain tendre. »

— Moi je voyais la mort comme un mur infini, sans porte ni fenêtre. J'avais peur. Ils ont peur aussi.

— Pourtant ce n'était rien. Un instant de brouillard.

— Voyez, ils ignorent ces choses, dit Firmin voletant vers Pico et Judith. S'il vous plaît, faites-leur du bien.

L'ange le rejoignit.

— Au fond, dit-il, ils savent tout. Les hommes sont comme la terre, ils ont eux aussi des saisons, des forêts, des chemins, des animaux sauvages et des bœufs de labour. Ils ont en eux des profondeurs, des cavernes, des trous de mines où est de l'or caché dans des rochers

114

informes. Cet or, c'est la lumière enfouie. Vois ces deux-là, ils peinent, ils creusent. Ils se sentent perdus. Ils sont sous leurs racines. Ils touchent au pur trésor. Ils ne le savent pas, pourtant ils le contemplent. Ils se croient misérables, et ce qu'ils ont trouvé est plus vaste et précieux que les plus hauts royaumes. Ils découvrent la paix. Ils veillent. Quelque chose en eux nous perçoit. Ils sentent maintenant que nous veillons aussi. Eux dedans, nous dehors, leur vient cette évidence : nous travaillons au même ouvrage. Ils aident les mourants à quitter leur vieux sac, nous attendons les morts nouveaux. Nous les accueillerons peut-être, peut-être pas, s'ils sont pressés.

L'ange se tut, s'étira, s'allongea. Tous deux restèrent à somnoler dans le silence poussiéreux. Comme ils faisaient ainsi la sieste, un rire vint au boulanger. Ce fut d'abord un gloussement, puis sa bedaine ballotta. Il mit la main devant sa bouche.

— Pardon, dit-il, je pense au nain. Nous l'avons joliment mouché. Il espérait quatre pendus, nous lui flanquons onze miracles. Voilà ce que j'appelle un tour de grand seigneur. Je n'ai pas vraiment de rancune, je suis mieux chez vous que chez lui, mais permettez que je m'esclaffe.

Il s'essuya les yeux, soupira, dit encore :

— Je rêve de revivre avec ce que je sais.

— J'aimerais moi aussi être un homme, dit l'ange.

Firmin le Bleu fronça ses sourcils virtuels. De sa bouche sortit un « ho » bref, ébahi. Son compagnon rougit, sourit comme un puceau qui ne sait comment dire, puis s'exaltant peu à peu, l'œil brillant :

— Jouir d'une maison de viande et me frotter à d'autres corps, me sentir tiraillé entre l'envie d'ici et le désir d'ailleurs, m'enfoncer dans vos épaisseurs épouvantables et délicieuses, oui, j'aimerais. Je ne peux pas. Je voudrais tant faire l'amour ventre à ventre, comme vous faites, me remplir la bouche de vin et qu'il m'inonde le menton, roter et péter comme toi, sentir l'odeur de votre peau, de vos tanières, de vos couches. Vous êtes forts. Vous êtes nobles. Firmin, vous êtes tous des chevaliers errants ! Quelle beauté vos figures suantes, vos désirs, vos yeux, vos élans ! Et vos cinq sens, quelle merveille !

– Ils sont morts, murmura Judith. Tous trois ensemble. C'est étrange.

– Les voilà de retour, dit l'ange. Ils sont attendus quelque part. Vois comme ils ont hâte d'aller. Des femmes, assurément, espèrent leur venue. Elles ont les jambes ouvertes. Leur bouche d'en bas prie.

Ils s'envolèrent et disparurent par une brèche dans le toit. Les oiseaux égarés dedans sous la charpente les suivirent en lançant des cris délivrés. Un chien s'en vint flairer le seuil, s'assit, tendit la gueule au ciel et se mit à pousser ce long hululement qui est la prière des bêtes. Ceux qui dansaient dehors, et chantaient et riaient l'entendirent. Ils se turent. Des femmes coururent à la porte. Les hommes, tête basse, restèrent où ils étaient.

– Viens, laissons-les, dit l'ange.

Il entraîna Firmin le Bleu. Ils s'en furent au vent printanier.

La Taupe creusa les trois fosses. Les morts n'avaient pas de parents. Ils furent enterrés là, dans l'hôpital désert, sous le trou dans le toit. C'était une idée de Judith. Elle leur voulait dessus du soleil quotidien. Quand ce fut fait, tous s'en allèrent. On fit escorte à Pico et ses proches jusqu'à la maison du curé. Elle était sur la place, accolée à l'église. Sur le perron les attendait une femme aux rondeurs alertes. Elle leur fit bonjour de la main, puis trottinant sous ses hanches houleuses et pépiant des mains autant que de la voix elle les invita à la suivre. Elle leur dit qu'elle était Suzanne, l'ancienne servante du prêtre. Elle leur fit visiter fièrement sa cuisine, rectifia d'un geste vif un alignement d'ustensiles, les entraîna dans la salle à manger. Sous le plafond orné de Vierges et de Jésus qui semblaient envier, en bas, les paniers de légumes et de fruits sur la table, elle demanda à monseigneur Pico s'il dirait tous les jours la messe. L'autre lui répondit qu'il était menuisier, quoique lecteur de Bible. Elle crut qu'il plaisantait. Elle le traita d'espiègle en branlant de l'index. Ils grimpèrent à l'étage où étaient quatre chambres. Suzanne entra dans la première à pas menus, un doigt au travers de la bouche, comme si quelqu'un dormait là. C'était celle du pieux déserteur de paroisse. Elle s'en fut ouvrir le volet et demeura contrite à contempler le lit. Lila vint lui prendre la main et l'entraîna dans le couloir. Alors elle se reprit à babiller en vrac et s'en fut aérer les chambres d'à côté au pas hâtif d'une poularde rassemblant ses poussins épars. Comme ils descendaient l'escalier elle proposa pour le dîner une de ces grasses volailles dont elle paraissait la parente. Pico lui répondit qu'il était fatigué et qu'il ne voulait rien, qu'un sommeil simple et long. Elle en fut si déçue que sa bouche trembla et qu'elle renifla une larme. Judith lui dit :

– Laissez-le donc. Je m'occupe de son repos. Vous cuisinerez pour les autres.

Puis venant se frotter le bras à l'humble manche picaldienne :

– J'ai promis, je tiens, lui murmura-t-elle. Tu es mon chef, mon fils, mon frère et mon époux. Quand tu me voudras, tu m'auras. Touche-moi, ne me touche pas, mais s'il te plaît dis-moi que tu m'as entendue.

Ils étaient au seuil du jardin. Il était petit, ceint de murs. Chaumet, Lila, La Taupe et la servante s'en furent parmi les légumes sous l'ombrage des trois pommiers. A peine étaient-ils éloignés :

– Je crains un peu, lui répondit Pico. Je suis d'un naturel farouche. Je n'oserai jamais te dire ce que j'ai grande envie d'oser.

Judith s'empoigna le sein gauche, aspira un bol d'air qui parut l'enivrer et gémit entre rire et larmes :

– Alors là, c'est le grand espace. Sans même que tes doigts m'effleurent tu me caresses l'intérieur. Ramasse-moi, Pico, je fonds.

Elle s'appuya sur lui, à demi défaillante. Il se tint un moment muet et soucieux, contemplant dans l'air infini Ramonicheux-le-Bas, son épouse fardée et le plafond tremblant au-dessus de sa tête sous les ruées hebdomadaires de l'adultère médical. Il demanda soudain :

– Dis-moi bien franchement, aimes-tu les docteurs ?

Judith savait tout de sa vie. Elle sourit, remua la tête. Elle dit pauvrement :

– Oh, Seigneur.

Il la vit simple et désarmée. Il eut alors un élan de noyé, l'étreignit de toutes ses forces, et tandis que les autres en riant, le nez haut, palpaient sous un arbre les pommes, ils s'en retournèrent dedans.

6

Le volet de la chambre était demeuré clos. L'air sentait bon la pomme sèche et le renfermé convenable. Dans une niche à la tête du lit la Vierge et son Jésus assis sur ses genoux semblaient attendre avec un intérêt poli l'entrée des deux acteurs sur la scène occupée par un édredon rouge. Pour l'instant les prochains amants se tenaient encore dans l'ombre où Pico rabattait la porte, une main au verrou et l'autre farfouillant déjà fiévreusement dans la serrure d'entrecuisse de sa frémissante compagne.

— Sainte Vierge Marie, disait-elle au plafond, il veut ma mort, j'en étais sûre. Oh, qu'est-ce qu'il fait, ce lion maigre ? Qu'est-ce qu'il cherche là, ce Mongol ? Qu'est-ce qu'il me veut, ce loup de la forêt des Fanges ?

Questions superflues. Elle savait. Il la déshabilla en hâte et s'emmêla dans les cordons. Elle avait froid d'avoir trop chaud, voilà pourquoi les mots lui tremblaient dans la bouche. Elle se tint offerte et crispée comme sainte Blandine en face des lions, mais c'était par timidité. En vérité, elle hésitait sur ce qu'il convenait de faire. Elle brûlait d'empoigner le taureau par la corne, de le fouetter de mots inventés par Satan et de le pousser à son pré sans négocier plus avant, mais ne pouvait se décider à prendre ces risques sauvages. Elle craignait la faute de goût. Alors elle s'accrochait à sa pudeur branlante comme à un roc découragé d'avance

119

par l'ouragan qui le cernait. Quand elle fut presque nue, elle eut un long frisson. Ce qui lui restait de raison fondit comme neige au printemps. Le désir éblouit une foule d'organes accoutumés à l'obscure routine. Lui vint une bouffée d'audace si brutale qu'elle se sentit pétrifiée. Elle voulut tout prendre et donner sans savoir ni quoi ni comment. Dans le grand vent soudain qui la tourneboulait elle vit pêle-mêle passer comme les rôtis d'un festin devant une nonne en carême une messe noire en plein jour, une enchère érotique à la foire aux esclaves, un envol de pubis sur un feu de Saint-Jean et l'embrochement décisif sur la mule blanche du pape. Son émoi déborda. A peine une poussée, et le torrent furieux emportait le barrage.

— Pico, Pico, haleta-t-elle, dis-moi, monstre pervers, ce que tu n'oses pas.

Il lui mordit l'oreille. Il lui murmura quelque chose qui lui fit ouvrir grands les yeux sur un scandale inespéré. Elle perdit un instant le souffle et poussa un rugissement.

Ce qui suivit fut d'ordre extrêmement privé. Ici, la parole est au scribe. Il sait ce qui fut fait, mais il en dira peu. Il aime puissamment ces êtres. Or il est des plaisirs intimes que l'amour force à ne pas voir. Le secret nous est essentiel, qu'il soit du haut ou du bas-fond. Sans lui, point de racines au jardin du dedans, ni de parfum à nos roses obscures. D'ailleurs, qui peut savoir où se plaît l'Esprit-Saint ? Le haut, le bas sont des lieux qu'il ignore, puisqu'il souffle où il veut. Au moine qui lui dit un jour : « La honte est là où l'on se cache », le jeune abbé Vincent, autrement appelé le Saint Dubitatif, répondit : « La prière aussi. » Ses *Homélies Économiques*, pour qui les lit à la loupe du cœur, vont plus loin, plus profond ou peut-être plus haut que ces simples paroles. Elles avancent en effet la possibilité que la bouche basse des femmes, également nommée, par saine dévotion, la crèche d'herbe tendre, et ce bout de chair que les hommes appellent leur petit jésus soient plus aimés du Ciel que les théologies, les homélies tonnantes et les lois de la scolastique. L'hypothèse, à première vue, peut sembler quelque peu cornue, mais elle me paraît vraisemblable. Notre Père divin et le désir des êtres sont tous deux familiers des chemins infinis. Ils échappent aux murs raisonnables. Quel livre, quel cahier, quel savant édifice pourraient les contenir ? A eux la libre jouissance de l'espace sans haut ni bas ! Oh, Seigneur, il me plaît de te voir négliger nos registres intelligents. Tu t'y dessécherais comme une fleur champêtre entre les pages d'un missel. Mieux vaut pour toi l'humus et le fumier fertile de nos potagers hors la loi !

Sachez donc, et cela suffit, que les désirs secrets de Pico et Judith allaient aussi bien l'un à l'autre que le sein et la main creusée, que la rivière et la vallée, ou plus communément que le sommier vaillant et les corps débridés. Car ces bougres se débridèrent. Je ne veux certes pas dire plus qu'il ne faut, mais le seuil de la déraison fut si fougueusement franchi qu'à peine renversés par le travers du lit on ne distingua plus à qui étaient les jambes. Le haut s'en fut à l'ouest, le bas vers le levant et le reste sur le plancher. Ils furent si féroces à s'enfiévrer les sens qu'ils dégringolèrent bientôt dans le ténébreux escalier des infernales frénésies. Ils tombèrent dans un panier de piments extrêmement rouges. Ils s'en gorgèrent avec un tel allant qu'un satyre énervé témoin de leur débauche aurait pu estimer que là, c'en était trop. Ils créèrent des poses à ce jour inconnues, se firent circuler le sang jusqu'à ses banlieues délinquantes, et chacun par défi voyou s'escrimant à surpasser l'autre ils ponctuèrent leur festin de commentaires véhéments, de métaphores aphrodisiaques et de mots jamais dits à Crézipas-le-Vieux, même au temps où l'auberge était un lupanar. Ils revinrent couver leurs braises sur un vieux drap épouvanté rencogné dans un angle sombre. Et comme enfin ils retrouvaient, avec le souffle et la vue claire, la pénombre bouleversée mais tranquille du lieu, Judith poussa un soupir d'aise et dit ces mots définitifs :

– Oh maman, c'est pas Dieu possible.

L'autre lui répondit que c'était aussi son avis.

Vers la fin de l'après-midi ils entrebâillèrent la porte et, les chaussures aux doigts, descendirent sans bruit au jardin potager. Suzanne était à la cuisine. On entendait des entrechocs de plats, des chantonnements affairés et des chuchotis de sandales. Dans l'ombre des pommiers, sauf un panier de pommes et deux moineaux gourmands, ils ne virent personne. Ils s'en trouvèrent soulagés. Ils craignaient les regards pointus et les moqueries serpentines. Comme ils s'aventuraient, l'âme et le corps en paix, dans les parfums de l'air, la voix sonore de Chaumet éclata tout soudain au fond de la maison. Il appelait Pico. Il parut au seuil du jardin, rougeaud, suant et soufflant fort.

– Enfin, soupira-t-il, te voilà réveillé.

Il vint à son compère, empoigna ses épaules. Il semblait soucieux mais brave comme un messager rescapé d'une razzia d'Aragonais. Il dit encore :

– Dieu te garde. Mon frérot, tu m'as l'air bien las. Je comprends ton épuisement. Miraculer dix moribonds en dix Pater sur leurs cheveux, même Jésus en aurait eu les yeux cernés et les joues vagues. Judith, il faut lui préparer quelque tisane requinquante. Il en a grand besoin. Le peuple est là-dehors. Écoute la rumeur. Entends-tu ? Ce n'est pas la mer, c'est la foule qui te réclame. On campe à notre porte et jusque dans la rue du boulanger pendu. On attend que le nouveau saint daigne venir palper les têtes, baiser le front des nourrissons et ravigoter le bétail. Certains ont amené leur vache. Elles chient sur les pieds des badauds. Les esprits fragiles s'enfièvrent, je crains qu'il pleuve des beignets. On vend du vin dans la cohue avec du pain dur frotté d'ail. Plus le temps court, plus les prix montent. On marchande, on dispute, on râle, bref, le feu couve un peu partout. Pour faire patienter, La Taupe et Lila chantent, mais ils s'enrouent. Ils ne tiendront plus guère. Allons, suis-moi. Tu béniras à l'est et l'ouest, tu feras quelques prophéties à méditer sous l'édredon, et nous pourrons dîner tranquilles comme des évêques à Noël. Suzanne a préparé quatre poulardes au four.

Il s'en fut devant à grands pas. Pico, l'air hébété, regarda sa Judith. Elle lui baisa la joue, lui fit au lieu sensible une douceur furtive. Elle ronronna :

– Va mon démon, mon lion fou, mon tout-puissant, va bénir, presse-toi et prends garde aux jeunes femelles. Aux vieilles aussi. Je les connais, toutes rêvent d'un saint planté entre leurs cuisses. Je me sens une faim d'ogresse. Le temps que tu déverseras ton fluide sur les têtes, je découperai les poulets.

Une rumeur océanique et quelques orgasmes impromptus accueillirent l'apparition de l'Élu de Dieu hésitant sur le perron du presbytère opportunément éclairé par les derniers feux du couchant. La ruelle au fond de la place allait droit au soleil en bonnet de nuit rouge. Sa crépusculaire splendeur baignait donc la porte et le seuil où Pico s'avançait d'un pas somnambulique. Il en fut ébloui, ce qui l'incommoda, mais la foule le vit nimbé comme un bienheureux en peinture, ce qui accrut sa foi et le bruit des extases au bord des bouches bées. Sans rien voir devant lui que des éclats cuivrés sur des ombres mouvantes, il risqua un signe de croix et tenta d'imiter le pape à son balcon. Il y parvint assez pour que l'on soit content. Un grand « Amen » monta du peuple. Chaumet ému prit Lila par l'épaule. L'ange et Firmin le Bleu qui jouaient dans l'air pâle avec les hirondelles suspendirent leur vol, et eux aussi touchés par la ferveur commune rejoignirent le saint emberlificoté dans un latin d'église d'où il essayait de sortir en naviguant à vue entre lapsus pâteux et contre-pèteries. Tandis que les mères nouvelles offraient à bout de bras leurs nouveau-nés exaspérés aux bénédictions picaldiennes, le boulanger défunt contemplant çà et là les figures tendues comme pour la becquée s'étonna plaisamment de l'absence du nain sur sa monture humaine.

— Ne souffre-t-il pas du squelette ? dit-il à son compagnon invisible assis, pour mieux voir l'assemblée, sur le chapeau bleu de Chaumet. Sans doute est-il trop vaniteux pour mêler ses malheurs à ceux du pauvre monde, mais à mon avis il viendra, dès la nuit noire, en grand secret, frapper du poing à cette porte et supplier Pico de lui soigner le dos.

— Il n'en fera rien, lui répondit l'ange. Il est de ceux qui croient que la souffrance est noble et le plaisir vulgaire. Il peine. Il se sent donc hautement valeureux et digne de régner sur la foule ordinaire. Il ne veut surtout pas qu'on ait pitié de lui, il se sentirait rabaissé. Que les êtres du ciel soient de simples amants lui paraîtrait, s'il le savait, de la dernière inconvenance. Il imagine Dieu le Père comme un juge aux sourcils froncés, et sans doute veut-il être digne de lui. Il est donc seul, sévère et haut. Il m'émeut, je l'avoue. Que Notre Seigneur l'aide, il est en vérité aussi désespéré qu'un mendiant au désert.

— Vous pourriez le guérir, peut-être, à son insu, dit Firmin, l'œil luisant et le sourire fin. Vous chasseriez son diable vertébral, puis pour faire bonne mesure vous

l'aideriez à voir sa folie toute nue, sa méchanceté vani-
teuse, son ignorante petitesse, et se découvrant tel qu'il
est je suppose qu'il pleurerait, qu'il couvrirait son front
de cendres, qu'il souffrirait de grands remords. J'aimerais, avant de revivre, le voir dans ce piteux état. Voilà
qui serait délicieux comme un pain farci aux olives.

L'ange partit d'un petit rire, les yeux ronds et la
bouche aussi.

— Quel pervers tu es, boulanger, dit-il, admiratif
comme un enfant de chœur devant un maître garnement, et quels rudes guerriers sont les êtres humains !
Vous savez faire mal. Vous avez plus que nous de
force et de pouvoir. Nous manquons d'ombre dans nos
cieux, de grimaces, d'humus, de rage. Nous sommes
rayonnants, nous servons la lumière, et depuis que je
vous connais je trouve cela plat, sans relief, ennuyeux.
Seigneur, si tu es quelque part et si ton oreille est
ouverte, permets que je m'incarne un jour, que je sente
mauvais, que je crie, que je cogne. J'aime explorer les
voluptés nouvelles. Je pressens de sacrés plaisirs dans
le lourd, dans la crasse épaisse. Bref, je ne peux rien
pour Chabaud, ni l'abattre, ni le guérir, ni lui jouer son
âme aux dés. Il faudrait pour que j'aille à lui qu'il
entrebâille un peu sa porte, que même vaguement il
espère, il désire. Les prières sont des aimants qui nous
attirent au cœur des êtres. Si je ne suis pas aimanté, je
flotte, je ne peux descendre. Chabaud restera donc un
célibataire céleste.

— Qu'il vive centenaire et souffre mille morts, marmonna Firmin, satisfait. Moi, du mal qu'il m'a fait, je
me porte à merveille.

Les lueurs du couchant s'éteignaient peu à peu.
La Taupe sur la place à demi désertée renvoyait les
gens attardés à grands coups de manteau et sifflets de
bouvier poussant le bétail à l'étable. Pico, Chaumet,

Lila étaient rentrés dîner et les gens apaisés s'enfonçaient lentement sous les toitures basses. L'ange poussa le boulanger contre le mur du presbytère. D'un coup de front ils le franchirent et se trouvèrent à la cuisine où Suzanne accroupie enfouissait du pain cru sous la cendre de l'âtre. Ils se gorgèrent avec délices d'odeurs de graisse, de fumée, de vin, de gousses d'ail, de pommes, puis s'en furent à la salle noble. Là étaient attablés leurs compagnons charnus, manches troussées et mains gourmandes, devant les volailles en morceaux. Chaumet bâfrait comme un Teuton à Rome, Judith et Lila picoraient, là du pâté, là de la viande, là de l'oignon aux raisins secs, et parlaient à mi-voix, et partaient en fous rires. Seul Pico demeurait crispé. Le geste rétréci et le front tourmenté, il grignotait du bout des dents sa cuisse de poularde, s'essuyait, l'air pensif, les pouces à sa serviette, se tamponnait les coins des lèvres et se servait du vin comme un prêtre à la messe. L'ange le désigna au boulanger défunt.

— Vois, dit-il, il est tout flétri.

Firmin lui tendit une oreille aux trois quarts occupée ailleurs, tout émoustillé qu'il était par le babil confidentiel et donc érotique des femmes. Alors l'Invisible en souci voleta jusqu'à la cuisine où Suzanne et La Taupe assis devant le feu s'empiffraient de viande et de vin.

— Votre saint a froid, leur dit-il. Avez-vous de l'alcool de figue ? Il a besoin d'une muflée. Allez donc remplir son godet.

Ils emplirent à ras bord le leur. Certes, ils avaient mal entendu, mais ils avaient au moins perçu quelques broutilles, preuve que leur oreille était plus affinée que celle des gardiens des pompes raisonnables prompts à nier tout net la musique des sphères hors de leur liste d'opéras. Ils restèrent donc cul collé sur leur tabouret domestique. L'ange s'en retourna à la salle à manger.

– Qu'as-tu donc, mon Pico ? dit tout à coup Chaumet en torchant son menton dégoulinant de graisse. Je te vois bien pâlot pour un saint guérisseur.

– Il est fatigué, dit Judith.

Elle abaissa les yeux, pudique, et dépiauta du bout des ongles un rien de chair sur un croupion.

– Je crains, grogna Pico. Je doute. Je m'inquiète.

– Dis-leur, lui murmura Judith.

Et aux autres, l'œil frisottant :

– Il m'aime, il n'ose pas le dire. Pitié, ne me regardez pas. Oh, maman, je tourne pivoine.

– Le plafond et les murs nous ont tout raconté, répondit sobrement Chaumet. A vrai dire j'ai craint la chute de gravats, voire la rupture de poutre. J'ai failli monter voir, faute d'imaginer comment deux êtres ordinaires pouvaient faire tenir dans un lit de curé une armée de brigands sur des rhinocéros.

– C'est justement après la sieste que ce mal m'est tombé dessus, gémit Pico dans un sanglot.

Il resta les yeux fixes à contempler un os. Chacun fit silence, attendit. Lila lui prit la main, elle lui baisa les doigts. Il soupira profond. Enfin, levant le front :

– J'ai des pouvoirs. Ils sont utiles, et je ne sais pourquoi Dieu me les a donnés. J'ai grand-peur qu'ils me fuient comme ils me sont venus.

– Rien ne peut te quitter, dit l'ange, tu n'as rien. Tu es l'impuissance faite homme.

Il se tenait derrière lui, caressant son crâne, ses joues.

– Quelqu'un veille sur notre vie, je le sens, murmura Lila. On a pris soin de nous. On saura nous conduire.

« Elle me voit », pensa l'Invisible. Lui vint à la figure une bouffée d'air chaud. Il la regarda, les yeux espérants. Elle n'était occupée que de ceux de Pico, qui s'emplirent soudain de larmes.

– On me croit saint, dit-il, et je n'ai pas la foi.

L'ange dit contre son oreille :

– Ne peux-tu marcher sans souci ?

Et désignant au boulanger le crucifix de bois rehaussé de dorures accroché au mur blanc derrière l'attablé :

– Je crains que ce pauvre cloué ne pèse lourd sur ses épaules. S'il faut, pour vivre saint, trotter sur ses talons, je comprends que Pico s'inquiète.

Firmin se signa, murmura :

– C'est le Christ, notre Dieu Sauveur.

– Pourquoi le gardez-vous ainsi ? répondit l'ange éberlué. Ne pouvez-vous le délivrer, arracher ces clous qui le blessent, le laisser libre enfin d'aimer ? N'est-il pas votre bien-aimé ?

Il s'en fut à la croix, la caressa d'un doigt, s'en revint se pencher sur Lila, sur Judith, sur Chaumet qui semblait ardemment réfléchir. Il voulut leur parler, balbutia, renonça, prit Firmin par le bras, l'amena au Jésus.

– Comment pouvez-vous supporter de le voir sans cesse écorché, humilié, suant le sang ? Comment pouvez-vous vivre avec tant de douleur au-dessus de vos têtes ? Avez-vous donc vraiment le culte du malheur ? Vois comme Pico se fait maigre parce qu'il s'imagine que Dieu lui donne travail de miracle. Il craint de ne pas être digne de ce rien qu'il croit un pouvoir, et le voilà du coup qui se prive de vin, et de galettes, et de rôti !

Les convives, le front penché, semblaient chercher une lueur dans un brouillard de marécage. Aucun ne disait mot. Chaumet se curait l'entre-dents, Lila perdue dans ses pensées triturait la main de Pico et Judith émiettait un reste de croûton. L'ange la vit sourire. Il en eut un regain d'espoir. Il lui dit à l'oreille :

– Aide-moi, Judith, aide-les.

– Si ce qui t'est venu s'en va, nous partirons aussi, dit-elle. A quoi bon se ronger les sangs ? Nous ne sommes que des passants, des gens d'auberges et de chemins.

– Dieu m'a chargé d'un bel ouvrage, grogna impatiemment Pico. Je veux l'accomplir sans faillir.

L'ange cria, riant, pleurant :

– Dieu n'attend rien de toi, pauvre homme !

Il bondit soudain sur la nappe parmi les os de poule et les cruchons vidés, et tendant à la croix un index frémissant :

– En vérité il te le dit, ton seul véritable péché est de ne point oser l'aimer, de ne pas l'inviter à boire, à jouer de la flûte, à chanter des chansons, à danser avec toi, l'entrejambe gonflé, à jouir, sacré nom d'un archange en chemise ! Pico, réveille-toi ! Si tu veux honorer ton Jésus comme il faut, décroqueville ta carcasse, rallume ton œil et ton nez, ébouriffe tes plumes, saoule-toi avec lui de tout, de pommes, de viande, d'amour, de vent, de rêves d'avenir. Il t'a voulu vivant. Vis de l'âme au trognon tout ce que la vie donne !

La Taupe parut à la porte. Suzanne accourut près de lui en époussetant ses jupons. L'ange en resta la bouche ouverte et le doigt tendu au Jésus au bout de son bras transparent.

Les deux serviteurs, les joues rouges, riaient à petits coups émus. Dans leur regard brillait une audace d'enfants émerveillés d'offrir une heureuse surprise. Ils se dandinèrent un instant, patauds, lourdauds, la mine fière. Le rouquin parla le premier. Il posa la main sur son cœur.

– En l'honneur de dame Lila, annonça-t-il comme au théâtre.

– Et surtout de maître Pico, poursuivit la servante en ployant un genou, prudemment appuyée au poing compatissant offert par son complice. Pour le bien qu'il fait au pays, et pour fêter ses épousailles avec cette joyeuse dame dont le nom me fuit tout à coup. Pardonnez-moi, c'est la chaleur.

Elle s'éventa vivement la figure d'un bout de mouchoir chiffonné, puis poussa La Taupe du coude. Tous deux prirent une goulée d'air et se raidissant noblement ils foncèrent d'un même élan dans un chant trop aigu pour lui et plus que trop grave pour elle. Chacun les écouta en silence ébahi. Alors ils s'enhardirent, et l'ivresse de la musique débridant leur timidité ils se risquèrent à esquisser de-ci de-là des pas de danse, à se faire des révérences, à tambouriner dans leurs mains, à se tordre les pieds, à braver la chute fatale sans cesser de martyriser le contre-ut et son jumeau bas. Chacun les vit tant appliqués à singer, rondouillards, la sveltesse élégante, à suer sang et eau pour paraître légers, à chanter faux enfin comme le coq et l'oie contrefaisant le rossignol sauvage, qu'une euphorie complice envahit les visages et qu'on se mit bientôt à battre la mesure, à tapoter du pied, à chantonner tout doux pour les accompagner. Judith fut la première à céder aux fourmis qui chatouillaient ses membres. Elle se dressa soudain, lança d'un coup de poing dans l'air sa rude voix de cantinière dans un refrain que La Taupe et Suzanne avaient du mal à pousser jusqu'au bout, puis, la bouche épaissie par une moue lascive, environna Pico d'arabesques de bras, d'ondulations de hanches et de frôlements agaçants. Sa parade nuptiale éberlua le saint. S'il fut pris de court, ce fut bref. Un frisson lui grimpa du sacrum jusqu'au bulbe. Dans un grondement lourd d'orage tropical il renversa son siège et fredonnant du nez il fit face en jetant pieds et mains au hasard. Chaumet alors bondit au milieu de la table et les bras déployés se mit à s'agiter vivement du nombril. Son pied droit chaussa un cruchon, l'autre écrasa une carcasse. Il glissa, vacilla, eut le temps avant de tomber d'inviter sa Lila sur ses hauteurs branlantes, mais elle s'en fut d'abord exciter le rouquin, les jupes haut tenues et les hanches mouvantes, puis s'éloigna de lui pour titiller son homme qui maintenant cherchait son nez entre les seins lourds de Suzanne. Elle lui tendit le bout des doigts, offrit l'autre main à La Taupe. Elle les empoigna ferme et les fit tournoyer, la tête renversée, riant, chantant, braillant à perdre cœur et sens jusqu'à tomber ensemble à bout d'ivresse folle. Suzanne s'affala, épuisée, sur le tas. Pico les rejoignit enfin à quatre pattes. L'ange le chevauchait, lumineux comme un Christ sur son âne sacré. Judith était restée debout, essoufflée, sous le crucifix. Elle n'osait plus bouger, se demandait pourquoi. Elle était sans savoir tout offerte à Firmin qui sans vergogne la flairait et s'enivrait de ses odeurs. Il lui gémit entre deux râles qu'il l'aimait, qu'il la désirait. Il prit le Sauveur à témoin. Il n'était qu'un être indistinct, un désir sans corps, sans mesure. Qui l'entendit ? Judith peut-être. Elle posa les mains sur son ventre. Elle sentit un feu doux, dedans, qui s'allumait.

Quand tous furent couchés l'ange et le boulanger s'en furent musarder dans le ciel du village. La brise les porta vers l'hôpital désert. Il sentait le foin neuf. Ils s'assirent dans la charpente, au-dessous du trou dans le toit. Alors Firmin le Bleu, le front dans les étoiles, murmura comme pour lui seul qu'il avait envie de renaître, et qu'il avait choisi tout à l'heure sa mère. Son compagnon sourit. Lui aussi contemplait les ténèbres célestes. Il répondit :
— Je sais.
Ils restèrent longtemps à écouter bruisser les feuillages lointains et les frôlements proches, puis Firmin soupira et rit un petit coup.
— Nous aurons beau mourir, revivre, nous ne saurons jamais, dit-il.
— Non, jamais rien qui nous rassure.
— Pourquoi Dieu nous fuit-il, dis-moi ?

– Il ne fuit pas, il nous aspire toujours plus loin dans ses secrets.

– Tu crois donc en lui ? dit Firmin.

– Vivre m'occupe tout entier.

Tous deux se turent un long moment. Ils contemplèrent au loin les maisons endormies dans la brume de la vallée. Des lampes brûlaient aux lucarnes. Quelque chose veillait sur ces tanières basses, une tendresse, une innocence, un bonheur simple et silencieux. L'ange étendit la main comme pour caresser l'échine de la nuit. Un oiseau traversa ses doigts sans épaisseur. Il voulut le saisir, ne retint même pas son pépiement fugace.

– Seigneur, murmura-t-il, est-ce vous ? Dites-moi.

Il rit, s'en fut errer au-dessus du vieux toit, se plut à voir son corps ne faire obstacle à rien, pas même à la brise passante, aux brins de paille, aux moucherons, puis il fit un signe à Firmin. Ils s'en retournèrent au village.

Le lendemain matin Suzanne en trottinant entra comme chez elle dans la chambre où Pico dormait près de Judith, s'en fut à la lucarne, ouvrit grand le volet et réveilla son monseigneur d'un coup de soleil neuf sur sa face fripée. Après quoi elle s'en vint au bord de l'édredon, contempla, la joue sur l'épaule, les ébouriffements qui dépassaient du drap, joignit les mains, sourit aux faces réveillées, et leur dit fièrement dans un babil véloce que cinq hameaux lointains, un village espagnol, deux fermes de montagne et un troupeau de chèvres étaient là, sur la place, à espérer le saint. Pico se dressa sur le coude.

– Le saint ? dit-il. Quel saint ?

Il avait oublié qu'il était celui-là. Il s'ébroua, se frotta les paupières. Les brumes matinales aussitôt dissipées, sa mémoire revint au nid et derechef il s'étonna.

– Que font, demanda-t-il, ces gens à notre porte ?

– Ils vous attendent, dit Suzanne. Ils sont tous, même

le bétail, le nez levé, la bouche ouverte à contempler votre fenêtre depuis le premier chant du coq. Ils vous ont amené leurs gales, leurs furoncles, leurs eczémas, leurs rhumatismes, leurs véroles et leurs maux de reins, bref, du travail pour la journée, et de grands paniers de cadeaux, car ils savent le prix des choses.

Elle souleva les oreillers sous les deux têtes presque jointes, fit ensemble un signe de croix, une génuflexion hâtive puis s'en fut le cul bas sur ses jambes alertes.

De fait, le bruit des merveilles accomplies par saint Pico de Crézipas avait couru sur les chemins et d'un flanc de vallée à l'autre plus vite que le vent qui d'ailleurs, ces jours-là, ne soufflait presque pas. On sait la propension du peuple à juger l'improbable sûr et l'ordinaire discutable. Saint Youssef, l'éditeur des Cartes Blanches Juives, apporte péremptoirement à ce moulin son eau bénite : « La résurrection de Jésus est impossible, donc certaine », dit-il dans son *Violent Sermon à la Gardienne Mécréante*. Les gens avaient donc pris leur sac à provisions, fermé leur porte à clé, enfoncé leur chapeau sur leurs douleurs chroniques et sans autrement balancer ils étaient venus, confiants, à la foire miraculeuse. Et comme ils n'avaient pas songé que leur foi pouvait être vaine, en effet elle ne le fut pas. Pico promena sur les fronts quelques doigts dépourvus de fluide et l'ange profita du flot inattendu de pèlerins souffrants pour apprendre à Firmin le Bleu l'art subtil des guérisons promptes.

– Vois comment je m'y prends. Vois mes mains, vois ma bouche, et considère bien, surtout, mon en-dedans, lui dit cent fois le Secourable, voletant d'enfant pâle en grossesse nerveuse et de colique verte en vieux rein caillouteux.

Cent fois il répéta les gestes décisifs. Cent fois il dissipa les maux sous l'œil de l'apprenti perplexe. Et tandis qu'on baisait les orteils de Pico, qu'on lui déchirait la chemise et qu'à grands mercis aux nuages on épouvantait les oiseaux :

– Regarde encore, disait l'ange. C'est plus simple que tu ne crois. Oublie-toi, tu veux trop bien faire. Hop et hop là ! Le mal s'en va comme l'encre bleue sous la pluie.

Cent fois il demanda :

– As-tu compris, Firmin ?

Cent fois Firmin répondit :

– Non.

– Qu'importe, dit enfin l'Infiniment Patient. Nous recommencerons demain.

Vers midi tous les pèlerins s'en furent fêter à l'auberge leur belle santé revenue. Ils bâfrèrent du porc et burent du vin rouge avec un tel entrain qu'on eut à déplorer quelques revers de grâce. A peine guéri d'un ulcère un vieux mourut d'indigestion, une fermière d'âge mûr fut violée par trois pègreleux qui n'avaient plus bandé depuis l'adolescence et dans une rixe d'ivrognes une mornifle enthousiaste arracha un œil de son trou. Ces nuages dans le ciel bleu n'assombrirent qu'un bref instant l'irrépressible exaltation des rescapés de la douleur, d'autant que les marchands de Crézipas-le-Vieux, décorant leurs boutiques grises de guirlandes de fleurs des champs, de parfum de thym concassé et de chandelles autant épaisses qu'à Notre-Dame de Badens, firent en sorte que le séjour leur soit proprement onirique. On leur vendit le pain au prix du sac de blé, et des fonds de vieilles barriques à celui du médicament. Ils en furent contents, offrirent même des pourboires, se répandirent dans les rues en processions dévergondées, et s'enivrant encore ils se saoulèrent aussi de disputes et de gnons jusqu'au petit matin. Comme ils s'en retournaient, fourbus mais rayonnants, à leurs hameaux lointains, sur le chemin mouillé ils croisèrent une troupe de grabataires en char à bœufs, de lépreux, de bancals, de femmes qui marchaient en saignant de la fente et d'autres qui portaient un enfant sur le dos. Tous avaient entendu qu'au village prochain un Bienheureux tombé du ciel sur un cheval aux ailes rouges ôtait les maladies du corps. Ceux qui en venaient confirmèrent. Ils firent aux nouveaux arrivants un récit de leurs riches heures si puissamment orné d'apostrophes au ciel bleu, d'actions de grâces à saint Pico et d'évocations extatiques qu'une fille frappée d'étonnement brutal se trouva proprement guérie d'un bégaiement héréditaire avant même de parvenir au premier jardin clôturé.

De ce jour Crézipas-le-Vieux se réveilla tous les matins dans le bourdonnement dévot des grandes foules pèlerines. Vint le temps où des chroniqueurs se mêlèrent aux troupes bancales. Ils observèrent incognito, s'ébahirent, prirent des notes. Ils portèrent le bruit des miracles accomplis jusqu'à Barcelone et Toulouse. Un prêtre converti à la foi islamique après que l'ange l'eut guéri des stigmates du Christ qui lui gonflaient les mains osa nommer ce lieu ignoré des grand-routes La Mecque du Sud-Ouest. Le village, du coup, se fit cosmopolite. On engagea des sentinelles, on fouilla à l'entrée du bourg les baluchons patibulaires, on confisqua des armes blanches, on planta deux guichets de bois ornés de bannières flottantes au travers de la rue du boulanger pendu. On fit payer le droit d'aller et de venir. Où n'étaient l'an passé que deux vieux sur un banc et rien à l'horizon qu'averse ou éclaircie se pressaient maintenant mille promeneurs lents parmi les ânes et les chariots, des marchands de galettes et de semoule arabe, des rouleurs de tonneaux, des chanteurs de chansons à la belle Lila et des prêcheurs d'apocalypse armés de flûtes et de tambours. On agrandit l'auberge. On en bâtit une autre. Elle fut insuffisante à contenir le flot. On gîta donc chez le rural et l'on dressa des campements dans les prés confisqués aux vaches. Pico dut bientôt renoncer à caresser les chevelures et tapoter les joues des nourrissons brandis. Il risquait l'engloutissement dans la houle des gratitudes. Il ne sortit donc plus qu'à l'heure de midi sur son perron sacré pour bénir en vrac les fidèles d'un geste désolé de semeur face au vent. Rien qu'à considérer la marée populaire, il en avait le mal de mer. Certes il s'évertuait toujours à prier pour la sauvegarde de ceux qui lui criaient dessus, mais il commençait à les craindre et sentait dans son cœur poindre certains matins une haine farouche autant qu'inavouable. Firmin avait appris, à force de pratique, à soigner les acnés bénignes et les brûlures du soleil. L'ange avait découvert la souffrance d'aimer. Peu s'en fallut qu'il ne tombât en mélancolie maladive devant l'étroitesse du temps et la largeur des assemblées. Il miracula tant qu'il put. Ce fut peu au regard des peines.

Chaumet, Lila, Judith, La Taupe et Suzanne après la vaisselle occupaient désormais les jours à recueillir, classer et ranger par sections les cadeaux des miraculés. Une armée de jambons au plafond du couloir menait à la cuisine où l'on entrait courbé sous la jungle d'oignons pendus aux quatre poutres. Des monceaux d'amandes, de noix, de champignons et de pommes rainettes séchaient sur l'escalier gravement rétréci, sur le plancher des chambres et jusqu'au pied des lits, seuls îlots encore émergés dans cet océan comestible. Quant à la salle autrefois noble, elle n'était plus qu'un entrepôt. Des couvertures en piles, des draps et des tapis, des tas d'effrayants ex-voto, des amas de sabots et de cannes sculptées, des cargaisons de lampes à huile et des charretées de manteaux étaient là répandus en profusion si sombre, épaisse, hétéroclite qu'on pouvait redouter de voir, la nuit venue, monter de ce chaos des brumes maléfiques et des fantômes de marchands. Aucun des habitants du lieu n'osait plus y risquer le pied. Le soir dans la cuisine, après leurs rangements, ils parlaient et buvaient. Ils ne pouvaient s'aventurer hors les murs de leur presbytère sans être aussitôt submergés de prières, de frottements et d'invitations accablantes. De fait, ils étaient en prison. Ils le savaient mais n'osaient rien en dire. Parfois une amertume vague les taraudait sournoisement. Alors ils se perdaient dans des rêves rogneux et parlaient de bontés à imposer au monde, d'éducation municipale et de répression des excès, d'hôpitaux pour les vagabonds, de bras en bois pour les manchots, de porteurs pour les culs-de-jatte. Seul Pico se tenait noblement à l'écart de ces controverses sociales. Il écrivait à grands coups d'âme et de plume d'oie débridée un ouvrage thérapeutique confus comme un champ buissonnier, mais çà et là troué de lueurs angéliques. Quand, à bout de labeur, il s'en venait s'asseoir à la table commune, on lui servait du vin, on le regardait boire et l'on ne parlait plus, et chacun s'étonnait dans son cœur trébuchant de se voir échoué en pays de Cocagne et de n'y découvrir qu'un opulent ennui.

Ce fut un de ces soirs que Chaumet décida de battre le rappel des esprits égarés. Il y avait eu un long silence. La mélancolie menaçait.

– J'ai à parler, dit-il, les coudes sur la table et le front soudain résolu.

Tous tendirent le cou. Il jeta un coup d'œil aux visages alentour et poursuivit ainsi :

– Nous ne pouvons rester confits dans cette maison de curé comme des cuisses de canard dans leur bocal de graisse jaune. Ce village va mal. Des bouviers se sont faits marchands de talismans. Ils fourguent aux pèlerins les sonnailles des vaches peintes en bleu, pour faire céleste. Des bûcherons vêtus en moines ont ouvert près de l'hôpital un lavoir pour les âmes impures. Ils les plongent dans le torrent pour trois sous d'argent la lessive. Le moindre boutiquier règne sur les dos ronds d'une meute d'esclaves, les pouces sous les bras, la dentelle au jabot et la bouche courbée comme un fer à cheval. On vend ce qu'autrefois on offrait aux passants, l'eau des puits, le croûton de pain, le droit de dormir dans la grange. Plus gonflent les bedons, plus les cœurs s'amaigrissent. A qui la faute ? A nous qui les avons gâtés.

Il se tut. On hocha la tête, et l'on demeura les yeux bas. D'un moment on n'entendit rien qu'un galop de souris dans les noix dispersées, là-haut, sur un plancher de chambre. Lila contempla, l'air buté, un reflet de bougie au fond de sa timbale et dit soudain dans le silence qui commençait à s'épaissir :

— Fuyons avant de devenir méchants.

— Seigneur Jésus, gémit Suzanne, j'ai du bonheur à vous servir et du Chabaud dans mes peurs bleues. Ne me laissez pas seule ici.

Judith rit, les yeux éblouis, poussa du coude l'un et l'autre.

— Volons six chevaux noirs, dit-elle, avec six chariots pleins de lits, et partons pour l'Andalousie. Nous miraculerons sur les foires à bestiaux, nous chanterons, nous ferons des parades.

Elle s'approuva d'un coup de front. Un oignon tomba du plafond. Chaumet servit à tous une franche rasade de piquette d'Albi.

— Mieux vaut, dit-il, nous rendre utiles parmi ces gens où Dieu nous veut. Nous pouvons rhabiller décemment la justice, éviter que les grandes bottes

n'écrasent les pieds déchaussés, édicter des lois fraternelles, adoucir enfin les esprits. Pico, soyons ici les
maîtres. Nous sommes bons. Faisons le bien.

Il sourit bravement à tous, ouvrit les bras à l'évidence. Seuls La Taupe et Suzanne eurent l'air de comprendre. Les autres, le menton pendant et la paupière
à demi close, semblaient s'évertuer à passer un gros
fil par un trou de petite aiguille.

– Pardon, mais j'erre, dit Pico en tirant le cou hors
du col. Je vois mal où mène ta route.

– Au pouvoir, répondit Chaumet.

Et à nouveau s'accoudant ferme, l'œil luisant et le
poing serré :

– Exige de Chabaud qu'il mette pied à terre. Il résis-
tera. Fâche-toi. Annonce ton prochain départ. Tous,
escrocs et marchands, faux moines et vraies putains,
s'arracheront les poils. Que ne feraient-ils pas pour te
garder chez eux ! Faut-il que le nain tombe ? Il tom-
bera, que diable, et tous s'empresseront, pour plaire à
ton œil doux, de décrotter leurs pieds entre ses omoplates. Alors tu leur diras : « Voilà le chef qu'il faut à
Crézipas-le-Vieux. » Tu poseras ta main sacrée sur
l'épaule de ton Chaumet, et nous pourrons enfin
dégourdir nos méninges à faire de ce lieu un Éden de
bon goût.

Il rit comme un trousseur de farces. Pico eut un
hoquet content, resta rêveur le temps d'imaginer la
chose, dit enfin :

– C'est réjouissant. Nous apprendrons aux gens à
goûter la poularde, à peindre de vrais ex-voto, à chanter
sans blesser l'oreille. Nous agrandirons le jardin. Nous
serons des rois bienheureux.

Il gloussa quelques petits coups. Lila sortit au potager. Judith la rejoignit sous l'arbre. Elles se frottèrent
en frissonnant les épaules et le haut des bras. De grands
éclats joyeux leur vinrent du dedans.

– Ce n'est rien, murmura Judith. Des jeux d'hommes. Ils s'en lasseront.

Lila s'adossa au pommier, et contemplant au loin le seuil de la cuisine où la lueur mouvante et dorée des bougies dansait avec d'immenses ombres :

– Que Dieu nous les garde, dit-elle. Je crois que je porte un enfant.

7

La Très-Sainte Mirgue de Metz (bénie soit sa figure ovale) ouvre ainsi sa *Célébration de la Bougie Défectueuse* : « Ô flamme droite et nue, ce n'est pas ce que tu éclaires qui te rend précieuse à mes yeux, mais plutôt l'obscur infini que me révèle ta lueur. » Émouvante et sûre parole ! Qu'on se souvienne d'elle et qu'on la goûte assez pour la mettre en musique intime car elle dit tout de l'ombre et de l'humble lumière à l'instant où Lila, contre l'arbre aux fruits lourds, leva les yeux vers sa compagne. Elle venait d'avouer l'époustouflant secret. Son visage n'était qu'espérance éperdue, inquiète, suppliante. Judith, la bouche ronde et le regard pantois, poussa un « ho » qui la vida de souffle. Elle balbutia :
– Jésus Marie.
Elle tendit à peine les mains. Elle n'osa pas toucher ce corps qui frissonnait sous la feuillée mais se raidissait fièrement et s'efforçait de rester droit. L'annonciation d'enfant était là, dans l'air froid, entre leurs figures aux grands yeux. Pauvres êtres pâlis par l'éclat de la lune, pauvres mots effrayés de n'être plus au chaud dans le jardin muet où la mémoire dort, que pesaient vos vies dans ce monde ? Un fétu au vent, presque rien. Et pourtant alentour l'obscurité frémit et porta la nouvelle, comme une onde sur l'eau, jusqu'aux confins des nuits. Quelque chose au cœur des deux femmes entendit fredonner ce veilleur d'infini qui fuit sans cesse la

141

lumière. Alors d'un même élan chacune s'abattit contre les seins de l'autre. Elles restèrent longtemps étroitement serrées à se bercer en bafouillant des bribes de bonheurs en larmes.

— Ma mie de pain, ma truffe, es-tu certaine au moins ?

— Oh, sûre. Il est bien là.

— Depuis quand ? Le sais-tu ? Attends, que je te palpe.

— Je l'ai senti vivant quand j'ai parlé de lui. Avant, je n'osais pas me croire.

— Oh, misère, elle rêve, elle suppose. Elle me troue. Tiens-moi, je prends l'eau.

— Seigneur Jésus, je ne mens pas.

— Donne tes yeux, que je voie clair. Ta brèche. Ta boîte à ouvrage. Sainte Vierge, elle fait l'ahurie. Ferme ta bouche, malheureuse, il fait froid, tu vas t'enrhumer. Ta bouche, justement. Celle d'en bas. Avoue. Ton sang. Depuis combien de lunes ?

— Deux. Presque trois.

— Ah. C'est bon signe. Oh qu'il fait bon. Je respire au-dessus des neiges. Si mes doigts étaient des pipeaux, je jouerais des danses nuptiales.

L'éclat revint à leurs regards. Elles se palpèrent un peu partout. Lila gémit, riant, pleurant :

— Je veux que tu le mettes au monde, qu'il sorte de moi dans tes mains.

— Oh, folle ! dit Judith dans un sanglot tremblant.

Et se désembrouillant soudain de sa compagne elle la prit aux cheveux, la tint éloignée d'elle et dit encore avec une fierté radieuse :

— Dieu, que c'est bon d'être une femme.

Elle poussa un grand soupir d'aise, passa son bras sous celui de Lila. Pareilles à deux enfants qui se cachent du monde en trottant, le dos rond, elles fuirent toutes deux l'indécise lueur venue de la cuisine. Elles allèrent s'asseoir dans l'herbe à l'abri du mur du jardin et là s'émerveillant ensemble, jetant par-dessus les épaules de brefs coups d'œil plus joyeux qu'apeurés et papotant à voix menue, petits cris doux et coups de coude :

– Chance que nous restions dans cette maison forte. Il sera protégé du mal.

– Pense au danger des routes. Il y a des loups partout, même dans les auberges. Je me connais, je n'aurais pas vécu.

– Seigneur, ne veillez plus sur nous désormais, veillez sur lui seul, par pitié !

– Le Ciel a inspiré Chaumet. Oh, le dindon ! Le fou ! Maître de ce village !

– Imagine. Ton fils héritera d'un roi. Prince de Crézipas. Je serai sa marraine. Je choisirai son nom.

– Mon père s'appelait Baudouin. On l'appelait Baudouin la Hache. A mon goût, c'est assez fringant.

– Trop rude, trop pesant. Barthélemy le Fort, comme mon oncle Jean.

Il y eut un bref instant de doute.

– Sais-tu où il aura son berceau, ma Judith ? A la cuisine, près du feu.

– Non, Lila, dans la salle noble.

– Judith, je suis sa mère et je le veux au chaud sous une botte d'ail. L'ail fortifie le sang.

– Et moi, sa tante et sa marraine, je dis qu'il ne serait pas bon qu'un enfant promis aux sommets soit couvé par notre Suzanne. Allons, je lui ferai un beau collier de gousses avec un oreiller frotté de fleurs de thym. Le thym rend la voix claire et garde de la toux.

Et soudain fourrant sous sa coiffe le désordre de ses cheveux :

– Prends garde, Lila, ils arrivent.

Chacune sur les joues de l'autre essuya d'un doigt vif des traces de pleurs secs. Deux ombres venaient d'apparaître dans la lueur dorée du seuil. Pico et Chaumet s'avancèrent, ricanant à voix de canard et traînant des phrases bravaches en se bousculant des biceps. Lila prit soudain dans ses mains le visage de sa compagne. Elle lui dit en catimini :

– Rien aux hommes. C'est un secret. Sur ta tête, Judith, promets.

L'autre lui répondit, farouche :

– Que Dieu me mange et me recrache si je te manque d'un poil d'œil.

D'un preste coup de langue elles léchèrent leur pouce et se tracèrent au front une croix de salive en marmonnant hâtivement une comptine de sorcière.

– Ho, les dames ! cria Chaumet. Mille diables, où se cachent-elles ? Ah, les voici. J'ai des nouvelles.

Il s'en vint devant les assises, espéra un instant captiver leur regard. Elles croisèrent les doigts, haussèrent les sourcils, attentives, un peu goguenardes.

– La guerre est déclarée, dit-il.

Et remuant ses bras aux jointures rouillées, tout frileux et faraud :

– Enfin le joli vent se lève. Le sang m'en fait des friselis. Oh, je vous sens émoustillées ! Vois, Pico, comme leurs yeux brillent. J'aime les voir ainsi, fières de leurs soldats.

Elles rirent menu, se dressèrent et défroissèrent à petits coups le cul de leur jupe mouillée. Pico gonfla son torse étroit.

– Nous avons envoyé La Taupe chez le nain avec cet ordre écrit, dit-il, la figure sévère. Écoutez donc. C'est sec, quoique un peu ampoulé, mais il faut savoir parler noble. « Les sauveurs de ton Crézipas t'attendront dès l'aube prochaine sur le perron de leur maison pour t'apprendre leurs souhaits pressants quant aux façons nouvelles de mener la communauté sur le chemin de la sagesse. » J'aime beaucoup ce ton. Il a la cuisse ferme.

Nous n'avons pas encore sa réponse, mais assurément il viendra. Nous avons décidé de l'accueillir dehors, sur le pas de la porte, afin que devant tous il tombe de son haut.

— Fort bien, les hommes, dit Judith.

Elle leur vint sous le nez, tapota leur joue rêche, puis se hissant sur les orteils et pointant son index d'une poitrine à l'autre :

— Rapetissez le nain et coiffez son chapeau. Nous n'avons rien là à redire, au contraire, mille mercis, et même mille et mille encore. La gratitude de vos femmes vous importe peut-être peu, mais nous savons à demi-mot (n'est-ce pas Lila ?) de quoi je parle. Cela dit, mes jolis chevaux, prenez garde à l'emballement. Point de gorge tranchée, de tortures, de gnons ni d'épées énervées. Nous exigeons, et nous savons pourquoi, que nous soient épargnés les effusions de sang et les épanchements de tripes. Dans la situation où nous sommes, nous ne le supporterions pas. Il nous faut (rien de plus) le luxe des victoires et la tranquillité sous quelques gousses d'ail parfumées de thym frais. Avez-vous bien compris ? Ne me regarde pas ainsi, Lila, je n'ai rien dit. Mais je veux quand même qu'ils sachent.

Pico d'un bref écart de main au-dessus de ses cheveux ras chassa négligemment dans l'air frais de la nuit le flot d'obscurs sous-entendus qui venaient d'effleurer son crâne. Il répondit avec une emphase fringante :

— Ma femme, ne crains pas. Rien n'épouvantera ton cœur sentimental. Ce prochain jour sera comme un fruit mûr à l'aube. Le soleil et Dieu l'aimeront car il verra la fin de la tyrannie naine. Nous forcerons Chabaud à tomber à genoux. Dès qu'il aura baissé le front, je le guérirai de ses maux. Il faudra bien qu'il nous en sache gré. Du coup il se tiendra soumis, et nous ferons de lui, s'il le veut, notre ami. Ce sera là notre façon de répondre à ses cruautés.

Et prenant Chaumet par le cou, la voix copieuse et satisfaite :

– Ai-je bien parlé, compagnon ?

L'autre grogna une approbation vague. Il n'avait entendu qu'une rumeur de mots, attentif qu'il était à se gratter le nez en observant les deux luronnes, le regard remuant, la bouche dans les mains occupées à se chuchoter d'imperceptibles confidences. Il pensa qu'elles cachaient fort mal un de ces secrets enfantins qui désennuient les demoiselles. Il en eut un élan de tendresse indulgente. Il s'en fut chatouiller Lila. Elle rit et se laissa aller contre sa poitrine accueillante. Pico les voyant alanguis se sentit le cœur pris de mollesse lascive. Il attira Judith, posa nonchalamment le bras sur ses épaules et les doigts pianotant sur un bout de téton il lui dit sottement que les étoiles au ciel brillaient comme des lustres. Elle lui répondit qu'elle savait où elles brilleraient plus encore. Ils s'en furent, les tempes jointes. Chaumet et sa compagne avaient déjà franchi le seuil de la maison.

– Réveille-toi, Firmin, dit l'ange, je comprends mal leur nouveau jeu.

Il se tenait sur une branche haute dans le frais parfum du pommier et caressait la joue du boulanger défunt qui rêvassait, les yeux mi-clos, la figure posée sur ses genoux sans os.

– Ils veulent, dit le somnolent, que Chabaud le Gog dégouverne. Ils ont envie de s'échiner à porter Crézipas-le-Vieux comme a fait Atlas pour le monde. Ils vont se ruiner les vertèbres et faire mal à leurs amours. Je sais cela, vous le savez aussi. Vivre hors du corps apprend ces choses.

– C'est étrange, murmura l'ange. Ce chagrin qui m'alourdissait, ce froid qui me venait au cœur, c'était donc cela. Ils s'éloignent.

Firmin bâilla et s'étira. Il répondit :

– Où est le drame ? Suivez-les, laissez-vous mener.

L'ange gémit, tout bégayant :

– Je ne peux pas entrer dans ces brumes où ils vont, elles sont trop éloignées de ma température. Oh, Seigneur, pourquoi me fuient-ils ? Qu'ai-je manqué de faire, ou qu'ai-je fait de mal ? N'aiment-ils plus nos jeux, nos manigances drôles ? Firmin, dis-moi, qu'espèrent-ils ?

– Être utiles. Servir, peut-être.

– Oh non, les pauvres, ils sont aveugles, à peine me pressentent-ils, moi qui suis sans cesse auprès d'eux. Comment donc pourraient-ils savoir ce qui convient à leurs semblables ? Non, Firmin, ils veulent peser, peser plus lourd que leur poids d'hommes, peser sur la tête des gens. Oh, Seigneur, comme ils s'épaississent, je ne vois presque plus au travers de leur corps !

– Eh, qu'ils suivent leur route et que Dieu les protège ! On se rencontre, on se sépare, c'est l'ordinaire de la vie. Dans tout amour humain la rupture est en germe. Il n'est pas de corde inusable en ce bas monde, sachez-le.

– Je n'ai ni crocs, ni chair, ni griffes. Que pourrais-je rompre, dis-moi ? Si j'aime un jour, j'aime à jamais. C'est mon lot de vivant léger.

Le boulanger perplexe hocha sa tête ronde, resta un grand moment à contempler la nuit.

– Ainsi, vous ne pouvez ni les accompagner ni vous séparer d'eux, dit-il enfin. Tudieu, le pétrin est profond et la pâte est collante.

– J'irai sur leur chemin aussi loin que possible. J'allumerai des feux.

L'autre lui prit la main, s'efforça de sourire.

– Allons, dit-il, ne soyez pas chagrin. Quand ils seront repus de satisfactions tristes, sans doute vous reviendront-ils.

– Si Dieu veut. Mais je crains. L'avidité, Firmin, la hargne de goûter à la toute-puissance, voilà leur maladie. C'est comme un puits qui les fascine. Ils ignorent qu'il est sans fond. S'ils descendent, ils seront perdus. Ils croient qu'ils veulent peu, ils voudront toujours plus. Pense à ces sauveurs de tribu qui empoignent la queue de l'âne et croient tenir le gouvernail. « Que ma volonté soit et que mon règne arrive », voilà soir et matin la prière qu'ils font. Ils seront leurs pareils. Et donc ils se dessécheront, privés de l'eau qui mouille l'âme. Ils se pétrifieront. Leurs pas se raidiront, et leur nuque, et leurs gestes. Ils ne parleront plus que bardés d'armes lourdes, et plutôt que d'aimer ils jouiront sans joie de stratégies gagnantes. Malheur, savoir cela et se voir impuissant !

– Hé, ho, vous m'effrayez. Ils ont envie de peu : un pouvoir de village. Il n'y a pas là de quoi sonner le gros bourdon.

L'ange sourit, tout frémissant. Un éclat de malice illumina ses yeux.

– En vérité, je me fais peur aussi. J'ai parfois de ces éloquences qui me font des frissons partout.

– Quand j'étais un petit vivant, répondit l'autre, l'air pensif, je me racontais des histoires à me faire trembler si fort, dans le noir, sous mon édredon, que j'en terrorisais les rats.

– Oh, nous nous ressemblons, murmura l'ange, ému.

Ils rirent à petits coups à peine rassurés, puis comme ils regardaient clignoter les étoiles :

– S'ils sont malades, dit Firmin, je n'y suis, Dieu merci, pour rien. Par contre, vous, pardon. Je n'en remettrais pas ma pauvre tête à pendre. Je ne voudrais pas me risquer à vous aggraver le souci, mais vous avez semé, si j'ose aller au bout de ma pensée profonde, de quoi les enfiévrer jusque dans l'Au-delà. Offrez à un marmot un piédestal de saint, et qu'y fera-t-il, le mignon ? D'abord il bénira la foule, puis se gonflera le jabot, et les bravos du peuple aidant, en voulez-vous, j'en ai encore, et as-tu vu mes belles cuisses, et je te danse la bourrée. On ne pourra plus le tenir. Ce n'est certes pas angélique, mais assurément c'est humain.

— Je voulais simplement jouer, gémit l'ange, piteux, cherchant le ciel partout.

— Vous pouvez toujours, dit Firmin.

Et poursuivant au petit trot, comme on se donne à l'évidence :

— Laissez les hommes aller. Il vous reste deux femmes, un enfant dans un ventre, et un boulanger mort.

L'ange ouvrit grands les yeux, parut un bref instant captif d'une pâle lueur sur une pomme mûre, à deux pieds de ses joues cernées par le feuillage, puis sourit amplement. Son visage enfin s'éclaira comme le levant à l'aurore.

— Oh, le fou que je suis, l'absurde créature, oh, la honte de Dieu ! dit-il, extasié. Me laisser aveugler par un effroi qui passe ! J'avais oublié mes deux filles, et ce petit qui entend tout, même les sottises des anges, et toi, mon frère clairvoyant ! Vraiment, Firmin, tu m'époustoufles. Tu crois penser, tu illumines. Qui t'inspire, dis-moi ? Le sais-tu ? Moi non plus. Mais au train où tu vas je te le dis, mon beau, ta prochaine vie d'homme éberluera les papes.

Firmin rougit jusqu'aux oreilles, ce qui semble prouver (quoi que les sectateurs de la raison en pensent) que les êtres impalpables ont du sang virtuel dans leurs veines absentes.

— Je suis surpris, dit-il, modeste. Avez-vous remarqué ? Bien que privé de corps, je sens toujours le pain.

— C'est vrai. C'est un parfum de Vierge à la cuisine. Il est humble, il est tendre. Garde-le, boulanger, garde-le bien serré. Un jour, je sais cela, toi qui fus nourricier, tu seras nourrissant.

– Je nourrirai Judith, peut-être aussi Lila.

Ils étaient assis côte à côte sur une branche du pommier. L'ange soupira, se pencha. Ce fut lui cette fois qui voulut qu'on le berce. Il se pelotonna, la figure sur les genoux de son odorant compagnon. Ils restèrent longtemps ainsi, l'un caressant les tempes et les cheveux de l'autre, puis Firmin murmura :

– Vous qui voyez loin, dites-moi. Dorment-elles, là-haut ? Rêvent-elles de nous ?

– Elles font l'amour, répondit l'ange.

Ils sourirent, les yeux fermés. Firmin se mit à fredonner une chanson de vieille enfance. Un hibou hulula sur l'arbre au bord du mur. Son cri fut comme une caresse sur le pelage de la nuit.

Le lendemain dès la pointe du jour, Chabaud le Gog s'en vint à cheval sur son frère. Le ciel ouvrait à peine l'œil. Seul un chien chiait en tremblant au milieu de la place vide, et le perron du presbytère était tout mouillé de rosée. Personne n'attendait le nain à cette heure où les coqs sur les tas de fumier bâillent et gonflent leurs plumes avant de criailler à la face de l'est leurs salamalecs matinaux. Chaumet dans la cuisine froide déjeunait d'un bol de lait chaud, et Pico à l'évier, grelottant, torse nu, s'aspergeait la figure et les poils du poitrail. Le colosse inférieur cogna du poing la porte. Le bruit en fit frémir les murs, les noix sur l'escalier et les lits dans les chambres. On crut un bref instant à un bélier d'assaut manœuvré par des monstres évadés de la nuit. Chaumet, le regard fou et la bouche gonflée, partit subitement d'une quinte de toux qui fit pleuvoir son lait en bruine si fringante qu'il la vit tout à coup ornée d'un arc-en-ciel. Pico sursauta, s'ébroua, renversa d'un geste égaré son pot à eau sur le dallage, se mit, les mains errantes, à chercher à l'aveugle une serviette absente. Il hurla qu'on se hâte et qu'il fallait

150

sortir, mais il était trop tard. Suzanne était déjà à faire entrer les hôtes. La journée commençait comme elle n'aurait pas dû. Il en est ainsi : on projette, on trace un chemin clair, sans détours, sans ornières, et l'on ne sait quel diablotin, ou quel dieu, ou les deux ensemble vous mettent le pied gauche à la place du droit. Bref, quand Pico parut avec Chaumet tout rouge et toussotant encore à l'entrée de la salle noble, Chabaud le Gog trônait, négligemment rêveur, dans un fauteuil posé parmi les ex-voto au milieu de la table. Ils se souhaitèrent un bonjour minimal.

L'entrevue devait être brève, elle fut explicative et quelque peu brouillonne, quoique parfois semée de flamboyants éclats. Pico pinça son nez, et trébuchant aux mots à peine réveillés il prévint ses orteils qu'il était fatigué des cérémonies saintes. Il n'en eut aucune réponse. Alors il releva le front, il prit un souffle cahotant et dit à la pénombre à côté du perché qu'il avait décidé, après un entretien avec son frère d'armes, de quitter Crézipas-le-Vieux. Chaumet l'interrompit d'un « A moins que » léger, qu'il laissa en suspens. Le nain ne pipa mot. Il attendit la suite. C'est alors que les deux lurons commirent une erreur dommageable. Sans qu'on voie clairement où se nouait le fil avec les bafouillis susdits et l'à-moins-que pendu dans l'air comme une bulle dérivante, ils se précipitèrent avec une fureur aussi rude qu'enthousiaste dans une confuse homélie sur les perversions du village et la nécessité de trancher dans le lard. Pico dit qu'après tout, sans ses miracleries et ses guérissements (néologismes dus sans doute à l'ébranlement de ses sens), le village en serait toujours à croupir dans ses bouses molles. Chaumet prit un relais brutal. Il brailla, le doigt haut, que les marchands du Temple avaient ces derniers temps quitté Jérusalem pour s'installer où donc ? Question inattendue qui prit

Chabaud de court. Il ouvrit vaguement la bouche. L'autre ne permit pas qu'il prenne la parole. Il répondit :

– A Sodome et Gomorrhe.

On comprit : Crézipas-le-Vieux. Son compère approuva d'un coup de tête sec, puis les yeux tout à coup voilés par d'imaginaires embruns il s'engagea dans un prêche fiévreux sur l'austère grandeur de ceux qui, les mains nues, quand grondait la tempête, quittaient leur abri sûr, prenaient le gouvernail en chantant aux éclairs des cantiques sauvages et permettaient à Dieu, le beau temps retrouvé, de pousser dans sa barbe un « ouf » éberlué devant un aussi fier courage. Visiblement le nain eut du mal à saisir où allait le bateau. Les yeux rapetissés par l'effort d'attention il suivit jusqu'au bout l'allégorie marine, et comme Pico, hors d'haleine, se voyant près de choir dans l'extinction de voix, s'efforçait de passer la bannière à Chaumet, le maître coq, plus perché que jamais, laissa tomber de sa hauteur :

– Fort bien. Que voulez-vous, au juste ?

Les deux autres se regardèrent, la figure scandalisée. Quoi ? Se moquait-il d'eux ? N'avait-il pas compris ? Fallait-il qu'ils disent crûment leur émouvante volonté de le voir jeté bas de son perchoir de chef et de poser leur pied entre ses omoplates ? Comment annonçait-on, chez les nobles, ces choses ? Ils se sentirent pris de pudeur campagnarde, ils s'entre-regardèrent encore, chacun poussant l'autre à parler. Pico enfin risqua, circonspect, louvoyant entre d'invisibles écueils :

– Vous avez besoin de repos. Croyez-en mon savoir que Dieu le Père inspire. Les fardeaux communaux vous affligent le dos. Déposez-les, pour votre bien. Confiez-les à notre soin, et nous vous les rendrons quand vous serez guéri.

– Vous êtes trop bon, monseigneur, lui répondit Chabaud le Gog dans un terrifiant sourire.

Son regard gris se rétrécit. Il empoigna les accoudoirs, se pencha.

– Et si je refuse ?

Il y eut un temps de flottement. Au fond, Chaumet était un simple à l'impressionnable nature. L'assurance des grands (même s'ils étaient nains) lui recroquevillait la tripaille et le foie. Tous les timides sont ainsi : emberlificotés dans d'infinies pelotes, cherchant pauvrement leur chemin à contre-courant de leurs pieds, épouvantés par l'œil glacé qui les regarde patauger dans leurs éprouvants marécages et pourtant, s'ils se voient cernés, capables de sursauts soudains, torrentueux, et barbares autant qu'héroïques. L'humble fils de Ramonicheux était donc fait de cette eau-là. L'arrogante ironie du Gog le fit bondir d'un coup de son allure d'âne à l'emballement d'un pur-sang. Il ouvrit ainsi sa diatribe :

– Écoutez, mon petit, votre question est blette. Il nous importe peu que vous refusassiez.

Cet imparfait du subjonctif, bien qu'à l'évidence incorrect, parut lui dégager la route et lui éblouir l'horizon. Il poursuivit donc nez au vent, volant comme un Pégase au-dessus des ornières et des aspérités :

– Notre couleuvre, apparemment, agace vos dents de devant. Permettez-moi de l'écraser, elle en sera plus comestible. Nous pourrions, par juste vengeance, asseoir votre cul nu sur un tisonnier rouge. Hélas, nous sommes des seigneurs. Nous n'avons pas de ces lubies.

Et Pico, emboîtant le pas :

– Vous nous avez pourtant traités comme des morves.

– Allons, reprit son compagnon, oublions ces pauvres soucis. Nous avons fait de ce village un lieu saint au ventre bombé. Chacun ici croule sous les poulets, les lapins, les agneaux, les vaches et leurs laitages. L'opulence aurait dû nourrir les compassions, faire plaisir au Ciel et réjouir la terre, bref ouvrir l'esprit de nos gens à de puissantes gratitudes. Hélas, elle a gelé les cœurs.

Et vous, qu'avez-vous fait pour prévenir ce froid ? Vous avez étrillé les bourses des pèlerins miraculés et tripoté vos bagues en regardant de haut vos anciens paysans déguisés en prophètes tintamarrer partout et trotter à l'envers sur leurs baudets ornés de fleurs médicinales.

— C'est mal ! hurla Pico, emporté hors de lui par la péroraison de son frère d'errance.

— Il vous faut maintenant descendre au ras des fèves. Avez-vous bien compris ? Votre trône nous plaît, et nous y siégerons en seigneurs bien lavés. Nous n'avons pas d'autre ambition que de gouverner poliment.

— Ne faites pas, conclut Pico, la moindre peine à mon ami, sinon j'annonce tout à l'heure aux foules que nous partons demain matin miraculer les Catalans.

Si Chabaud fut blessé dans cet assaut frontal, il ne le montra guère. Il contempla longtemps devant lui la pénombre, tambourina sur l'accoudoir, et tandis que les deux, à nouveau soucieux, attendaient qu'il ouvre la bouche, il se tut encore un moment, l'œil luisant scrutant l'un et l'autre, puis il sourit et dit enfin :

— Messieurs, il me faut réfléchir. Remettons d'un jour nos tracas. Demain vous aurez ma réponse à vos intéressants projets. En vérité, j'avoue qu'ils viennent à point nommé. Gouverner est un art austère. J'en suis las. Il m'assèche trop.

Il fit claquer ses doigts. Son frère au large dos sur un tas de tapis ronflait à pleine bouche. Il eut un sursaut d'ours piqué par un frelon et s'en fut s'accroupir entre les pieds pendants de l'homoncule assis. L'autre bondit sur lui comme à saute-mouton, cogna de l'entrecuisse à l'os proéminent de sa nuque courbée, eut un bref rictus douloureux, souleva son chapeau pour un salut grognon et tira vivement le nez de l'inférieur qui s'en alla trottant, la figure en avant. Ils passèrent le seuil entre salle et couloir. Alors Chabaud le Gog ne tint plus sa fureur. Il se mit à poigner les oreilles du monstre, à gifler sa face hébétée, à talonner au pas de charge sa poitrine aux râles puissants. L'énorme, aveuglé par l'effroi, s'en fut sans souci des obstacles. Lila se réfugia dans les bras de Judith. Suzanne ouvrit la porte avant qu'elle ne vole en éclats sous le coup de front du colosse et en hâte se rencogna, un bras sur sa poitrine lourde et l'autre au secours du pubis. L'ouragan la frôla. Il laissa la maison comme un tambour battu. Les femmes aussitôt retrouvées s'étreignirent nerveusement en couinant des « Marie Joseph ».

Toutes trois à l'affût et tremblantes dans l'ombre avaient tout entendu du débat de titans qui venait de hisser leurs hommes sur l'Olympe de Crézipas. Dès que le nain sur sa cavale humaine eut retrouvé le matin frais, elles se précipitèrent au chevet des héros. Ils s'étaient affalés les jambes grandes ouvertes parmi des baluchons de manteaux trop petits et d'écharpes brodées au nom de saint Pico. Ils étaient épuisés, certes, mais rayonnants comme des malandrins à la porte du Ciel. Voyant leurs compagnes apparaître, Chaumet leur ouvrit grands les bras.

– L'affaire est dans le sac, dit-il. Mes jolies, nous avons vaincu.

L'ange s'assit près de Firmin dans un panier de cierges roses. Il murmura, le souffle las :

– Si c'est vrai, que Dieu les assiste, ils ne s'en relèveront pas.

Il n'avait plus ce vif éclat qui réjouissait la lumière. Les couleurs de son corps, certes, vibraient encore, mais sans guère de conviction. Il semblait mélancolisé comme par l'ombre d'un nuage.

– Mes maîtres, dit Suzanne, il faut fêter ce jour. Qui veut du vin de noix, qui de l'alcool de figue ?

Elle s'en fut en dansant des hanches.

– Chaumet, dit Lila, frémissante, oh brigand, que tu

155

m'as fait peur ! J'ai pensé d'abord : « Il s'embrouille, il ne s'en relèvera pas », puis : « Il s'envole, il va tomber », puis : « Il va s'abîmer le souffle à cavaler sur ses grands mots ! » Si jamais un jour tu me traites comme tu as traité ce nain, je te troue le cœur et j'en meurs.

Il eut un sourire modeste et la serra contre son flanc. Elle se pelotonna, prit les autres à témoin.

— Gouverneurs ou pas, que m'importe, nous garderons cette maison, dit-elle, je n'en veux pas d'autre. Nous donnerons aux pauvres gens tous ces cadeaux qui nous encombrent. Nous mettrons des tentures aux murs et surtout des tapis épais jusque sur le seuil du jardin. Les planchers sont trop secs et les dalles trop froides. Un vrai nid sûr et chaud, voilà ce qu'il nous faut.

Comme on l'approuvait mollement, Suzanne revint du cellier avec des fioles et des godets. On l'acclama, on but, on fit claquer sa langue. Judith enfin leva l'index, et la voix ravagée par la gorgée d'alcool qui lui incendiait la grange et la charpente à grand-peine elle poussa dehors ces mots vaguement inquiétants :

— Saint Luc dit : « Ne crains pas. » Je lui réponds : « Prudence. »

On fit silence, on attendit, la timbale au bord de la bouche. Elle poursuivit, le ton quelque peu raffermi :

— Le nain s'en est allé plus furibond qu'un loup trompé par des renards. Ouilla, ses petits poings sur le cuir de son frère ! Si notre enfant nous fait de ces crises de nerfs il tâtera, je vous le dis, du battoir de tante Judith. Lila, du calme, je me tais. Ce Chabaud, à mon sens, nous réserve un bouillon à l'épice bizarre.

Le boulanger mort murmura :

— Ma prochaine mère dit vrai. Je flaire aussi de l'entourloupe.

— Que la Grande Oreille t'entende ! lui répondit son compagnon. Seule une rouste mémorable pourrait les remettre à l'endroit. Hélas, j'appelle à l'aide et nul ne me répond. Firmin, je ne crois plus en Dieu.

– Fadaises, dit Pico, béat comme un naïf qu'aucun doute n'encombre. J'ai vu le Gog perdre son sang quand nous avons lancé nos flèches.

Il se tourna vers Chaumet et Lila. L'un se tenait le nez baissé, l'autre s'entortillait le doigt dans le cordon de sa tunique. Judith les avait ébranlés. Il en fut agacé. Il fronça les sourcils.

– Sacré nom, gronda-t-il. S'il en est un ici qui perçoit le subtil, c'est moi, j'en ai donné des preuves. Je vous dis que son âme est tombée du figuier. Il est comme mort, je le sais. Tenez, à l'instant où je parle, Dieu me le montre clairement.

Il posa la main sur son cœur, ferma les yeux, se tint un instant méditant. Lui vint un sourire d'aveugle.

– Je vois le nain, dit-il enfin, je le vois comme une fumée qui s'éparpille dans l'air bleu. Son cœur reste seul suspendu. C'est étrange, il est comme un œuf. Il tombe, éclate. C'est fini. La vision était belle. Alléluia, Seigneur.

– Oh, boulanger, murmura l'ange, infiniment désabusé, voilà maintenant qu'il divague. Il rêve, il crache en l'air et raconte qu'il pleut. Il tourne prophète de foire. Il va bientôt vendre ses pousses d'ongles au prix du fragment de vraie Croix.

– Vous dramatisez, dit Firmin. Il se vante, il joue, voilà tout.

– Avec qui ? dit l'ange. Il est seul. Regarde les autres. Ils se taisent. Vois, ils écoutent au fond d'eux-mêmes un mauvais bruit, un grincement, comme une vieille enseigne au vent.

– N'empêche, dit Judith, ce nain me turlupine. Je l'ai vu fumer des oreilles et pétarader des naseaux. D'ordinaire, chez nous, une figue tombée n'est pas aussi nerveuse.

– Attendons demain, nous saurons, conclut Chaumet dans un soupir.

Ils surent avant minuit sonné.

C'était l'heure du soir où l'on n'entendait plus que les chants paillards de l'auberge, au loin, dans les ténèbres calmes. Comme ils sirotaient sans entrain devant le feu de la cuisine leur tisane de pissenlit, La Taupe entra par le jardin. Il venait d'en franchir le mur avec pour seul témoin, du moins l'espérait-il, un chien tranquille, mais jaunâtre. Or, selon des rumeurs venues du fond des temps par de vieux chemins buissonniers, ces pelages canins nuitamment rencontrés portaient malheur aux roux. Il avait donc retourné l'animal d'un coup de pied sous le museau afin, dit-il, le poitrail satisfait, que cette crapule notoire ne donne pas l'alarme aux sbires de Chabaud qui montaient une garde obscure à proximité du perron. Car le nain n'avait pas tardé à battre son fer maléfique. Il avait convoqué tout à l'heure à l'auberge un ramassis de boutiquiers, de putains, de marchands de lunes et de tenanciers de péages. Il les avait tous attablés dans un tréfonds d'arrière-salle à l'abri d'un maigre rideau. Là, d'un crochet de doigt, il avait attiré leurs trognes attentives autour de la chandelle et leur avait enfin soufflé, en catastrophique secret, que Chaumet et Pico voulaient fuir en Espagne. Il n'avait pas pris garde à la servante pâle qui avait posé sur la table douze pintes de vin piqué.

– Ma Juliette a tout entendu, dit le rouquin dans un clignement d'œil.

– Je te croyais fâché avec cette greluche, s'étonna Lila, l'air pincé.

– Oh que non ! répondit La Taupe. Elle me visite le pipeau avec beaucoup de sentiment. Même la bouche pleine elle me dit : « Tu es beau. » Pour combler une vie, j'avoue, c'est un peu juste, mais de temps en temps c'est plaisant.

— Au fait, gronda Chaumet.

Quel diable un tant soit peu taquin a jamais pu brider le désir innocent d'attiser le feu sous le gril où son petit monde est assis ?

— Je boirais bien un peu de cette chose-là, chantonna le rouquin, le nez baguenaudant sur le pot de tisane.

Suzanne emplit un bol. Pico respira fort, fit craquer ses phalanges, ordonna qu'on se taise et brailla qu'on écoute enfin cet âne roux qui crottait la maison et faisait le coquet à touiller son eau chaude avec son doigt crasseux sans souci des cœurs éprouvés par la gravité de l'instant. L'interpellé baissa le front, rentra le cou dans les épaules, se recroquevilla sur un tabouret bas poussé prestement par Judith sous son cul parti pour les dalles. Il dit enfin :

— Or donc, mesdames et messeigneurs, Chabaud le Gog a décidé de trucider notre Saint-Père.

Le coup d'œil en dessous qu'il lança vers Pico permit à tous de s'assurer que ce nom de pape régnant désignait le soigneur de foules. La Taupe se tut un instant, engloutit à grand bruit un gorgeon de salive et ajouta, sans plus, sobrement conclusif :

— C'est simple comme une tisane. Elle est tiède, Suzon, fais-la donc réchauffer.

Chaumet voulut rire. Il ne put.

— Tuer Pico ? dit-il. Tu veux nous berlurer. La manœuvre est aphrodisiaque.

Il ignorait le sens de cet aimable mot mais l'estimait savant et propre à exprimer l'affreuse aberration qui venait d'assaillir ses paisibles oreilles. Il regarda son compagnon, lui offrit de parler afin qu'il dise aussi son incrédulité. Il le vit si raide et si pâle qu'il en eut un gémissement.

— J'ai compris, dit Judith.

Elle était rouge autant que son homme était blanc et ses yeux flamboyants paraissaient découvrir le cœur du labyrinthe. La Taupe, s'effrayant soudain que la diablesse lui rapine sa gloire de révélateur, se décolla du tabouret en agitant sa grosse main.

— Je sais tout en détail, dit-il. Écoutez donc.

On fit silence. Il prit son souffle. Sa figure s'épanouit.

— Admirable est le plan du nain. Inépuisable est son savoir. Une vraie corne d'abondance. Un champ de blé miraculeux.

— Calme-toi, dit Pico, glacial. Crache ce que tu dois, simplement, sans détour, sinon tu mourras avant moi, et de cette main-là qui fait de grands efforts pour ne pas t'arracher la langue et la fraise pourrie qui te sert de cerveau.

— En deux mots comme en un, monsieur Chabaud le Gog a convaincu ses gens qu'au registre des saints vivants et morts se valent, répondit d'un trait le rouquin. Il a dit : « Tuons-le. Nous serons ainsi à l'abri de ses caprices migrateurs. Élevons son tombeau au milieu de la place. Plantons aux quatre coins quatre saules pleureurs, que l'endroit soit propice à la rencontre émue avec le mort sacré. L'armée des pèlerins ne débandera pas. Un Bienheureux défunt, la chose est reconnue, guérit avec autant d'allant que le même pieds nus sur la terre de Dieu. Les chroniques des Pères ont cent fois attesté l'efficacité des reliques. Les peuples maladifs ne cesseront donc pas de nourrir Crézipas-le-Vieux. Chacun viendra frotter sa plaie sur la dalle du guérisseur avant de se gorger de babioles bénites et de finir la nuit dans l'accueillant bordel de madame Julia ou, pour les prudes, à l'hôpital, dans la paille miraculée comptée à quatre sous le brin. » Voilà ce que Chabaud, à peu de chose près, a dit à ses complices. Ils ont approuvé sans un mot, les dents durement verrouillées. Ils ont uni leurs poings au-dessus du feu de chandelle et promis le secret en trinquant du godet. Monseigneur, vous trépasserez dès demain au lever du jour du coup de couteau d'un brigand que vous aurez, par sainteté, accueilli dans votre demeure. C'est le bruit qui courra partout. Il importe que votre mort soit celle d'un martyr aux bontés innocentes. Votre tombeau n'en guérira que mieux.

Il se tut et but sa tisane. Tous restèrent un moment prostrés. Lila contre Chaumet se mit à sangloter, Suzanne en se signant et se baisant le doigt partit en prières véloces, Pico demeura raide à contempler le feu près de Judith pensive, accoudée sur ses cuisses. Elle dit enfin :

– C'est sacrément bien vu.

On ne daigna pas opiner. Chaumet risqua, du bout des dents :

– Et de nous autres, qu'a-t-il dit ?

– J'ignore, répondit La Taupe. A mon sens, nous mourrons aussi.

L'ange, au récit du rouquin, s'était peu à peu réveillé de sa somnolence morose. Il était maintenant à nouveau pétulant comme un ciel de printemps après la giboulée.

– As-tu entendu, boulanger ? dit-il en fourrageant comme un singe content dans ses boucles brumeuses. Ils vont mal, grâce à Dieu !

Firmin le regarda, bouche bée, sans répondre, puis d'un élan bondit sur le dos de Judith.

– Hé, dit-il, gardez-moi ma mère !

Il parut soudain affolé comme un enfant à l'abandon.

8

On a coutume d'estimer que le tambour du bateleur et le pipeau du philosophe ne jouent pas la même bourrée. Pour qui se tient l'oreille droite, si j'ose dire, c'est à voir. Certains êtres attentifs aux harmonies subtiles ont en effet surpris, en maintes occasions, ces deux joyeux coquins occupés à taper ensemble du sabot au rythme frivolant d'un branle unanimiste. Ainsi le grand air du courage, parmi les qualités notoires que chacun dit avoir chez soi, est par tous les batteurs d'estrade également magnifié. On croit cette vertu nécessaire aux bien-nés. On la juge rocheuse et puissamment virile. On se l'admire donc dans ses miroirs privés, on s'en fait l'escalier qui mène au panthéon, et tant est souveraine la honte d'en manquer que tout père, ici-bas, en goinfrerait son fils dès la sortie de l'œuf si cet ignorant n'était pas plus assoiffé de lait de femme que de chevalerie poilue. La lâcheté, par contre, est jugée pâle et molle. Elle l'est, certes, comme un fromage, et plus trouée qu'un égouttoir, c'est pourquoi nul ne veut s'en couronner le front. Car tout, chez le couard, se débande en déroute : le cœur, le sang, les entrailles et les jambes, tout sauf l'espoir de vivre encore quand le héros n'aura qu'un trou, celui par où l'âme s'en va. Pourtant est-ce à bon droit que l'homme qui s'enfuit, la pointe d'un couteau à deux doigts des épaules, est l'objet du mépris et du dégoût hautain des foules téméraires ? C'est encore

à considérer à la loupe désembuée. Louise l'Héraldi-
cienne, hélas trop méconnue sauf à Fauruc-le-Haut et
Montfort-l'Amaury, note audacieusement dans ses
Sceaux et Lambels Brûlés au Repassage : « Le brave
est un maître d'école, le peureux un pet dans le vent.
Qui des deux est plus près de Dieu ? Assurément celui
qui va au hasard des courants célestes, selon l'antique
loi du Grand Évanescent dont on ne sait rien d'assuré,
excepté qu'il souffle où il veut. » Sur ce sujet contro-
versé peut-on parler plus saintement ?

Il n'était pas loin de minuit. Pico dit soudain :
– Il faut fuir.
Il se dressa debout, affairé, mains errantes.
– Judith, mes bottes, mon manteau.
Chaumet se leva à moitié, les poings crispés sur le
nombril. Il gémit :
– J'ai mal aux boyaux.
Il avait la sueur blafarde, l'air extrêmement soucieux
et le regard déjà parti. Il bondit tout à coup, la figure
égarée, dans la nuit du jardin aimée des rossignols, en
geignant des mots de débâcle comme un qui ne sait pas
encore si le toit va l'écrabouiller ou s'il sera dehors
avant.
– Mon Pico, claironna Judith, reste assis et bois ta
tisane. Tu l'as finie ? Tant mieux, bonhomme. Cesse
donc de brandir ce bol, et n'essaie pas, avec tes mines,
de me faire perdre le fil. Tu as l'esprit saint, je l'ai
simple. Décamper comme des voleurs par une nuit de
lune noire, nos ballots sous les bras et la lanterne aux
dents, n'est pas à mon avis la meilleure façon d'aller
jusqu'à demain. Je nous préfère au lit tout nus sans rien
qui nous pèse dessus. En bref, tout bien pensé, mon
beau, je refuse de prendre l'air. Le malheur n'est fatal
que s'il est accepté. Houlà, cette phrase est superbe. Je
vais l'oublier, retiens-la. Et d'ailleurs, où aller à cette

heure ? Chez qui ? As-tu des cousins au pays ? Ce presbytère sans curé est comme un paradis sans Dieu, on
peut tout y faire à notre aise. Nous ne trouverons mieux
ni devant ni derrière, et si tu veux touiller le fond de mon
idée il est ce qu'il faut au petit. Parle, Lila, sinon je dis.

L'interpellée lui répondit :

— Attends que mon homme revienne.

Elle poussa sous le chaudron noir une bûche à demi
brûlée qui pleurnichait son jus moussu. Une flamme
jaillit dans l'âtre. Suzanne, le regard mouillé, affalée
sur sa chaise basse, se tamponna le bout du nez d'un
chiffon pris à la vaisselle et se reprit à marmonner une
rafale de Pater. Pico, les mains au dos, à grands pas impatients s'en fut marcher d'un mur à l'autre. La Taupe,
accoudé à la table, se mit à contempler les oignons
suspendus. Chaumet revint la tête haute mais le front
toujours soucieux. Lila lui demanda comment allait son
ventre.

— Il a fait son devoir, grogna le délivré.

— Le sien aussi, papa ! clama soudain Judith, désignant sa compagne.

Tous se tournèrent à l'unisson vers l'annonciatrice
radieuse. Chaumet resta la bouche ouverte assez longtemps pour qu'une mouche y entre et sorte sans souci.
Pico s'en vint à elle et d'un revers de main sur ses joues
et ses tempes estima son état de fièvre.

— Un rat dans le grenier, dit-il. L'excès d'épreuve. La
panique. Je crois que la pauvre divague. Elle ne sait
plus où est sa droite.

— Je porte un enfant, dit Lila.

Elle était restée seule à regarder le feu.

La cuisine s'emplit d'un doux charivari. Suzanne
d'un bond se dressa, prit à la hâte un grand bol d'air,
s'effondra aux pieds de l'élue, et dodelinant de la tête
comme un Hébreu en litanies face au Mur de Jérusalem

elle lui versa dessus un torrent de saints noms apparemment arabes. La Taupe fit « ho, ho » à ses oignons pendus et l'index remuant fit encore « hé, hé » en riant comme un jeune fou devant un mot plus gros que lui. Chaumet et Pico s'étreignirent à grandes tapes dans le dos, puis le père prochain courut à sa Lila, poussa Suzon d'un coup de hanche, posa sa face extasiée entre les genoux de l'aimée et resta enfoui là-dedans en bénissant à l'étouffée Dieu, des Élus pris au hasard et son indulgente compagne qui lui caressait les cheveux. Comme il s'éternisait dans son creux de jupon, ses oreilles seules dehors entendirent La Taupe dire :

– Père, nous ne pouvons ni partir ni mourir. Que faire ? Parle-moi, s'il te plaît, clairement. Inspire le fils de ta femme.

On suspendit les effusions, on regarda, l'œil étonné, le rouquin lui-même perdu dans la contemplation des poutres chevelues. Son air parut à tous si naïf, si confiant, si attentif aussi à la présence aimée au-dessus de son front qu'on se mit à fouiller avec lui du regard les reflets de bougie sur les rousseurs luisantes. On attendit l'oracle. On ne respira plus.

L'ange et Firmin le Bleu, le nez tout frémissant de l'enivrant parfum des pelures d'oignons à la fumée de bois, se laissèrent tomber comme deux feuilles mortes du plafond broussailleux.

– Oh, leur menton qui pend ! Oh, leurs grands yeux ! dit l'ange. Ils espèrent une idée guerrière avec une faim d'oisillons.

Le boulanger flotta jusqu'auprès de La Taupe, regarda de droite et de gauche comme un qui craint d'être entendu, le prit tendrement par le cou, posa la bouche sur sa joue.

– Si tu veux ramener le Gog au ras des herbes il faut que ton cœur gronde et que tu souffres un peu, lui murmura-t-il à l'oreille. Allons, grince des dents, rouquin, tu manques de méchanceté.

— Quoi, dit l'ange, est-ce là ton fils ?

— Oui, répondit le boulanger, mais il l'a toujours ignoré, et son prétendu père aussi. Seuls sa mère et moi l'avons su. C'était une prude glaciale aux incendies rares mais fous. Qu'importe, il faut aider ces gens, surtout ma Judith et son homme.

— Le pouvoir leur fuit sous les pieds, ils n'ont plus que l'envie de vivre. Ils nous sont revenus ! dit l'ange, ému, riant, les larmes aux yeux.

Il s'en fut baiser les cheveux, caresser les figures, étreindre les épaules, puis se pencha sur le rouquin, lui fit de ses bras une écharpe. Il dit, frottant la joue à sa barbe râpeuse :

— Tu te trompes, Firmin, il n'est pas ton garçon. Qu'as-tu donné à ce charnu qui pue comme un chien sous l'averse ? Un brin de temps dans une grange, un coup de reins, un jet de foutre. Tu ne l'as pas pris dans ta main entre les jambes de sa mère. Celui qu'il appelle l'a fait. Tu n'as pas échangé avec lui ces regards que rien, même pas Dieu, ne saurait détourner. L'enfant a vu la foi de l'homme, et l'homme la foi de l'enfant. Chacun fut le Seigneur de l'autre. C'est pourquoi il est son vrai père, c'est pourquoi il est son vrai fils. Le rouquin va trouver sans nous, il n'a pas besoin de notre aide. Il a plus qu'on ne peut donner.

Firmin fit la moue, l'œil inquiet.

— Je le connais, dit-il, vous le surestimez. Il a, certes, bon cœur, mais son esprit ballotte.

— Vois, sa confiance est grande ouverte. Il ignore le doute. Il aime, il est aimé. Celui qu'il prie est là, dans son corps. Je le vois.

— Mon père avait le don des vengeances terribles, dit La Taupe en se renversant contre le dossier de sa chaise. Quel homme il était ! Pour vous dire, permettez que je vous raconte un de ces vieux moments aussi frais aujourd'hui qu'il l'était à son heure.

Il s'accouda à nouveau sur la table, et attirant à lui les regards attentifs :

– Nous étions pour quelques journées en visite chez ma grand-mère, qui vivait seule au bord du lac, sur la montagne des Ouillaies. C'était l'hiver. J'étais à l'âge où l'on sort du jupon des femmes. Il s'en était allé chasser la grosse bête, un matin de neige et de vent, avec son arc et ses deux piques. Il m'avait laissé à la vieille, il craignait pour mes jeunes os l'avalanche ou l'accident d'ours. Je m'en étais trouvé si fort contrarié (il m'amenait partout, d'ordinaire, avec lui) que j'en avais jeté ma soupe de choux gras à la tête de mon aïeule. Elle était pareille à son fils, elle savait rager, la bougresse. Tudieu, j'ai vu passer ses griffes à un poil de nez de mon œil. Elle m'a arraché le manteau, la chemise et le cache-couilles, puis m'a traîné dehors et m'a lié les poings au pieu de Bouteiller, son âne du Poitou. Je suis resté à grelotter tout le jour, comme un renard bègue. Le soir mon père est revenu, un cerf au travers de la nuque. Me voyant là, devant la porte, attaché, nu, pleurant de froid, aussi bleu du cul que des lèvres, il m'a demandé quel malheur m'avait jeté dans cet état. Je lui ai répondu que j'avais mal agi et que j'étais puni. Alors il a posé ses armes et son gibier, il a délacé sa pelisse, ôté sa tunique de lin, ses bottes, sa ceinture et ses chausses fourrées, puis il s'est lié les poignets, près de moi, dans la neige sale. La vieille est sortie sur le seuil pour donner du grain à ses poules. Elle l'a vu contre mon épaule, aussi peu vêtu que j'étais. Elle en est restée la main pleine avec ses volailles aux souliers. Et comme elle s'étonnait qu'il se soit mis ainsi il a sèchement répondu, du ton sévère qu'il avait quand il parlait des lois du monde : « Ma mère, voyez, je me venge. J'aime mon fils plus que ma vie. Vous aimez le vôtre aussi bien. Je fais souffrir à votre enfant ce que vous avez fait au mien. »

Le rouquin se tut, le front haut, redit les paroles du père, lentement, la voix bien posée, et contempla la compagnie avec une fierté nouvelle. Chacun, le regard loin et la tête branlante, huma ces mots impressionnants dans l'air tiède de la cuisine.

— Cet homme était un maître, il savait cogner sec où le bâton fait mal, dit enfin Pico, frissonnant. Chance pour notre vie s'il veut nous secourir.

Chaumet, anxieux, se pencha vers La Taupe.

— Est-il près de nous ? Le sens-tu ?

— Certes oui, dit l'autre, rieur.

Tous s'approchèrent encore. Ils se tinrent un moment à l'affût de sa bouche.

— Et que dit-il ? risqua Chaumet.

Le rouquin répondit :

— Il parlait rarement, et depuis qu'il est mort il parle moins encore. Il m'aide à vivre, voilà tout.

Chacun fit la moue et revint à ses méditations moroses. La Taupe en fut tout déconfit.

— Si vous voulez son sentiment, dit-il encore, un doigt levé, il pense, il croit, bref, il suppose qu'il nous manque un brin de vaillance, et que notre pipeau n'est pas assez nerveux.

— Il me vient une idée sacrément assassine, marmonna lentement Judith.

Et scrutant Pico droit dans l'œil, un sourcil haut et l'autre bas :

— Julie Gau. La sorcière aveugle. Tu la connais. Chaumet aussi. C'est la sœur de la bru du cousin de ma mère. Elle ne m'a rien appris, mais quand j'allais la voir elle me chantait parfois, en touillant sa soupe au caillou : « Aussi grande la face, aussi grand le revers. Qui peut un grand bienfait pourra misère égale. Qui peut donner la vie pourra donner la mort. » Elle riait, me pinçait la joue et me lançait à la figure : « Dieu et diable frères jumeaux dans la poche de ton manteau. »

Elle se tut, triomphante. On attendit la suite. Elle savoura l'instant, puis elle sourit d'un air d'évidence friponne à son Pico inquiet qui cherchait à comprendre et poursuivit ainsi :

– Donc, selon Julie Gau (que Dieu chauffe ses pieds, elle est sujette aux rhumes), tu peux par miracle à l'envers tuer le nombre exact de gens à qui tu as rendu, je ne sais trop comment, le goût du vin rouge et du lard.

– Massacrer mes miraculés ? gémit Pico, poignant son cœur, effaré comme un moinillon devant un sein de mère abbesse. Dis-moi que j'ai mal entendu. Que veux-tu ? Un charnier, là, devant notre porte ? Des huttes de tibias ? Des rues pavées de crânes ? Suzanne, mon alcool de figue.

– Esbroufe, dit Judith. Chaumet, explique-lui.

L'autre opina, l'œil malicieux.

– La mouche est fine, elle a raison. Inutile de trucider, il suffira que tu menaces.

– Demain matin, sur le perron, reprit la compagne inspirée, préviens les gens de Crézipas. Dis-leur que si tu meurs, tous mourront avec toi, et que si tu pars du village ils auront des verrues dans l'œil et des furoncles entre les doigts. Dis enfin que Chabaud le Gog porte malheur aux hommes grands. Je connais le peuple, j'en suis. On tremblote dans nos campagnes plus volontiers qu'on ne jouit. Même ceux qui n'en croiront rien penseront : « On ne sait jamais. » Ils nous baiseront les sandales et nous porteront dans leurs bras jusqu'à la maison communale en chantant des bonjour-bonsoir.

Elle cogna fièrement sur le bord de la table, fit sursauter le pot, les bols, les mies de pain.

– Madame Judith est un astre, gloussa joyeusement

170

Suzanne en haussant ses seins ballonnés. Elle parle, et le ciel resplendit.

— Moi, elle m'effraie, murmura le rouquin, pétrifié d'admiration.

Firmin le Bleu joignit les mains.

— Elle a tout entendu de ce que j'ai pensé, dit-il, les yeux mouillés.

— C'est qu'elle t'aime, répondit l'ange.

— Allons, elle ne sait rien de moi, et son ventre est encore vide.

— Son désir sait ta vie d'avance. Il est comme un loup dans son corps. Il se glisse partout sans bruit, il écoute le moindre vent. Laisse-les maintenant. Ils veulent jouer seuls.

Chaumet gronda, le poing levé :

— Nous tenons le nabot sans cou par les poils de la gargamelle. Il est fait comme un rat dans l'œuf. Ne crains pas, Lila, tout est bien. Comment te sens-tu, mon feu doux ?

— Je couve, et le petiot remue.

— C'est du bon sang. Il régnera.

— Ainsi, dit Pico, l'air rêveur, je brandis la foudre. On s'effraie. Le nain ne peut tenir son peuple. Il tombe du frère inférieur. Nous lui donnons, pour l'occuper, un travail de moine archiviste, et le village nous bénit.

— Rien ne va jamais comme on croit, soupira Lila. Dieu nous garde.

Le feu dans l'âtre crépita. Chacun se tut, resta pensif, et soudain tous bondirent ensemble. Il y eut des jurons brefs, de petits cris pointus. On frappait au battant de la porte d'entrée des coups tonitruants qui paraissaient montés des caves de l'enfer. Le bruit en résonna jusque dans l'escalier, les chambres, le grenier et les regards muets. La Taupe murmura :

171

– Les sbires de Chabaud.

Sur les nuques et les bras les poils se hérissèrent. Chaumet, le dos courbé, à pas de chat prudent, s'en fut risquer un œil au trou de la serrure. Il revint, bafouilla qu'il ne voyait personne. Suzanne, les mains sur les joues, suggéra que leurs assassins avaient peut-être décidé de leur tomber dans le jardin comme avait fait La Taupe, en franchissant le mur.

– Qu'ils osent et je les tue, lui répondit Pico. Je fulmine. Je les maudis. Je les miracule à l'envers.

Il écarta les coudes, il tendit son cou maigre, et le nez loin devant sortit au potager. On l'observa, du seuil. Des prières effrayées s'envolèrent des lèvres. On le vit se hisser sur la pointe des pieds pour brailler aux pierres du mur des malédictions cardinales en bas latin des Pyrénées. Il revint le talon merdeux. Chaumet rougit, accusa sa colique. Il lui dénoua la sandale et s'en retourna au jardin la frictionner d'herbe mouillée.

– Je crois qu'ils ont eu peur, dit bravement le saint en s'époussetant le devant.

Il avait entendu des pas qui s'éloignaient et les gémissements lamentables d'un chien errant le long du mur. La Taupe retroussa ses manches, prit un coutelas à gibier, l'enfonça dans son ceinturon et déclara qu'il veillerait. Il s'installa devant le feu. De fait, il fut seul à dormir. Les autres dans leurs chambres closes restèrent l'œil ouvert à se prendre la main au moindre grattement de rat dans le grenier.

Le lendemain au point du jour le rouquin, Chaumet et les femmes coururent convoquer les gens de Crézipas à l'exceptionnelle homélie que saint Pico voulait devant eux prononcer. Ils précisèrent aux hésitants qu'un archange voilé de noir avait appris cette nuit même à leur Envoyé au village d'intéressantes nouveautés que tous devaient sans faute entendre. On vint donc sur la place en foule ébouriffée. L'Épouvante des Maladies (un chroniqueur d'Agen l'avait ainsi nommé) fit le discours tremblant fiévreusement bâti le long de l'insomnie qui lui alourdissait encore le regard et lui creusait les joues de sillons ascétiques. On ne l'interrompit que pour l'ovationner par soudaines clameurs sportives et pour prier le Ciel de le garder vivant dans sa commune dévouée. Comme il enflait la voix, soucieux de conclure en fanfare majeure, Chabaud le Gog sortit de l'ombre de l'église sur son trône de viande crue. Dès qu'on le vit, on le hua. Il gifla les deux joues du frère et le fit s'avancer jusqu'au bas du perron. Chaumet accourut à sa droite. La Taupe apparut à sa gauche. Chacun l'empoigna par un pied. Il raidit son dos, la main haute. Il voulut prendre la parole. Il put à peine nasiller. Deux couteaux subrepticement piquèrent le haut de ses cuisses. Il tenta en grondant des ruades d'enfant mais ce fut peine ridicule, et tandis que Pico hissait sa voix ailée au-dessus des nuées passantes ils le maintinrent appesanti sans la moindre pitié pour ses couilles écrasées contre la nuque du colosse. Bref, on craignait un imprévu, l'imprévu fut qu'il n'y en eut point. Dès qu'on lâcha le nain, il battit des talons les côtes fraternelles et s'en fut droit devant à l'opposé de l'aube. La foule traversée hurla comme il se doit les insultes érotiques dont on accable d'ordinaire les princes en fin d'état gracieux, mais s'ouvrit au-devant de l'énorme au galop comme la mer le fit pour Moïse et sa troupe, et derrière lui se ferma pour acclamer sur le perron Chaumet les bras levés découvrant son nombril et Pico les mains jointes au-dessous de son nez demandant à mi-voix à Lila et Judith s'il avait bien parlé.

Le premier conseil communal de l'ère révolutionnaire se tint au déjeuner, qu'on prit à la cuisine. Il fut simple et joyeux jusqu'à la tarte aux pommes et au

173

vieux vin de noix. En fait, on prit ses aises, on se plut à
se raconter les événements triomphaux qui avaient
ouvert la journée, on but à la déconfiture du tyranneau
de Crézipas, mais quand vint l'instant d'énoncer les
préceptes et nouvelles lois qui, par persuasion subtile,
auraient tôt fait d'apprendre au peuple l'hospitalière
dignité qui convient aux saints lieux du monde il y eut
autant de doigts levés que d'errances marécageuses et
de discours perdus dans des brumes sans vent. Bref, à
l'enthousiasme frais succéda le doute perplexe qui prit
à ce qu'on dit le puissant Héraklès devant les écuries
d'Augias. Car l'ouvrage apparut à tous herculéen.
Comment nettoyer Crézipas de ses pollutions déca-
dentes? Comment convaincre les rapaces de lisser le
poil des brebis, les saints Jean-Baptiste forains de
retourner à leurs labours, la horde des marchands du
Temple d'offrir leurs babioles aux enfants? On suggéra
la poigne et le fouet charretier. On pesa le pour et le
contre. On hésita. On fit la moue. Tout compte fait, on
n'aima guère. On poussa devant soi la douceur angélique et l'espoir qu'elle porterait fruit. Un ricanement
du rouquin fit baisser ce pavillon-là. D'un long moment
chacun pour soi se perdit en méditation, puis Chaumet
rêvant à voix haute dit qu'il manquait à ce conseil un
sage, un familier des âmes, un stratège ferme et précis
qui serait assez érudit pour leur apprendre à conduire le
peuple vers des lendemains bien lavés.

— Un juste, un esprit colossal, oh certes oui! glapit
Suzanne avec une vigueur de poule dérangée dans sa
couvaison.

On sursauta. Pico but à côté du trou. Elle tamponna
hâtivement ses yeux qui soudain lui partaient en pleurs
comme au souvenir d'un défunt. Judith lui demanda,
inquiète, à quel organe elle avait mal.

— Oh, répondit l'interpellée, au cœur, comme toutes
les femmes.

Elle renifla encore, et retenant ses larmes avec une noblesse ardente de madone :

— Vous avez fait là le portrait de celui qu'avant vous j'ai quinze années servi, dit-elle en regardant ses doigts tourmenter un pan de sa jupe. Maître Martin l'Arquet, curé de Crézipas, Dieu le garde du froid, des sorcières, des ours et des lapins malades. Il nous a tous quittés, surtout moi, l'an passé, à l'entrée des vendanges, pour vivre auprès de Dieu, autant dire tout seul, dans le couvent désert de Saint-Just-le-Bézu.

— Est-il vraiment savant ? risqua Chaumet, flairant l'espoir comme un parfum d'alcool nouveau.

— Houlà ! lui répondit Suzanne, les yeux au ciel, les bras aussi, en guise de confirmation tant fervente que désolée.

— Et crois-tu, dit Judith, qu'il pourrait nous aider à débarbouiller le village ?

— Pauvre enfant, soupira Suzanne.

Elle hocha la tête et sourit d'un air de martyre indulgente à celle qui osait poser une question dont la réponse était assurément connue même des mouches nourrissonnes.

— Maître Martin l'Arquet m'a autrefois appris à lire l'Évangile, dit La Taupe comme on abat une carte définitive.

Pico, les pouces sous les bras, bomba le torse et dit, la mine avantageuse :

— Nous pourrions lui rendre visite. Entre ermites et saintes personnes, ce sont des choses qui se font.

— J'aurai peut-être enfin des nouvelles de lui, gémit Suzanne, à nouveau prête à fondre.

Lila lui prit l'épaule, et caressant sa joue :

— L'aimais-tu tellement ? dit-elle.

— Oh, il était insupportable. Il rognait toujours contre tout, Dieu, le temps, ses ouailles et la soupe trop chaude. Le jour il ruminait, la tête dans ses livres. Je lui venais devant, il ne me voyait pas. Le soir il s'accoudait, là, devant sa tisane, et montait sur ses grands chevaux. Il tendait le poing au plafond, il parlait de choses obscures, de prophéties mal embouchées, de trous entre les anges et nous. Je ne comprenais rien à ce qu'il me disait, je crois qu'il le savait, il n'en montrait pas d'amertume, mais si je lui semblais distraite ou si je répondais ce qu'il n'attendait pas il me traitait de bête brute, ou pire, il se taisait, il regardait dehors, et je le voyais, Sainte Mère, si perdu, si pauvre, si seul que j'aurais bien donné ma vie pour savoir réchauffer ses os. Il n'aurait jamais pu vivre avec une femme, il était trop rugueux, trop chargé de savoir, trop éloigné des choses simples. Moi, c'était différent, moi, j'étais sa servante. Il pouvait être mon époux sans qu'il ne se doute de rien.

— Aimait-il, au moins, ses semblables ? demanda Pico, soucieux comme un médecin qui s'enquiert d'un point sensible à l'abdomen.

La Taupe répondit, rieur, plus attendri qu'il ne voulait paraître au souvenir de ses effrois d'enfant sous l'œil ténébreux de son maître :

— Certes, il faisait le bien, mais toujours en colère. Il avait en horreur qu'on lui dise merci.

— Il savait tout sur tout le monde. Il aimait donc, mais sans plaisir, dit Suzanne, mélancolique, les sourcils en toit de maison.

— Il est le savant qu'il nous faut, conclut Chaumet, l'œil exalté. Une vie de confessionnal, voilà qui suffit à forger un fin connaisseur d'âme humaine. Il connaît Crézipas par le dedans des gens, et s'il est aussi philosophe j'espère qu'il fera de nous d'imparables maîtres parleurs. Suzanne, dis-moi le chemin de cette grotte où il demeure.

Elle entraîna son monde au milieu du jardin, tout à coup affairée, de partout ballottant, les mains dansant autour de ses joues rondes.

– Voyez cette montagne-là qui nous ombrage le village, dit-elle en désignant, hissée sur ses orteils, la cime au-dessus des enclos, c'est le pic de la Tombe Vide. On dit de ce lieu pis que pendre. N'y grimpez pas, vous n'y trouverez rien.

Elle regarda Chaumet, contente. Et comme il restait bouche bée :

– Maître Martin, je vous l'ai dit, s'est retiré à Saint-Just-le-Bézu. C'est tout là-haut, dans la forêt. On ne peut rien en voir d'ici, c'est là, derrière le clocher. Le lieu est facile à trouver, un sentier de trois heures y mène. C'était autrefois un couvent où vivaient près de cent vingt moines. Ils sont tous partis à Saint-Jacques, ils n'en sont jamais revenus. Ils étaient jeunes, ils ont trouvé des femmes, du moins c'est ce qu'on dit chez nous. Seul y est aujourd'hui, si Dieu nous l'a gardé, cet homme rare, doux Jésus, que je vous prie de ramener dans son jardin, sous ses pommiers, quoiqu'il les ait toujours boudés. Il leur trouvait mauvais esprit. Leurs pommes, il est vrai, sont acides.

Elle se remit à pleurnicher. Lila s'empressa auprès d'elle, Judith lui essuya les yeux, chacune la prit par un bras. Elles la ramenèrent dedans. La Taupe s'en fut à l'auberge. Chaumet et Pico décidèrent d'aller sans autrement tarder au monastère abandonné de sa population trappiste où cet ermite attendait Dieu.

C'était une bâtisse épaisse dévorée de buissons touffus, environnée de chants d'oiseaux, d'arbres puissants, d'ombres trouées de traits de soleil nonchalants. La montée avait été rude. Ils étaient harassés, suants. Par un portail dont la moitié s'abattit quand ils le poussèrent ils pénétrèrent dans la cour. Elle était vaste, herbue, déserte. Au fond, sur l'austère façade était une porte en ogive aux clous bombés, noircie, moussue, coiffée d'une niche occupée par une demi-Sainte Vierge. La tête et un bras lui manquaient. Ils firent halte, le nez haut, pour examiner les lucarnes. Elles étaient alignées sur deux étages longs, fermées de volets de guingois rongés par les piverts, les rats et les averses. Tandis que Pico s'épongeait et partait en éternuements (l'air montagnard lui chatouillait l'échine), Chaumet, la bouche entre les mains, demanda d'est en ouest à l'air mélancolique s'il y avait là quelqu'un. Un corbeau croassant prit lourdement son vol au-dessus de leurs têtes. Il n'y avait personne que lui.

— Il est sans doute à la cascade, dit Pico, les yeux larmoyants, en reniflant une chandelle.

Ils s'éloignèrent à reculons, espérant voir peut-être un visage surgir comme un diable farceur d'un de ces fenêtrons. Ils trébuchèrent du talon sur le pan du portail gisant, faillirent tomber cul dessus, se retinrent l'un l'autre, et revenant au sens de la marche commune ils s'en furent sous les feuillages le long du modeste rempart qui ceignait ce lieu de retraite où nichaient en secret des bêtes dans des matelas éventrés. Ils découvrirent le torrent au-delà d'une tour en ruine éboulée à l'angle du mur. Comme ils s'en approchaient, ils virent une cabane. Un amandier perché sur un rocher terreux était penché sur elle. Une fumée montait du toit. Tous deux appelèrent à grand bruit. Un vieux corps en haillons, barbe longue, tignasse hirsute, sortit de l'ombre du dedans.

— Dieu vous garde, maître Martin ! cria Chaumet, courant à lui.

Pico, trottant derrière, heurta une racine et finit sa course effrénée à plat ventre aux pieds de l'ermite.

— Suzanne nous envoie, dit-il en grimaçant et se relevant à grand-peine.

L'homme, appuyé sur son bâton, contempla, stupéfait, les intrus hors d'haleine, puis il torcha son nez, il allongea son cou, et les yeux agrandis soudain par un affolement d'enfant :

– Elle est morte ? dit-il d'un trait rauque et puissant.

– Oh, que non, répondit Chaumet, le geste voletant, la figure faraude. Elle nous fait le ménage, elle pèle les légumes.

Et Pico poursuivant sur le même ton frais :

– Elle nous sert la tisane, et ceci, et cela.

L'autre pointa sa canne à hauteur de sa glotte, eut un coup de front brusque, et clignant de l'œil noir, un sourire au travers de sa forêt de poils :

– Hé, j'ai compris, fils de ta mère. Te voilà son nouveau curé.

Les deux se regardèrent, rieurs mais déroutés. Pico leva l'index, ranima son entrain qui perdait de l'allant.

– Pas tout à fait, dit-il.

Chaumet lui vint à la rescousse.

– Pico ici présent serait plutôt du bord des saints miraculeurs, dit-il en déposant une main fraternelle sur son crâne rasé. Il fut autrefois menuisier, comme le Joseph de Marie. L'Épouvante des Maladies, c'est ainsi, partout, qu'on le nomme. Et moi son compagnon j'ai pour mission nouvelle de ramener les gens de Crézipas-le-Vieux, avec l'aide de Dieu, sur le juste chemin qu'ils ont, hélas, quitté.

Cet exposé succinct, aussi simple qu'il fût, eut quelque mal à trouver place dans l'esprit de Martin l'Arquet. Il rétrécit ses yeux, loucha, tant fut grand l'effort de comprendre, resta un bon moment le menton pendouillant, puis sortant tout à coup de sa torpeur béate :

– Entrez, dit-il, j'ai soif.

Il tourna les talons, il fonça dans sa hutte, et les deux lui plongèrent au train.

Le lieu était étroit, ombreux. Il puait le bouc et le lait. N'étaient là qu'un lit d'herbes sèches, un livre suspendu aux branchages du toit par un fil de tricot (Pico, dès son entrée, buta du front sur lui), un panier d'asperges sauvages accroché au mur de galets, et un bon feu contre le roc du fond qui léchait mollement un chaudron bouillonnant. Ils s'assirent devant. L'ermite but quelques gorgées de soupe, tendit aux invités sa cuillère de bois, rota, le regard fixe, et attendit qu'on parle. Pico resta pensif, blessé tant au front qu'en son cœur par le brutal accueil du livre. Chaumet chercha son aise sur le sol cabossé et se mit à conter par phrases broussailleuses et digressions touffues les grands et menus faits qui avaient en quelques semaines bouleversé la vie de Crézipas-le-Vieux. Le bonhomme se tint devant lui bouche ouverte comme un marmot captif d'un vieux récit d'aïeul. Il grogna çà et là, s'assombrit, s'éclaira, cogna même du poing sur l'os de son genou aux rebondissements de l'étonnante intrigue jusqu'à l'instant où le conteur, mis en imprudente confiance par l'air intéressé de son buveur de mots, aborda la question qui l'avait amené dans ce lieu retiré.

– Bref, dit-il, voulez-vous, maître Martin l'Arquet, gouverner avec moi ce village gâté par une fortune excessive ? Vous êtes un familier des âmes. Je connais votre érudition et vos vertus intransigeantes. Acceptez s'il vous plaît d'être mon conseiller, et vous connaîtrez avec moi la gloire austère et délicieuse des bâtisseurs d'avenir sain.

Tandis qu'il cheminait sur le sentier montant il avait peaufiné, éprouvé sur Pico et mille fois redit la ronflante péroraison qui venait de sortir de lui comme une eau de source fringante. Il en était content. Il attendit, royal, que l'autre manifeste l'heureuse confusion d'un promu trop pudique et le submerge enfin d'un flot de grands mercis qu'il avait prévu de chasser d'un revers de main négligent. Or Martin se taisait, son regard restait vague et ses lèvres s'arquaient dans le sens imprévu. Il eut un long frisson, il s'ébroua soudain comme un lutteur atteint par un gnon pernicieux, se tourna vers Pico.

– Si j'ai bien entendu, dit-il, abasourdi, cet idiot de village a cheminé trois heures, a sué sang et eau, déchiré ses mollets à travers des ronciers, risqué les loups, les ours et les chutes de rocs pour la simple satisfaction de déposer aux pieds d'un pauvre démuni une bordée de mots guère plus comestibles qu'un chapelet de pets d'oisillon souffreteux.

Il gonfla ses joues creuses, chercha, l'air égaré, à estimer l'ampleur de l'acte, n'y parvint pas, conclut enfin dans un souffle découragé :

– Nous touchons là le fond de l'infini pensable.

Aurait-il parlé turc, les deux qui l'observaient n'en auraient pas été plus décontenancés. Comme ils se regardaient, la mine ravagée par un étonnement d'innocents bafoués, on entendit dehors un appel nasillard agrémenté de paillardises. Martin l'Arquet bondit entre ses visiteurs, les genoux hauts, les bras devant, écrasa les orteils de l'un, piétina les couilles de l'autre et sortit en grondant d'inaudibles jurons. Chaumet et Pico en désordre se traînèrent au seuil de l'abri, titubèrent un instant dans la lumière crue violemment retrouvée, se prirent par la main et s'en furent au torrent où avait fui l'ermite.

Là était une vieille. Elle tenait une chèvre en laisse et bottait du sabot son train pour la pousser au bord de l'eau. Maître Martin près d'elle était agenouillé, plongeant et replongeant sa tête jusqu'au cou dans le courant vivace, agitant ses index dans ses vastes oreilles, aspergeant le soleil, à chaque remontée, de bruine et de crachats. Enfin il se moucha bruyamment dans ses doigts et parut s'apaiser.

– Sais-tu, dit-il sans regarder la vieille, ce que je viens à l'instant de subir ?

181

Il tordit ses cheveux en chignon sur son crâne, souffla dans sa moustache et demeura tout ruisselant à regarder l'infini trouble.

— Un oiseau t'a chié dessus, répondit l'autre, l'œil luisant, comme l'on joue aux devinettes.

Martin fit « non » d'un coup de tête.

— Ne te retourne pas, dit-il. Derrière nous sont deux fantômes. Ils sont venus m'offrir sais-tu quoi ? Doux Jésus !

— Des cèpes ! couina la commère en haussant les sourcils sur une gourmandise tant obscène que désirable.

— Ta sottise m'effraie, voisine, répondit l'ermite, épuisé.

Et tout à coup braillant aux rocs de l'autre rive :

— Ils ont osé m'offrir la lumière des fous ! Ils ont osé m'offrir leur Crézipas-le-Vieux comme on offre du feu au papillon qui passe ! Ils ont osé m'offrir, Seigneur si peu puissant, le bâton merdeux du pouvoir ! Et pour comble (miséricorde !) ils m'ont forcé, ces pègreleux, à laver mes pauvres oreilles du poison qu'ils ont mis dedans, moi qui n'avais pas eu, depuis plus d'une année, à me mouiller le moindre poil. Satan frère de Dieu, venge-moi, par pitié ! Donne-leur s'il te plaît un palais de sultan plein de piscines chaudes, qu'ils sachent à tout jamais ce qu'est le vrai malheur !

— Cornes de Dieu ! glapit la vieille. Du pouvoir dans notre torrent ? Et moi qui croyais cette eau propre ! Pouvais-tu pas aller te nettoyer plus bas ?

Et s'agrippant à la queue de sa bique :

— Elle va pisser du lait caillé si je la laisse encore boire. Du pouvoir ! Mon pauvre bestiau ! Vomis, tu me rassureras.

Elle prit sa chèvre par le col, lui cogna du poing sur le crâne. L'autre bêla, se défit d'elle. Toutes deux s'en furent trottant. Pico, l'air hébété, s'appuya contre un arbre. Chaumet, tremblant, vint s'accroupir à côté de l'ermite morne. Il voulut lui parler mais il ne put rien dire. Ils restèrent longtemps à respirer ensemble et regarder l'eau vive, puis Martin soupira, empoigna près de lui l'épaule du péteux, et la serrant d'une poigne féroce :

– Dis à Suzanne, grogna-t-il, que je n'ai rien trouvé de grand depuis que j'ai quitté le monde, sauf la bonté des chants d'oiseaux, et que parmi ces chants le plus heureux de tous est le souvenir d'elle. Allons, tu es trop tendre et sot pour jouer les chefs de village. Si tu reviens me voir, que ce soit sans cadeaux.

Il le poussa hors de sa vue. Chaumet se releva. Il s'entendit répondre qu'il ignorait le mal qu'il avait pu lui faire, mais qu'il lui demandait pardon. Il rejoignit Pico, qui voulut aussitôt savoir ce que Martin lui avait dit. L'autre resta tout renfrogné. Ils redescendirent au village, la bouche close et le pas lourd.

9

Sur le sentier, dans les broussailles ils ne rencontrè-
rent ni loup, ni serpent ni lièvre fuyant. Le soleil passa
sans les voir, sauf par quelques trous de feuillages.
L'air du sous-bois se fit ombreux. A la sortie de la
forêt, leur fatigue agrandit le monde. Pas le moindre
vol de corbeau dans le crépuscule frileux. A la lisière
du village, personne dans les champs qu'une charrue
boiteuse au bord d'un vieux sillon. « On va par mille,
on se sent seul. On va seul, on se sent suivi », écrivit
Galamus, l'ermite hermaphrodite, sur le fronton de la
Prison des Saints. Cette présence-là que l'on ressent
soudain quand le monde s'absente plus que leur chagrin renfrogné les tint sur leur chemin désert dans un
long silence pensif. Comme ils passaient devant la
ruine de l'hôpital miraculé, la lune enfouit son crâne ras
sous un édredon de nuages. Ils cheminèrent en presque
aveugles jusqu'à l'arbre devant l'église. Suzanne était
sur le perron, une main au col du manteau, l'autre à
l'anse d'une lanterne qui éclairait, plus que la nuit, sa
face aux joues luisantes et ses cheveux follets évadés
de la coiffe. Elle entendit au loin leurs pas dans l'obscurité silencieuse. Ils lui firent un signe fourbu, s'avancèrent voûtés comme deux juifs errants découvrant
enfin la lumière d'une auberge oubliée de Dieu. Elle
se retourna vers la porte, cria dans l'entrebâillement
qu'ils arrivaient, qu'ils étaient là, puis haussant un pan

de jupon elle courut au-devant des ombres. Elle en vit deux qui s'approchaient. Elle s'arrêta, la lampe haute. Elle en avait espéré trois. Les voyageurs, le pas traînard, lui souhaitèrent un bonsoir grognon. Elle chercha l'absent derrière eux. Elle appela :

– Maître Martin !

Elle fit un pas à droite, à gauche, elle scruta les ténèbres vides. Un chien dans une étable proche partit en aboiements furieux.

– Rentre donc, tu vas prendre froid, lui dit Pico en gravissant les marches.

Chaumet l'attendit au bas du perron. Elle le rejoignit à regret, plus désolée, plus lasse encore que les deux qui s'en revenaient. Il la prit par l'épaule et la poussa devant.

L'ange et le boulanger, assis sur l'escalier des chambres, regardèrent entrer leurs figures barbouillées de mauvaise humeur avec un recueillement de gourmets humant l'ail dans la soupe à l'œuf.

– Que vous en semble ? dit Firmin.

– Ils cuisent à feu doux, lui répondit l'ange. Ils souffrent juste ce qu'il faut.

Le boulanger défunt opina mollement.

– Mon nez dramatise peut-être, mais si j'en crois ce qu'il me dit le potage sent le brûlé. A mon avis, ils désespèrent. D'ailleurs (avez-vous remarqué ?), ils ne font plus guère l'amour. C'est un signe. Je crains pour ma maison future. Voulez-vous pas les rassurer, leur inspirer de nouveaux jeux qui les distraient de leur marasme ? Les femmes ont l'oreille sensible. Parlez à Judith ou Lila. Elles accorderont sûrement leur violon à votre musique.

– Elles ont peur pour leur avenir, pour leurs hommes, pour leur enfant. Elles sont préoccupées d'hygiène populaire, d'ordre amical et rassurant, de justes lois,

186

bref de babioles. Quoi qu'elles en disent elles ont grande envie de goûter, elles aussi, aux coussins des trônes. Leur esprit est fermé. Je n'y peux pas entrer, et j'en suis plus effrayé qu'elles.

– Par les dents gâtées du bon Dieu, gémit Firmin, l'air soucieux, attendrez-vous qu'ils soient brisés ?

– Qu'ils se fendent me suffira. Qu'à peine ils doutent du désir qui les pousse à jouer les astres inconséquents, qu'ils se voient démunis, qu'ils se sentent perdus, que d'un coup d'œil au moins ils cherchent une aide au Ciel !

– Ils le croient désert.

– Que m'importe ! Qu'ils grincent, soit, mais qu'ils s'entrouvrent, même d'un cheveu de soleil, et qu'ils me veuillent ou non chez eux je foncerai droit dans la brèche !

Il lança un poing en avant, pris d'impatience et d'espoir vif. Il dit encore :

– Et cette fois je ne me contenterai pas de chantonner des patenôtres.

– Que ferez-vous donc ? dit Firmin.

– Je les détournerai à jamais de l'envie de s'asseoir sur le dos du monde. Je les enivrerai, je les entraînerai dans des branles de pitres, dans des parades de rois nus, dans des grand-messes inconvenantes. Ils ont faim de révolution, ils en mangeront, ces jean-foutre !

Firmin, repris de joie, tendit ses mains ouvertes. L'ange frappa dedans, puis il offrit les siennes et l'autre lui rendit ses claques débridées. Après quoi ils grimpèrent en ruée d'enfants fous vers les chambres aux volets ouverts sur d'infinis troupeaux d'étoiles et la lune enfin revenue.

Dans la cuisine, on parlait lourd. Lila avait fait la tisane et Judith s'affairait à remplir d'eau chauffée les bassines où les pieds des voyageurs bredouilles se

187

reprenaient à croire aux bontés de la vie. Suzanne les regardait faire, affalée sur sa chaise basse, en gémissant que ces ouvrages étaient les siens, Seigneur Jésus, mais qu'elle n'avait pas le courage. Tous se tenaient devant le feu, les orteils des uns barbotant, ceux des autres tendus aux braises, à écouter Chaumet conter par le menu leur visite à Martin l'Arquet. Quand il en fut à la vieille, à sa chèvre, au rogneux lavage d'oreilles souillées par l'offre de pouvoir et surtout, imitant l'ermite, à ses fulminations mouillées, les regards se firent hébétés et les sourcils se rejoignirent.

– Je l'entends d'ici, dit Suzanne.

Elle joignit les mains, les yeux au plafond, s'ébaubit et s'émerveilla.

– Accueillant comme un arbre enflammé par la foudre, sale, brutal et pourtant pur, soupira-t-elle, il est ainsi. Dieu nous le garde en pleine vie ! J'irai le voir un jour prochain, que je l'entende encore un coup me traiter de poularde grasse avec sa voix d'ogre poilu et ses pauvres yeux de chien doux !

Elle se rasséréna soudain, se leva, remplit les bols vides.

– Son refus de régner m'a remué les sangs, dit Pico. Je l'ai trouvé noble.

Suzanne, rêveuse, opina, et versant l'infusion à côté de la table :

– Maître Martin servait la messe en haillons d'apôtre mendiant, et dessous il était cul nu. Les gens (pensez donc !) l'ignoraient. Moi seule savais au village. On n'est pas servante pour rien.

Elle rit un petit coup, la main devant la bouche. Judith eut un large sourire et demeura époustouflée. Lila rosit, baissa les yeux, lissa son jupon sur ses cuisses. Chaumet offrit ses pieds au feu après l'eau chaude.

– Je conviens que c'est émouvant, dit-il en remuant

la tête, mais on ne peut pas espérer qu'une telle révélation suffise à éclairer la route de notre char municipal. L'avenir demeure bourbeux.

– Oui, dit soudain La Taupe avec la conviction farouche d'un bélier.

L'approbation sonna comme un tambour funèbre. On le regarda, alarmé. Il attendit un peu, puis lança un coup d'œil à monseigneur Pico, et pareil au fautif embarrassé d'aveux :

– Je ne sais si Dieu vous l'a dit, mais voilà un grand sac de jours que les pèlerins s'en retournent aussi pâles qu'ils sont venus. Vous ne faites plus de miracles, et soit dit sans vous offenser, il pleut des œufs pourris sur votre sainteté. A l'auberge, le soir, l'asthmatique murmure et le mourant ricane. En bref on vous traite de pape, ce qui n'est pas un compliment.

Pico eut un sursaut de dignité piquée. Judith lui prit les doigts, les pétrit dans les siens. Il en fut tant ému que son menton trembla.

– Je m'en doutais, dit-il. Mes élans, ces temps-ci, manquaient d'enthousiasme. Depuis le premier jour je vis dans la terreur que les anges me fuient. Ils l'ont fait, mille dieux. Je ne sais plus guérir. Me revoilà stupide autant que vous et moi.

Sa manière floue, quoique simple, de quitter le haut du pavé émut aux larmes l'assemblée. Il paraissait à l'évidence aussi cruellement atteint que par une bouse tombée sur ses sandales des dimanches. Par ailleurs, il avait bien vu. Sauf le pluriel exagéré (maintes gens se saoulent l'esprit à mobiliser des cohortes où suffit le bon vouloir d'un), l'ange en effet s'était lassé de guérir les foules bancales. Il n'avait plus le cœur à semer ses bontés, trop déconcerté qu'il était par les errements de sa troupe affamée de règne social et par la propension du peuple à changer les brises célestes en puanteurs de basse-cour. En vérité, qu'avait-il fait dont il puisse se réjouir ? Selon la loi dictée par les effrois humains il avait rallongé la pénible existence d'une flopée de miséreux qui, selon le sens angélique, se seraient mieux trouvés de poursuivre leur route au-delà des miroirs. Il avait voulu sottement, par exaltation amoureuse, voir ses frères terriens pris d'émerveillement. Résultat : Crézipas-le-Vieux changé en foire aux balivernes et ses Pico, Chaumet, amantes et domestiques embrouillés dans une pelote d'où ne dépassait pas le moindre bout d'orteil.

– Et je ne parle pas, pour ne point trop peser, car je vous vois un peu alourdis de la coiffe, des manœuvres du Gog, poursuivit le rouquin en regardant par en dessous les figures aux airs nuageux.

C'était coquetterie de bœuf, car aussitôt il en parla.

– Il prêche tous les soirs la révolte laïque. Il prétend que les saints sont trop maigres des bras pour pétrir comme il faut la pâte communale.

– Pour le coup, murmura Judith, il appuie juste sur le cor qui fait la chaussure méchante.

Le regard de Pico foudroya en plein vol les mots à peine dits.

– Plus grave, poursuivit le roux. Outre les boutiquiers, les ivrognes d'eau claire et les percepteurs de péages, il attire ces temps derniers dans son chenil de fond d'auberge des gens (comment dire ?) nouveaux.

Il se tut. On demanda qui. Il hésita au bord de la révélation, articula un mot avec la retenue qu'on met à rapporter des secrets impudiques. Personne n'entendit. Il dit, plus fort :

– Des femmes.

On s'exclama, on poussa des jurons, on croassa des questions incrédules.

– Que diable peut-il bien en faire ? dit Chaumet, la bouche rieuse et le regard terrorisé.

La Taupe répondit en mimant le nain fourbe :

190

– Il pelote leur cervelet, il leur ébouriffe les sens, il leur fait miroiter des sabres à leur côté, des bottes d'amazones et des droits de cuissage à ce jour inconnus. Ramenez-moi au gouvernail, et foi de Gog, leur soufflet-il à l'abri des oreilles mâles, vous serez toutes autorisées à me porter sur vos épaules, privilège jusqu'à présent réservé au seul frère bas. Et vous aurez aussi le droit, par contrat écrit en latin, de quitter vos lavoirs, vos chambres et vos fourneaux à toute heure du jour pour travailler au bien de la communauté qui est, comme chacun le sait, de vendre au prix de l'hydromel la tisane de vieille paille. Il leur a même offert de repeindre les murs de la prison nouvelle aux couleurs de leur choix. Beaucoup l'écoutent l'œil luisant et la bave au coin de la bouche. Bref, sa troupe grossit, et je crains que bientôt il ne lâche sur nous un cent de ces femelles armées de pots de fer, de couteaux de cuisine et d'aiguilles à tricot. J'ai peur, je vous l'avoue. Combattre des brutes couillues est somme toute envisageable, on est entre hommes, on sue le même sang, mais affronter une horde en jupaille lâchée comme en récréation après mille ans d'humbles services a je ne sais quoi d'inhumain. Nous risquons le hachis menu. A mon avis, fuir sans bagages nous ferait l'allure assez vive pour entretenir quelque temps un timide espoir de survie.

Judith, dressée d'un bond, leva haut sa main droite.

– Holà ! claironna-t-elle avec l'autorité qu'elle mettait autrefois à ralentir le trot de l'âne de sa tante.

Elle resta l'air farouche à freiner le baudet qu'elle était seule à voir.

– Elle a raison ! clama Lila, aussi résolue que sa sœur.

Chaumet et Pico s'offusquèrent.

– Elle n'a rien dit, gronda l'ex-guérisseur de foules.

Et son compagnon, l'œil plissé, contemplant la meneuse d'âne :

– Peux-tu préciser ta pensée ?

La question était conviviale. Elle parut pourtant faire mal. L'interpellée, la mine outrée, eut un bref sursaut de la glotte. Elle demeura bloquée. On attendit un mot, on n'eut qu'un borborygme. Suzanne vint à son secours.

– Hé, dit-elle soudain en brandissant un pot sans souci du couvercle aussitôt envolé dans les bottes d'oignons, pas de quartier, hardi les hommes, faisons la guerre, puisqu'il faut ! Comme disait ma mère-grand : « Bonjour, je viens rendre la gifle. » Et elle mettait le feu partout. Ils veulent nous voir sur le ventre ? Regarde mon nez. Il dit non. Écrabouillons ce nid de poux, hop là, ses boutiques, son Gog, ses éboueurs de bourses et leurs femmes à cheval ! Nous pouvons, c'est facile, il suffit de saigner quelques gouttes où il faut.

La Taupe seul parut comprendre. Il leva pesamment un bras.

– Allons, dit-il, c'est une fable.

Et comme les autres, perplexes, restaient suspendus à son fil :

– Sur la montagne au-dessus des enclos, poursuivit-il à contrecœur, est plantée une tombe vide. On dit qu'elle fut celle d'un juste assassiné par ceux d'ici. Les vieilles autrefois racontaient, quand elles étaient saoules à ras bord, les soirs de fête des vendanges, que par malédiction du mort, si la moindre goutte de sang venait à tomber sur sa dalle, une avalanche de cailloux dévalerait sur le village et l'engloutirait corps et biens jusqu'à la flèche du clocher.

Il haussa les épaules, aussi las qu'indulgent.

– Suzanne a comme moi entendu ces ragots. Elle s'imagine, la follette, qu'il suffirait à l'un de nous de se piquer le bout du doigt et de saigner sur le tombeau pour qu'un orage de caillasses nous dégringole sur les toits. Excusez-la, elle est gentille mais un peu étroite des nerfs.

– Pardon, la preuve n'est pas faite que je crois à rebrousse-poil, répondit l'autre, véhémente, le nez sous celui du rouquin.

Et se tournant vers ses deux maîtres :

– Tenter ne mange pas de pain. Ma mère-grand disait aussi : « Je prends tes pommes et toi mes figues. » Elle n'a jamais eu de figuier. Pauvre femme, elle est morte bleue, une abeille au fond du gosier.

On l'observa par en dessous, on hocha mollement la tête.

– Nous pouvons au moins menacer, risqua Judith, l'œil allumé.

– Nous l'avons déjà fait, lui répondit Chaumet.

– Justement, dit Lila, nous avons la pratique et Pico à ce jeu est un diable parfait. Sans jamais prononcer les mots qui font souci, il a je ne sais quoi qui fait peur aux simplistes.

– Oubliez celui que je fus, soupira le saint périmé. Je n'ai plus le moindre crédit. Le peuple est changeant comme un ciel, aujourd'hui sec, demain en nage. Si je sors, là, sur le perron, pour pousser ma chanson comme au temps des miracles, on me fera des pieds de nez, on me tirera la culotte, on me pissera dans le dos.

Il en eut un regain de larmes. Les femmes lui vinrent tout près, lui caressèrent les habits et baisèrent sa joue râpeuse. La Taupe, ému, sortit sur le seuil du jardin. Alors Chaumet au bout du banc se redressa si droit et raide qu'il parut tout à coup plus grand d'une coudée.

Chacun se retourna vers lui. On vit qu'il souriait comme un évangéliste en plâtre polychrome. Il était en état de grâce et puissamment émerveillé par l'idée printanière épanouie soudain sous son crâne carré. On se suspendit à sa bouche. Il prit son souffle. On ne respira plus.

– Pico, nous parlerons sans toi, non pas sur le perron

mais en catimini, gronda-t-il à voix de tribun enrouée par l'émotion digne. Nous préviendrons que notre saint se retire sur la montagne, chez lui, mes sœurs, mes frères, en ce lieu où ses tourmenteurs ont voulu jadis qu'il demeure. Car sachez-le, hommes de Crézipas, et vous aussi femelles aux moustaches de fer, saint Pico n'est pas saint Pico. Qui est-il donc, en vérité ? Il est ce juste assassiné revenu de son Au-delà pour saigner sur sa vieille tombe.

— Pourquoi donc ferais-je cela ? pleurnicha Pico, pris d'angoisse.

— « Et pourquoi ferait-il cela ? » me direz-vous, fous que vous êtes, poursuivit l'orateur dans un regain vibrant.

Il laissa flotter la question. On espéra une réponse. On sentit qu'elle aurait du mal à illuminer la cuisine. Il fit mine de s'enquérir, comme font les maîtres d'école, d'un bon élève au doigt levé, mais sa ruse parut à tous comme la bûche humide au feu. Elle fuma misérablement. Il perdit sa hauteur et se ratatina.

— Quoi ! dit Judith, prise d'ardeur soudaine, mon Pico soigne, il miracule, en guise de « merci saint homme » on complote de le clouer comme un hibou sur un portail, et l'on ose lui demander pourquoi l'envie lui vient d'écraser ce village sous quelques gouttes de son sang ? Ah mais, demandez donc à Dieu ce qu'il aurait fait à sa place. Il n'aurait même pas crié gare à ses peuples, il leur aurait craché ses ouragans dessus sans même prévenir Noé !

Suzanne l'approuva d'un proverbe sonore.

— « Donne trois sous d'or à l'ingrat, trois pets marron il te rendra », dit-elle en ponctuant sa rime discutable d'un coup de front si sec que sa coiffe en tomba au ras de ses sourcils.

— Ce n'est pas le bout de son pied piqué par l'épine de rose qui saignera, je vous le dis, poursuivit Judith au galop. Ce sont ses yeux, ses entrailles, son cœur, que dis-je, les seins de son âme !

– N'exagérons rien, dit Pico.

– Elle a exprimé haut ce que je pensais bas, reprit Chaumet, l'air délivré. Ainsi donc, je récapitule. Nous faisons courir la nouvelle que l'esprit des Crézipasiens étant décidément abject, demain au lever du soleil tu grimperas sur la montagne où ta tombe vide t'attend et que tu saigneras dessus, sauf si les malveillants qui peuplent ce village enfin pris de remords viennent poser leurs armes au bout de tes orteils et t'offrent de les gouverner jusqu'à l'extinction des royaumes.

– A moins d'avoir beaucoup changé, je ne me sens pas dans la peau d'un martyr déguisé en spectre, gémit Pico, le dos courbé comme sous le bâton de Dieu. Menacez donc si vous voulez. Moi je resterai près du feu. Suzanne, mon alcool. Je me sens des frissons. Je crois que je m'enrhume.

– Ne t'inquiète de rien, lui murmura Lila. Même les hommes courageux redoutent l'éclat de la foudre. Brandis-la, ils se soumettront. Quant aux femmes, je les connais. Elles sont plus rêveuses que fortes. Elles préfèrent tenir une main dans la leur qu'un couteau de bataille. Allons, tu leur tendras la tienne et la paix sera dite avant le moindre mot.

Il sourit pauvrement et caressa sa joue. La bougie fuma sur la table. Tous s'en furent pisser dehors et montèrent frileusement dans leurs chambres au parfum de pomme.

Le lendemain le bruit courut comme un feu sur la mèche à bombe que le mort de la tombe vide était de retour impromptu. On demanda son nom. On répondit « Pico ». L'effet sur la population fut divers et déconcertant. Certains se grattèrent le front en regardant, les yeux atones, courir l'eau dans le caniveau. D'autres, à peine avertis, galopèrent au bordel sous le prétexte discutable d'informer les femmes d'abord. Les plus émus chargèrent l'âne, matelas, cage à canari, chaudrons, statuettes de Vierge, chaises d'aïeux et nourrissons liés ensemble sur le dos, prêts à l'exode dramatique. Les marchands de sonnailles peintes à l'effigie de saint Pico annoncèrent des soldes monstres, et dans le même temps offrirent en promotion des talismans hindous contre les avalanches. Un prophète mendiant amena à prix d'or les pèlerins du jour cueillir dans les prairies un foin aux vertus telles qu'il permettait, brouté à jeun, de voir en un éclair les rocs venir sur soi et d'éviter les chocs d'une élégante feinte. Enfin les sbires de Chabaud coiffés de saladiers cornus, battant du plat de leurs épées des outres en peau de porc pendues sur leur pubis coururent les rues et les cours pour crier aux volets ouverts que l'ex-maître de Crézipas ferait tout à l'heure à l'auberge un discours hautement brutal. Ce qualificatif imposé par le Gog eut le mérite incontestable d'exciter les curiosités et de revigorer la sangle abdominale de ceux dont la carrure est autour du nombril. La Taupe au soir s'en fut au rendez-vous du nain avec la foule drue sous un déguisement de marabout berbère. Un capuchon pointu orné d'un pompon bleu cachait sa tête basse. Personne ne le reconnut. L'air de la salle était obscur et brumeux autour des bougies couvées par les épaules courbes. Les corps suants fumaient comme au lavoir du diable. On attendit Chabaud le gobelet au poing en mijotant en tas dans la crasse recuite. Il vint habilement d'un lieu inattendu.

On vit d'abord près de la cheminée s'ouvrir la trappe de la cave, émerger du trou noir son plumet de chapeau, son visage, ses bras levés, la tête du colosse entre ses cuisses épaisses, puis le corps lent du frère énorme monta du sol, se déploya et hissa son fardeau vivant jusqu'aux poutres embellies de guirlandes flétries par la moiteur du lieu. On se le désigna, on lança des vivats, on siffla, les doigts à la bouche. Le Gog salua l'assemblée. Trois fidèles zélés grimpèrent sur un banc pour lui offrir à boire. Il refusa le vin, but l'eau, embrassa l'univers comme un chanteur christique et se tint recueilli. On le regarda. On se tut. Alors il se pencha sur les faces muettes, rit un peu, eut un geste affable, puis sa joie bizarre s'enfla, il se renversa en arrière, laissa aller quelques éclats et partit enfin en cascades si confiantes et débridées que la foule bientôt, sans rien savoir de ce qui l'amusait, s'esclaffa à grand bruit et se désopila. Alors ses sourcils se froncèrent, sa bouche se ferma. Il fit une moue triste. Aussi subitement qu'il s'était mis à rire il se fit dédaigneux comme un maître d'hôtel de seigneur capétien devant un ramassis de charbonniers hilares. Il attendit, les bras croisés, qu'on cesse de se goberger, puis il prit un grand souffle et dit sévèrement :

— Je ris, mes sœurs, mes frères, oh certes je me fends en me tenant les tripes, et vous aussi, braves enfants, je vois que vous avez le cœur à vous secouer la ceinture car vous avez, comme moi-même, entendu ce matin le bruit que fait courir l'imposteur communal. Que désire-t-il donc, outre le pouvoir de vous nuire que vous avez imprudemment confié à ses mains velues ? Je vous le dis sans balancer, pardon si vos âmes s'insurgent : il veut votre aplatissement devant ses tibias maléfiques. Et que prétend-il faire en cas de méfiance et de ferme refus ? Souiller de sang la tombe vide et ordonner au mont de s'écrouler sur nous.

Une rumeur enfla dans l'ombre de la salle. Chabaud ouvrit les bras et du plat de ses mains renfonça les murmures. Après quoi, l'air avantageux, il poursuivit au petit trot :

— Considérons l'affaire en hommes de raison. Pico

fut un saint de haut vol. Qui pourrait en disconvenir ? Voyez nos rues et nos boutiques. Soupesez vos panses replètes, vos bourses en peau de pèlerin et la poitrine de vos femmes nourries au pain miraculeux. Entre les bateaux barbaresques et la bergerie de Rivié peut-on trouver un bourg plus joyeusement gras que notre Crézipas ? Je réponds « Que nenni » sans hésiter un poil. Et grâce à qui ? Avouons-le : à ce tortueux guérisseur que Dieu dans sa bonté nous a offert gratis. Mais il en va des hommes tombés des ventres ronds dans ce pauvre ici-bas comme du fruit dans l'herbe à l'ombre du feuillage. Le temps, ce maître inévitable, peu à peu les flétrit et les gorge de vers. Ainsi Pico s'est-il pourri. Ainsi a-t-il perdu ses dons de guérison, et qui ne peut soigner, la chose est reconnue, ne peut rendre malade. Il n'a plus de pouvoir, sauf celui d'abuser les enrhumés du foie et les quelques vieilles au fourneau qui ne savent plus bien si la flûte de l'homme est à droite ou à gauche. A vous, les forts qui m'écoutez, je dis droit dans le blanc de l'œil : perçons à jour la ruse molle du prétendu raccommodeur de vertus déconsidérées.

Il lança le poing vers les poutres, puis le cou tout soudain gonflé et la voix haussée d'un octave :

– J'affirme, moi, Chabaud le Gog, qu'un pot de sang sur un tombeau ne saurait provoquer le moindre coup du sort. Pico affirme le contraire ? Eh bien, jouons. Je le défie. Hommes miens, femmes libres, demain vous me suivrez sur ce mont ancestral témoin de nos naissances et j'égorgerai là, sur la dalle, un poulet. Si Dieu sourit de nos frayeurs, si rien ne vient que d'ordinaire, si les toits des maisons fumant dans la vallée n'en ont pas d'autre mal que le souffle du vent, alors la preuve sera faite que nos prétendus gouvernants ne sont pas plus miraculeux, par le saint nom du Christ en croix, que des marabouts d'Arabie déguisés en Pyrénéens.

La Taupe, assis contre la porte, se crut un instant reconnu. Son cœur, sous la cape islamiste, lui tomba dans le fond de train. Il hasarda au bord du capuchon une moitié d'œil effrayé. Personne ne le regardait, au contraire, la foule obscure, mains battantes et bouche enrouée, était tout occupée à brailler sa joie brute au tribun satisfait qui lui flattait l'échine à grands gestes et sourires braves. Comme la harangue nanique, au sortir d'une gorgée d'eau, abordait le point jouissif du châtiment promis aux serpents venimeux qui occupaient le presbytère, le rouquin estima prudent d'aller s'aérer le burnous. Il poussa la porte du front, rampa sous la lune joviale, hissa jusqu'aux genoux son habit malcommode et s'en fut au trot dans la nuit.

Dès qu'il entra dans la cuisine, chacun devant le feu vivace et crépitant tendit le cou vers sa figure et l'interrogea du regard. Tous l'avaient attendu, l'œil bas, la bouche close, les hommes en ruminant leur fourrage d'angoisse, les femmes en s'occupant les mains, ne haussant un sourcil qu'aux bruits dans le jardin, aux aboiements de chiens, aux fuites de corbeaux dans les pommiers obscurs. Il était là, enfin, parfumé de vent frais. Il s'assit. Son manteau lui glissa des épaules. On se serra autour de lui. La mine inquiète, on l'observa. Suzanne lui servit une lampée d'alcool. A la façon qu'il eut de vider son godet et de rester prostré à regarder le fond, on sut que les nouvelles étaient catastrophiques. Pico hocha la tête et dit :

– Je le savais.

Judith d'un coup de coude sec enfonça ses côtes flottantes. Il gémit et rapetissa.

– Parle, gronda Chaumet, ne nous épargne rien. Vois, nous sommes sereins. Nous pouvons tout entendre.

Et il se mit à triturer, le dos déjà courbé par le verdict terrible, les doigts fragiles de Lila posés près de lui sur la table. Le rouquin soupira, se resservit à boire et fit ce que l'on attendait. Il rendit compte sobrement des rires moqueurs de Chabaud, du défi qu'il avait lancé et des odieux vivats du peuple. A peine ajouta-t-il, comme font les conteurs emportés par l'élan vers des cimes tragiques, qu'il avait bien failli se faire dépecer par la meute de loups aux yeux sanguinolents qui cernait son manteau berbère, et qu'on ne le reprendrait plus à jouer les espions nocturnes, même au prix de son poids d'or pur. Ayant ainsi poussé sa plainte de rescapé des canni-bales, il frissonna de pied en cap et but à côté du gosier. Chaumet lui tapota le dos. Pico redit qu'il le savait et d'un sursaut craintif s'écarta de Judith qui lui lançait au nez un coup d'œil de couteau. Chacun retomba en silence, sauf Suzanne qui s'en alla en chantonnant vers l'escalier. On entendit des noix cascader dans un sac, des trottements furtifs, des grincements de marches. Lila lui demanda ce qu'elle faisait là- bas, dans le noir, sans bougie. L'autre gloussa, revint en traînant des paniers, décrocha des tresses d'oignons, un quartier de viande salée, et dit joyeusement aux hommes d'aller choisir quelques tricots, paires de bottes et chapeaux neufs parmi les ballots de cadeaux qui encombraient la salle noble. Et comme tous la regardaient, l'œil vide et la mâchoire basse :

– Que la montagne dégringole ou qu'elle reste assise où elle est, dit-elle en croisant sous les seins ses doigts courtauds de ménagère, il nous faudra partir avant le jour levé. Le mieux est de chercher refuge auprès de l'apôtre, là-haut. Je parle de maître Martin. Doux Jésus, j'allais oublier !

Elle courut à la huche, emplit ses bras de miches, en perdit une et deux, dit encore :

– Judith, prenez le pot de beurre. Maître Martin l'Ar-quet ne pouvait résister aux tartines grillées. Autant j'en préparais, autant il en croquait. Oh, nous respecterons sa sainte solitude. Il l'a voulue, il l'a. S'il préfère aux humains la compagnie des poux, qu'il leur chante ses messes basses en leur caressant les tétons. A chacun ses vices privés. Grâce à Dieu le couvent de Saint-Just-le-Bézu sera probablement bien aise que l'on ouvre enfin ses volets. Nous nous installerons proprement dans ses murs et tous les deux ou trois matins j'irai dans le terrier de l'ours passer le plumeau sur les meubles. Certes, il ronchonnera, mais je connais l'artiste, il en aura le cœur content.

Elle s'en revint au trot à ses paniers de vivres.

— Sont-ils vraiment perdus ? dit le boulanger mort à l'oreille de l'ange assis près de lui sur la table.

— Oui, grâce à Dieu, répondit l'autre.

Il fit un clin d'œil pétillant. Firmin le Bleu resta songeur, le menton sur ses genoux joints.

— J'ai froid, dit-il, je me sens faible comme un ciel au soleil couchant. Fait étrange pour un défunt, la peur de mourir me revient. Ma mémoire pâlit, j'ai besoin d'un bon nid où me réchauffer l'âme. Hélas, Pico est soucieux, et Judith tient ses cuisses droites comme un casse-noix hors saison.

— Ne crains pas, lui murmura l'ange. Le danger réveille leur sang, ils reviennent à la vie bouillante. L'effroi va les pousser aux jouissances brutes. C'est un infaillible aiguillon. Tu n'as plus longtemps à attendre. Ce soir, à peine dans leur lit, ils s'accoleront bouche et corps comme deux aveugles affamés.

Le pensif releva le front, hésita, les yeux grands, entre rire et souci.

— Vais-je donc vous quitter, lui dit-il, pour toujours ? Ne pourrai-je parfois mettre le nez dehors, sortir devant le feu et me chauffer les pieds en votre compagnie ? Le ventre de Judith n'est tout de même pas comme le cachot neuf de Crézipas-le-Vieux !

– Tu m'oublieras, dit l'ange.

– Allons, grogna Firmin en riant bonnement. Vous oublier ? Jamais. Même si je voulais je ne le pourrais pas.

– La chair est un épais manteau, elle protège autant qu'elle sépare. Tu me pressentiras, tu me croiras un rêve, et quand je parlerai comme je le fais là tu ne m'entendras pas. Il faudra que je hurle à me trouer la gorge. Alors tu percevras peut-être une musique, tu croiras que te vient, Dieu sait d'où, une idée.

Firmin le Bleu frileusement à nouveau étreignit ses jambes, reposa le menton sur ses genoux pliés et resta là muet, perdu dans la rumeur des voix et des remuements des vivants qui allaient et venaient dans les lueurs du feu, amenaient des bougies dans l'ombre du couloir, retournaient à la salle noble, éclairaient un pan d'escalier.

– Comment vont-ils vivre là-haut, dans ce grand couvent forestier où les rats et les loups mettent bas leurs petits ? dit-il enfin, les yeux mouillés. Demain Chabaud le Gog retrouvera son trône, il enverra chercher mon bon père Pico, il le fera (Seigneur !) dépecer en reliques, et à peine remis au monde il me faudra porter son deuil.

– Le mont s'écroulera peut-être, dit l'ange, le regard lointain.

– Allons, vous savez bien que non.

L'autre sourit, l'air nonchalant, remua sa tête bouclée.

– Si je le réveille, qui sait ? Personne ne lui dit qu'il vit. Il souffre donc d'inexistence. Mais je sais que dans son sommeil il désire qu'on le caresse, qu'on lui parle, qu'on l'aime enfin, comme tout vivant ici-bas.

– Lui demanderez-vous d'écraser Crézipas ?

– Certes non. Pourquoi le ferais-je ? Il ne sait même pas que des hommes le voient. Je me coucherai sur son corps, je chanterai pour lui le chant des vieux sorciers amoureux de la terre, il en sera peut-être ému, et peut-être il frissonnera. Cela suffirait amplement.

– Que Dieu vous inspire et nous aide, soupira le boulanger mort.

L'ange lui prit la main, se serra contre lui, regarda le plafond où s'aggravaient soudain les grincements de lit, les halètements rauques. Il murmura :

– Va, maintenant. Judith t'ignore mais t'espère. Entends comme elle geint. Elle t'appelle. Hâte-toi, Pico va jouir.

Firmin croisa les doigts sous son menton tremblant. Il gémit :

– Si je vous oublie, vous, au moins, ne m'oubliez pas.

– Tu oublieras aussi ce serment que je fais de veiller sur ta vie future comme je l'ai fait sur ta mort.

Ils se dressèrent face à face. Un instant ils se confondirent, lèvres mêlées, larmes et bras, leurs jambes s'enlacèrent en une danse errante entre table et bottes d'oignons, puis peu à peu ils désunirent leurs mains et leurs membres légers, et comme une flamme envolée le corps de Firmin se défit dans l'obscurité du couloir. Seule dans la cuisine était restée Suzanne. Elle priait à genoux devant la cheminée, la face rougeoyante et le regard perdu dans le feu somnolent. L'ange vint se blottir au plus chaud de ses cuisses, soupira d'aise et s'endormit. Ils restèrent un moment ainsi, dans le silence de la nuit, puis un braillement triomphant traversa la pénombre tiède. L'ange sourit dans son sommeil, Suzanne aussi, l'œil réveillé.

Le lendemain matin, lorsque Martin l'Arquet du seuil de sa cabane vit, la main en auvent, venir sous la feuillée la troupe de fuyards encombrés de ballots, ses yeux s'exorbitèrent, il fit un « ho » craintif et le front en avant se renfonça d'un bond sous sa toiture basse. La rosée du sous-bois fumait sous le soleil. Suzanne, un panier sur la tête et deux autres au bout de ses bras, courut dans la lumière neuve, laissa choir ses fardeaux l'un derrière ses jupes au milieu du sentier, l'autre au bord du torrent, déposa le troisième à l'entrée de la hutte et là s'agenouillant :

— Le bonjour, monsieur le curé. Je vous ai apporté du beurre, du pain frais et des pommes d'api.

Elle en tendit une au-dedans en minaudant, rieuse et tendre. L'ermite se risqua entre pénombre et jour, le cou tendu, à quatre pattes. Comme apparaissait son visage elle resta la bouche béante, et courbant le dos pour mieux voir :

— Oh le monstre ! Oh qu'il est laid ! Deux cornes au front et c'est le diable ! s'écria-t-elle, éberluée. C'est vous, là, ce fouillis de poils ? Je ne vous crois pas. J'étais sûre. Un homme seul, c'était fatal, ça tourne sauvage en deux jours. Par pitié, ne m'embrassez pas.

Elle lui ouvrit pourtant les bras, et l'air d'une sainte chrétienne s'offrant aux griffes des lions ferma les yeux, tendit la joue. Maître Martin lui prit la pomme, s'assit dans l'herbe, la croqua, découvrit Judith et Lila qui sortaient de l'ombre des arbres. Il demanda, la bouche pleine et l'air tout à coup affolé :

— De quel couvent sont ces sœurs-là ?

Il chercha sa canne à tâtons, sans quitter des yeux les intruses, aperçut Pico et Chaumet, La Taupe qui trottait derrière, l'échine ployée sous les sacs.

— Seigneur, marmonna-t-il, pris d'effroi solennel, l'invasion des Barbares. On la craignait, elle vient avec sa hõrde obscure de ravageurs d'intimité.

— Ne vous approchez pas, dit Suzanne aux deux femmes. Il pue abominablement. Remarquez, il puait déjà quand il vivait au presbytère. L'odeur n'était pas moins prenante, mais j'y étais habituée. Là, yayaï !

c'est du révoltant. Il faut prendre le temps de l'apprivoisement.

Chaumet, au loin, leva la main et lança un salut fringant. Un coup de tonnerre effroyable lui prit la voix au ras des dents.

L'air bleu gronda si bravement que le sol sous les pieds frémit et que les feuillages tremblèrent. D'un moment aucun n'entendit ce que criait sa propre gorge. On tomba à genoux, les mains sur les oreilles, on s'agrippa l'un l'autre au col et aux cheveux. Chacun s'enfouit sous le voisin en braillant des noms inaudibles. Le vacarme décrut soudain en un roulement acceptable, puis en fracas sourd et lointain. On craignit de lever le front, d'entendre ricaner Satan. On resta le cul haut, la bouche au fond des herbes. On attendit le coup de grâce et l'élévation sans retour vers les harpes du paradis. Le bruit du vent revint, et celui du torrent, et les balbutiements, les pleurs, les mots humains. Pico prudemment se dressa, vit l'ermite debout sur le pas de sa porte. Il contemplait le ciel et le bois alentour, appuyé sur sa canne, content comme un enfant à la fête des fous. Il désigna d'un coup de barbe Chaumet et Lila déjà loin. Ils escaladaient la cascade. Tous bientôt les suivirent en s'aidant aux buissons. Maître Martin l'Arquet se hissa le dernier sur le rocher plat de la cime. Au fond de la vallée bouillonnait pesamment une épaisse poussière. On n'y voyait plus Crézipas. La montagne du tombeau vide avait quitté sa vieille peau. Elle était nue, fièrement belle sous le soleil éblouissant.

10

Appelons au secours le précieux Martus-Kohn, fils de Kouffoulin-Kohn, petit-fils du derviche Oum-Bas Ouk-Sitani. Dans ses *Arabesques Souffrantes autour du Gouffre de l'Œil Doux*, que nous dit ce bègue inspiré ? Ceci, qui fatiguait l'esprit avant même que l'être soit : « Enfant dans ta matrice close, sais-tu que le monde est peuplé ? » Il est vrai que notre savoir est plus menu qu'un grain de sable au bord des lèvres de la mer. Il est aussi incontesté que certains vivants aériens sont plus instruits que nous le sommes, quoiqu'ils ne sachent pas faire la soupe à l'œuf. L'ange était de ceux-là. Ce dont le commun des mortels n'a jamais eu la moindre idée lui était aussi familier que vous et moi au même lit. C'est dire qu'il n'ignorait rien de l'art des antiques sorciers qui ne savaient pas le latin mais parlaient couramment le loup occidental, le patois des oiseaux et l'argot du silence. Il s'était donc aventuré dans l'insoupçonnable caverne où demeurait depuis la nuit des temps l'Esprit de la mère montagne qui par commodité se montrait quelquefois sous les lambeaux d'habits d'une vieillarde hors d'âge. Il l'avait trouvée somnolente, assise sur un caillou rond devant un feu fossilisé. Il l'avait saluée. Elle avait soulevé une paupière molle. Elle avait aimé son visage, son regard transparent, son innocence tendre. Il avait posé à ses pieds une brassée de branches vertes. Il lui avait vanté la profusion des arbres déployés dans le vaste ciel. A cette mère des racines il avait dit :

– C'est là ton œuvre. Ces feuillages sont tes enfants.

Elle ne le savait pas. Elle s'était sentie fière. Alors il s'était mis à peigner longuement sa chevelure grise embroussaillée de grillons secs, de chiures de rats, de toiles d'araignées et de peaux de serpents. Il avait massé ses épaules et dépoussiéré ses seins plats, puis il s'était agenouillé, il avait étreint ses genoux, déposé sur ses cuisses jointes sa joue de jeune énamouré. Elle s'en était trouvée infiniment émue, son cœur dans sa gangue terreuse s'était remis à palpiter et sa carapace de rocs était tombée dans la vallée comme un manteau d'amante vierge au rendez-vous du premier jour.

Or, tandis qu'il restait ainsi à lui chanter le chant des sources et les chevauchées du soleil, ses aubes, ses tombées dans son jardin de roses, Pico, Chaumet, Judith, Lila et leurs compagnons rescapés du fracassant éboulement, perchés sur un rocher de la montagne en face, gobaient le vent léger entre ciel et torrent en contemplant, muets, à l'horizon pâli où naviguait un aigle, la mère haute et fière au flanc déshabillé. Le premier à risquer un mot dans l'air apaisé fut Pico. Il grelottait sec. Il laissa choir, farouche, en comptant sur ses doigts :

– Sang de poulet, tombeau sans mort, et patatras sur Crézipas.

Il ouvrit les bras à l'espace, eut un rire bref, douloureux, et conclut, accablé par l'évidence brute :

– C'est extravagant. C'est absurde. Seigneur, pitié. Expliquez-moi.

La porte fut ainsi ouverte aux commentaires. Chaumet aussitôt s'engouffra. Il s'exclama dans un souffle asthmatique, tant stupéfait qu'admiratif :

– Mille millions de diables verts.

208

Martin apprécia d'un hochement d'expert.

– Ce chiffre est optimiste. A mon avis, c'est plus, dit-il, les yeux plissés, en flairant le lointain.

Et comme la poussière, au fond de la vallée, déjà se dispersait en brumes transparentes :

– J'ai craint pour le petit, dit Judith à Lila. J'ai cru qu'il te tombait dehors quand le ciel a pétaradé.

– Grâce à Dieu il remue, répondit sa compagne.

Elle caressa son ventre à peine rebondi. Suzanne lui baisa la joue, rit un peu avec elle et lança dans l'air frais, à voix de rossignol :

– Ce n'était pas le ciel, c'était la tombe vide. Et qui donc a pensé à la faire saigner ?

Elle rougit, elle bomba le torse, pointa l'index entre ses seins et dit encore, l'œil brillant :

– Je n'ai guère d'idées, mais quand il m'en vient une mieux vaut rentrer les pots de fleurs.

La Taupe soudain derrière elle empoigna son bras potelé. Elle chancela, battit l'air d'une main.

– Ma Juliette, Seigneur ! dit-il dans un sanglot débordant de partout.

On se tourna vers lui, on vit ses yeux en larmes. Il hoqueta, bouscula l'alentour, fit mine de s'aventurer droit devant dans le ciel limpide. La cime du rocher où ils se tenaient tous ne pouvait supporter le moindre pas de danse, elle était trop étroite. Un oiseau parmi les sandales n'aurait pu becqueter un ver. On moulina des bras, on se retint l'un l'autre au bord de la cascade au flot vertigineux. Chaumet à cloche-pied bondit dans les buissons. Les femmes le suivirent avec maître Martin. Pico agrippa le rouquin à l'extrême bord du palpable. Ils titubèrent ensemble, hésitèrent un instant entre l'herbe et l'envol. Ils plongèrent du côté dur. Quand l'un, pestant, se releva, l'autre courait déjà sans frein sur la pente abrupte en braillant :

– Ma giroflée, ma maigrichonne, oh, les assassins de poulet, si je les trouve, mille diables, je leur décarcasse le foie, je les étripe, je les mange !

– Grotesque, dit l'ermite en regardant passer, prudemment renfoncé dans les fougères hautes, cet ouragan humain qui semait çà et là ses larmes d'orphelin.

– Taisez-vous donc, gronda Suzanne. Il craint pour son amie de lit. Elle était servante au bordel, et maintenant peut-être bien qu'elle étend son linge à la cave avec les spectres des putains.

– Elle est vivante, dit Martin.

– Hé, qu'en savez-vous, pauvre triste ?

L'autre fit une moue de diable exaspéré, virevolta des mains devant son regard fixe. Il dit :

– J'ai des voyances.

Et comme Suzanne riait en tapotant d'un doigt sa tempe il haussa les épaules et s'en fut à grands pas en grognant dans sa barbe sale des insultes scatologiques et néanmoins désespérées.

Le lendemain vers le milieu du jour, comme ils aéraient le couvent et balayaient les chambres basses, apparurent au seuil de la cour La Taupe chargé d'un tonneau et sa Juliette brune et raide sous une paire de jambons en équilibre sur sa tête. Elle avait peine à marcher droit. Le torchon noué mou autour de son fardeau et sa coiffe enfoncée jusqu'au ras des sourcils bornaient sa ligne d'horizon à peu près au bout de son ombre. On abandonna les balais, on accourut à leur rencontre, les bras hauts, le rire bruyant. En hâte on les débarrassa, et tandis qu'ils soufflaient en s'épongeant la nuque on les submergea de questions. Le rouquin apaisa d'un geste les impatiences débridées. Content, comme à son habitude, d'attirer à lui les regards et les tapes affectueuses, il se rengorgea comme un coq au milieu de sa basse-cour, se dégagea le col et dit :

– Les maisons ont le toit dedans. Les boutiques sont dans la rue, elles font la fête à la caillasse. Chabaud le Gog et les marchands tiennent conseil au bordel neuf, seul épargné avec l'église par la vengeance du poulet. Quatre prophètes en transe ont prédit ce matin une invasion de Barbaresques. Ils sont formels, c'est pour demain. Les morts se comptent par dizaines : volailles, porcs, vaches, moutons. Ils rôtissent à grand feu devant le presbytère. On se croirait un jour de fête au paradis des ripailleurs. Certes, les sinistrés manquent d'enthousiasme, les figures sont jaunes et les joues flasques tremblent, mais à les voir veiller, le regard de travers, sur les gouttes de gras, il va de soi que tous préfèrent mille fois se tuer de mangeaille qu'abandonner la viande crue aux envahisseurs annoncés. Ils festoieront donc cette nuit comme au réveillon de l'an mil en pleurnichant sur leurs gigots.

Juliette, approuvant çà et là, avait patiemment attendu que son rouquin n'ait plus le moindre souffle en bouche. Elle vit l'instant venu. Elle prit un relais sec.

– Nous avons tous suivi monsieur Chabaud le Gog sur le mont de la tombe vide, les vieux dans des paniers de paille sur la tête des fils aînés, les vieilles sur le dos des filles et les enfants dans les jupons. Il faisait un temps magnifique, nous étions gais, nous gambadions, les grand-mères chantaient des chansons de fiancées, les marmots des comptines sales, les hommes parlaient fort et buvaient à la gourde, les femmes allaient pisser à l'abri des buissons en ramassant des fleurs. C'était comme un lundi de Pâques. Au sommet, il faisait du vent. Chabaud s'est avancé jusqu'au tombeau sans mort, le poulet dans un poing, le coutelas dans l'autre. Nous étions tous autour. Nous avons fait silence, sauf la volaille qui piaillait. Il l'a levée haut dans le ciel. Il a tranché d'un coup sa gorge. Un courant d'air malin a fait bruiner le sang dans la barbe du forgeron. Sur la dalle, trois gouttes. Une misère. Un rien. Nous avons attendu le temps de la tétée de mon petit neveu, et la pente s'est effondrée.

– L'intention a suffi, dit sombrement Pico.

Tous se turent, et le front baissé sous le poids infini des mystères du monde ils s'en revinrent à leurs balais et raccommodages de lits.

Ils travaillèrent jusqu'au soir à déloger les rats et les oiseaux des chambres, à chasser des plafonds des toiles d'araignées lourdes comme des couettes, à brûler dans la cour de vieux habits moisis, leurs peuples de cafards et leurs champignons verts, à lisser enfin proprement draps, oreillers et couvertures sur les matelas ravaudés. Or, à l'heure du crépuscule, comme le feu prenait son élan pour la nuit dans la salle du réfectoire aux dalles réveillées par les chiffons mouillés, maître Martin entra sans saluer personne et s'en alla, la tête basse, s'asseoir près de la cheminée dans le haut siège au coussin pâle de l'ancien prieur du couvent. Les femmes allumaient des bougies çà et là sur la longue table, La Taupe tranchait le jambon tenu ferme entre ses genoux, Pico visitait les armoires et Chaumet revenait des galeries profondes les bras chargés de fioles habillées jusqu'au cou de terre sépulcrale.

– Vous voilà raisonnable, enfin, dit Suzanne à l'ermite morne. Cette hutte ne vous vaut rien. Demain je la défumerai, je vous décrasserai à la brosse en chiendent et je vous taillerai la barbe. Avec l'aide des saints qui parfument les fleurs votre odeur de vieux loup sera, s'il plaît à Dieu, peut-être moins nocive. Allons, vous dormirez dans le lit de l'abbé. Je l'ai décoré de fenouil.

Et se retournant vers Lila qui accourait avec des pommes et une écuelle de lait :

– Je vous avais dit qu'il viendrait. Malgré ses désirs d'absolu et ses « je meurs si je me lave », il aime son

confort comme le saucisson : en tranches fines mais
bien grasses.

Maître Martin, outré, partit en protestations bégayantes et s'arrêta la bouche bée. Une chèvre entrait dans la
salle, fièrement, en trottinant sec. On entendit, dehors,
une vieille rogner. Elle parut sur le seuil, fit halte, flaira
l'air. Pico la salua, dit aux femmes surprises qu'il
l'avait rencontrée sur le bord du torrent le jour de
l'ablution sauvage de l'ermite. Elle se mit, le poing
haut, à houspiller sa bête, aperçut son compère avachi,
bras ballants, dans son fauteuil taillé pour deux.

– Holà, mon chérubin ! cria-t-elle à tue-tête, que
vois-je de mes yeux, que sens-je de mon nez ? L'Arquet
chez l'encrasseur d'oreilles ! Oh, le vaurien ! Le traître !
Oh, le loup déguisé en saint !

Elle lança au plafond un rire assourdissant, cogna si
fort le sol de son bâton noueux qu'elle en fendit en
deux une dalle branlante, puis se tournant vers l'assemblée qui la considérait, tout geste suspendu, avec un
rien d'appréhension :

– Bonsoir, je viens chercher ma chèvre.

Chaumet s'en vint à deux pas d'elle, la bougie haute,
l'œil plissé.

– Hé, lui dit-il, je vous connais.

– C'est Félicité, ma voisine, dit sombrement Martin
l'Arquet.

Il vit le regard de Suzanne trouer l'intruse d'un trait
noir. Il en eut un frisson de crainte domestique. Il
ajouta, l'air suppliant :

– S'il te plaît, Suzon, sois aimable. Elle est pure
comme une hostie. Elle était abbesse à Toulouse. Elle
est venue mourir chez nous.

– Mourir de quoi ? D'amour ? ricana la poularde en
se déhanchant à l'excès, comme faisaient avant l'avalanche fatale les putains du village enfoui.

– Entre, ne te fais pas prier, cria l'ermite à la vieillarde qui d'un coup de coude dans l'œil venait de refuser le bras galamment offert par Chaumet.

Suzanne se planta, les poings à la ceinture et le regard terrible, à côté du fauteuil. Alors maître Martin saisit ses accoudoirs, affermit noblement son corps, dressa autant qu'il put sa face embroussaillée, et tandis que Chaumet, une main sur l'orbite, semblait chercher par terre une bille perdue :

– Nous avons à parler des vérités dernières et des gravités de l'instant, dit-il à voix tonitruante de prédicateur ancestral.

– Houlà, gronda Félicité, je reconnais ce tremblement. Le dadais sort d'une vision plus ou moins apocalyptique. Attends-moi, l'Arquet, retiens la colique, je viens, j'arrive, je suis là !

Elle fit mouliner son bâton comme un pirate à l'abordage, fonça droit devant elle à grands pas de héron, bouscula Suzanne et la chèvre, s'assit sur la pierre de l'âtre, s'appuya sur sa canne, et posant le menton sur ses mains entassées :

– Voilà. Tu peux parler. J'écoute. Je suis prête.

– Pardon, dit humblement Pico. Nous avons du mal à saisir vos finesses par le bon bout. Nous aimerions savoir, mes saint et sainte ermites, s'il vous plaît, sur quel pied danser.

– Le gauche, répondit Martin dans un grognement hermétique.

– Je t'explique, mon fils, c'est simple comme l'eau, s'exclama puissamment Félicité ravie. Quand vient une vision à ce bougre d'emplâtre, la chèvre le flaire avant moi. Elle m'échappe, j'enrage, et je lui cours au train en imaginant Dieu sait quoi, que je l'ai vexée, qu'elle me trompe, qu'elle a reniflé quelque bouc. Mais non, la pauvrette est mystique. Elle trotte bravement à la révélation. C'est ce qu'elle a fait ce soir même. Et j'ai couru, et me voilà.

– Maître Martin l'Arquet, si j'ai suivi le fil, a donc de temps en temps, le jour, la nuit, qu'importe, des sortes de visitations (comment dire?) divinatoires, hasarda prudemment Pico.

– Tout juste, dit Félicité.

Suzanne se pencha sur l'ermite accablé.

– Et vous, gronda-t-elle à sa face avec un entrain furibond, vous laissez pépier cette pie déplumée sans broncher d'un poil de moustache. Elle affirme à mon front que vous hallucinez, que les malversations d'un diable fumigène embrument votre entendement, bref, que vous foirez de la coiffe, et vous restez les yeux par terre à vous chercher le bout des pieds. Hé, si j'avais osé le tiers de la moitié de ce qu'elle distribue impunément aux mouches, vous m'auriez autrefois claqué trois portes au nez. Répondez-lui donc, garnement, sinon adieu, je prends le voile.

– Elle a dit la vérité nue, soupira Martin, l'air mourant. Depuis je ne sais plus quelle saison passée, j'ai l'impression que mon destin trotte sur un âne nouveau. Le temps a cessé d'être un chemin ténébreux. Je n'ai rien voulu, c'est ainsi. Quand je ferme les yeux je me vois au milieu d'une salle sans murs aux mille lumignons et je découvre tout, le passé de la chèvre, l'avenir de Félicité, le fou rire du pape à son balcon pascal, le mausolée de saint Pico, le dedans des gens, leurs secrets. Quand je les rouvre, c'est étrange, la forêt, l'herbe, le torrent m'apparaissent comme irréels. Ma vue peine. L'âge, sans doute.

Il désigna Judith d'un geste de main molle.

– Vous portez un enfant et votre amie aussi. Elle depuis cinq mois, vous depuis quelques nuits. Voilà. C'est un exemple. A quoi bon ces semailles, hélas, puisqu'il n'y aura pas de moisson?

Judith s'empourpra, suffoqua, ouvrit immensément la bouche, parvint à peine à pépier :

– Un petit, moi ? Ici ? Là-dedans ? Doux Jésus ! Avec de grosses joues et des doigts qui remuent ?

Et tournant sa tête éblouie vers ses compagnons alentour, les mains papillonnant de son ventre à ses seins, riant, tremblant, les joues en larmes :

– Il est fou. Il a vu Pico me décoiffer les poils timides. Oh, le monstre ! Il est prodigieux. Dites, c'est vrai ? Je sens qu'il sent. Le brigand, il me fait jouir sans même me toucher un cil.

Elle s'abattit d'un bloc sur son homme ébahi, palpa fébrilement son torse et ses oreilles, les doigts fuyant partout sans pouvoir se poser, abandonna soudain sa bouche sur l'épaule du père neuf et partit en sanglots.

– Il a des ailes aux yeux, cria Félicité en lançant un coup de menton à l'ermite à nouveau pensif. Ses visions sont aussi précises que le museau de ma biquette en train de brouter vos bougies. Ce qu'il annonce vient. Il ne faillit jamais. Parle donc, mon beau, je fatigue et j'ai terriblement envie d'aller soulager mes boyaux.

– Ce sera simple et vite dit, grogna maître Martin l'Arquet.

Il toussota, prit un bol d'air et proféra ceci, la voix épiscopale et l'index remuant :

– Passe la nuit, passe le jour, passe une autre course de lune et la fin du monde s'en vient. La jouissive avalanche de rocs sur Crézipas l'Abominable, qui m'a ravi en pure extase la veille de l'événement, en fut un signe annonciateur. Demain soir le soleil couchera dans son lit pour la dernière fois. Après lui le gouffre infini, l'absence de partout, la guérison des rhumes et le repos de Dieu.

– C'est triste, mais c'est clair, conclut Félicité.

– Qu'est-ce qu'il a dit ? gémit Judith, décollant sa face mouillée de la tunique picaldienne.

– Que la fin du monde s'en vient, lui répondit Lila en

retroussant ses manches. Que ni toi ni moi ne verrons gambader dehors nos enfants.

Elle s'en fut en trois pas à l'Arquet renfoncé dans son abattement, et lorgnant rudement sa figure touffue aux yeux soudain craintifs :

– Répétez, que je vous massacre.

– Inutile, ma belle, il ne peut se tromper. Il a tout vu de moi jusqu'à ce jour présent, sans parler des pluies et des vents qu'il a su nous prévoir plus de trois mois devant, dit la vieille en se relevant.

L'effort la fit péter. Elle gémit :

– Hou, mon ventre.

Elle appela sa chèvre et toutes deux s'en furent à petits pas sonnants.

– Au diable ! lui cria Lila.

Elle se retourna vers Martin, rageuse comme un chat ruisselant d'eau bénite, brandit le poing sur sa tignasse, le laissa là-haut suspendu, cracha un flot désespéré d'insultes et de malédictions, et comme l'ermite apeuré cachait sa figure touffue derrière un haussement de coude elle se laissa tomber sur la pierre de l'âtre et là se mit à sangloter.

Un silence nocturne envahit les lueurs de la salle du réfectoire. D'un moment on n'entendit plus, sous les hautes ombres mouvantes, que les menus éclats du feu, les soupirs tremblants de Lila et les Pater Noster bourdonnants de Martin, qui à bout de désolation s'était laissé glisser tout doux contre le dossier de son siège jusqu'à perdre ses fesses au-delà du coussin. Puis la porte et le vent se mirent à converser par chuchotis obscurs et grincements hargneux. Alors Suzanne assise au fin bout de la table laissa les lambeaux de jambon qu'elle picorait distraitement, s'en fut pousser les trois verrous, hésita à s'en retourner à ses grignotements discrets et choisit d'aller à Lila qui reniflait, l'échine

217

offerte à la cheminée crépitante. Elle s'assit contre son épaule, pencha la tête de côté, désigna Martin du regard et dit en confidence tendre :

— Ne t'inquiète pas trop, fillette. A le voir comme mort, il semble à peu près sain, mais je crois que les poux lui sont entrés dedans, probablement par les oreilles, et lui ont dévasté l'esprit. N'as-tu pas remarqué ? Son nez est encombré comme une cathédrale un jour de procession. Il mouche, à mon avis, des ruines de cervelle. Je vais faire bouillir du thym avec quelques brins de lavande, et la fin du monde attendra qu'il soit proprement rétabli.

— Il a tout de même prédit l'effondrement de la montagne, risqua Pico qui méditait, la face au feu, le dos ombreux.

— Et l'avenir de la voisine, et le passé de son bestiau, et je ne sais quel coup de chaud tombé sur le museau du pape, renchérit Chaumet attablé dans la lueur d'une bougie.

Il balaya le tout d'un geste fatigué qui faillit éteindre la flamme.

— Où sont La Taupe et sa Juliette ? demanda tout à coup Judith.

Elle cogna du poing sur la table, se dressa, le regard mauvais, s'en vint droit à Martin l'Arquet.

— Puisque votre vue troue les murs, lui cria-t-elle en pleine barbe, je ne vous demanderai pas si Dieu a des culottes rouges, laissons ce souci-là aux clercs théologiens, mais ceci, rien de plus, simple et vérifiable en deux coups de cuillère à pot : où sont (parlez distinctement) le roux et sa noiraude maigre ? Que font ces deux jobastres à cet instant précis où cette bûche craque ?

Elle le fixa, l'œil terroriste. L'ermite hypnotisé frémit, puis il eut un sursaut de bête aiguillonnée, ferma les yeux et répondit :

— Ils sont à la chapelle. Ils viennent de prier la Vierge

218

des mourants de leur accorder un sursis d'une soixantaine d'années, et maintenant (misère noire!) tels que je les vois sur les dalles devant les marches de l'autel, ils forniquent, et je peux vous dire que leur cavalcade à deux dos est d'une frénésie qui rien qu'à regarder fait trembler mes genoux.

Et remuant les mains comme pour repousser un spectre turbulent:

– Du calme, mes enfants, épargnez les prie-Dieu. Non, Juliette, je t'interdis! Pas l'orteil de saint Just. Ouilla! Mais qu'est-ce qu'elle lui fait, la violente? Arrêtez-les, Seigneur. Outre qu'ils vous énervent et qu'ils massacrent tout, ils vont droit à l'accident grave.

Et tandis que Judith, retournée à ses hargnes, décarcassait les braises à coups de tisonnier:

– Suzanne, sois forte. Va voir, ordonna sèchement Pico.

– J'y cours, répondit la poularde.

Elle s'en alla trottant, la tête haute, raide, et les coudes à ses flancs houleux. Son pas décrut au loin dans la galerie sombre. L'ermite, l'air hagard, se mit à grelotter. Pico gronda:

– Pitié, Judith, cesse de ferrailler le feu. Tu fais un bruit de coupe-gorge.

– Pardon, j'ai besoin de cogner, répondit l'autre, échevelée dans les étincelles volantes.

Elle jeta son arme dans l'âtre. Une flamme vive jaillit. Lila près d'elle se moucha. Chaumet tapota sur la table, Pico ralluma la bougie que sa manche venait d'éteindre. On attendit Suzanne. Elle s'en revint enfin comme elle était partie. Elle cria, du seuil de la salle:

– Martin a tout vu. C'est superbe. Je veux dire: odieux. Bref, c'est fou.

Les dos, sous le coup, se courbèrent. On ne fit aucun commentaire. L'ombre dans les cœurs s'épaissit.

L'ange s'assit contre Lila. Il avait la fraîcheur du vent, le parfum des bois traversés, la tendresse éblouie d'un amant printanier au sortir de son premier lit dans un trou secret de montagne. Il murmura :

– Ne sois pas triste, éveille-toi. Aime, joue, ris. Rien ne mérite ton effroi, ni ta mort, ni la fin du monde. Lâche donc la main de ce diable qui veut t'entraîner dans ses maux. C'est lui qui craint la vie, ce n'est pas toi, Lila. Ton cœur s'échauffe, tes yeux brillent, je sens, je sais que tu m'entends. Ose tourner la tête à gauche, ose offrir ta bouche à ma bouche, que je te souffle entre les dents une becquée de mes musiques.

Elle fit ce que l'ange voulait. Elle crut que cette voix qu'elle avait entendue était née de sa rêverie, mais puisqu'il lui fallait mourir où trouver la vie hors des songes ? Elle sentit à peine une brise. Elle aperçut une lueur. Elle s'ébroua, se mit à rire. Chaumet s'accroupit devant elle, prit ses mains, l'observa, inquiet. Il dit à Judith :

– C'est nerveux.

– Non, répondit Lila, je pense aux deux larrons qui se baisent là-bas aux pieds des saints d'église. Ils me plaisent. Ils me font du bien. Puisque le temps nous mène au gouffre j'aimerais avant d'y tomber que nous dansions toutes les danses, que nous nous aimions en un jour comme nous l'aurions fait en mille, que nous goûtions enfin à tout, à la folie, à la sagesse, à l'eau de source, à l'eau-de-vie, à l'Ave Maria, au blasphème, à la liberté sans secours.

L'ermite sans en rien savoir serra l'ange contre son ventre. Il remua un peu, sourit d'un coin de lèvre et murmura, content, dans un soupir d'enfant :

– Jouir sans tremblement, sans honte, oh oui ! C'est ce que je ferais si je n'étais pas si dolent. Puisque Dieu me tourne le dos, me voilà seul, certes, mais libre. Je n'ai plus ni foi ni souci. Il ne me reste rien au cœur qu'une

envie fantaisiste et simple vieille d'une dizaine d'ans :
que Suzanne se déshabille et me fasse là, toute nue, la
danse du nombril arabe. J'en aurais, je crois, du plaisir.

– Et c'est aujourd'hui qu'il le dit ! glapit l'interpellée
empourprée tout à coup du front à l'entre-seins. Oh
mon âne ! Oh mon Turc ! Mon pervers bien-aimé ! Dix
ans perdus à rechigner ! Une vie à souffrir le supplice
des sens, toute seule, sur l'oreiller, alors que j'avais là,
dans la chambre à côté, un sardanapale chrétien qui
rêvait à ma peau de lait !

Elle s'ébouriffa les cheveux, tira fébrilement un cordon
de tunique.

– Où veux-tu, Martin ? A l'église ? Là, tout de suite,
devant tous ?

– Au bord du torrent, à minuit. Je prierai à genoux,
comme à l'accoutumée, et tu m'apparaîtras comme une
nymphe grasse. Oh, je trépasserai content.

– Pico ! cria Judith. Mon saint homme, où es-tu ?

Il se tenait au seuil de la galerie noire à guetter le
retour des deux fornicateurs. Il se tourna vers elle, il
s'en vint, méfiant. Judith l'attendit, impatiente, auprès
du feu qui maintenant dévorait son fagot de branches à
belles flammes de Saint-Jean. Elle le prit par le cou, se
frotta contre lui, se mit à lui parler vivement à l'oreille,
une main au coin de la bouche, l'œil surveillant les
alentours.

– Non, bafouilla Pico en remuant le front, non,
Judith, c'est déraisonnable.

Elle insista, rieuse, à voix de souriceau.

– Allons, dit Pico, le front en bataille, ce sont là des
jeux de garçons. Ils ne conviennent pas aux filles, elles
n'ont pas les cuisses assez fermes, elles sont trop fragiles des seins.

On se bouscula autour d'eux. Chaumet n'osa risquer
l'idée qui lui empourprait la figure. Suzanne émous-
tillée ne tint plus ni ses mains ni ses caquètements. Lila

se pressa contre sa compagne, voulut qu'elle avoue son désir. Elle la pria, la harcela à petites plaintes joyeuses et tiraillements de manteau. Judith gloussa, fit la timide. Elle dit enfin, les yeux brillants :

– J'aimerais que Pico m'apprenne à grimper aux arbres pieds nus, à dénicher les œufs de pie, à siffler les doigts à la bouche, à courir au cul des lapins sans déchirer ma jupe aux branches. Alors là, je pourrais mourir.

Et l'ange, se glissant parmi la compagnie :

– Et aussi, dit-il, ébloui, à capturer les lézards verts.

– En un jour, dit Pico, ce n'est guère possible.

– S'il te plaît, supplièrent ensemble l'ange et Judith, à voix menue, les mains jointes sous le menton.

– Et toi, mon Chaumet, que veux-tu ? demanda Lila, caressante.

Il répondit :

– Je ne sais pas.

Il remua le front comme un bœuf taciturne, il resta déconfit, puis risqua l'air craintif :

– Vivre. J'aimerais vivre.

– Oh, l'affamé ! dit l'ange.

Il rit et lui ouvrit les bras. Lila prit la main de son homme, le fit asseoir à côté d'elle sur le bord de la cheminée, posa le menton dans ses paumes et murmura rageusement :

– Quand viendra le dernier matin, tu me tiendras serrée, je te tiendrai aussi. Et que ferons-nous, mon Chaumet, en regardant le ciel brûler ? Des projets pour nos fils et filles, des rêves de maison, de voyages lointains. Nous mourrons impatients de découvrir la vie. Dieu, lui, fera ce qu'il voudra. Que nous importent ses lubies ?

– Qu'il aille au diable, dit Chaumet.

L'ange partit d'un rire tel qu'une lumière pétillante l'environna de pied en cap.

– Qu'il aille, oui, et vous aussi ! Quittez donc ce vieux père, enfants, oubliez-le ! Il ne veut plus vous voir suppliants à sa porte, vos peurs l'effraient, vos peines lui font mal. Je ne sais rien de ses mystères, je ne suis qu'un âne volant, mais quelqu'un dit dans mes cheveux qu'il est comme les hirondelles qui poussent hors du nid l'oisillon. S'il vous chasse, c'est par amour. Il vous veut libres dans l'air libre, enfin débarbouillés de lui !

Et comme il reprenait son souffle pour pousser plus loin sa chanson :

– Bonsoir, dit La Taupe. J'ai faim.

Il venait de sortir de l'ombre avec sa Juliette à côté qui tentait de rafistoler, le bonnet fripé à la bouche, son jupon aux cordons épars et son corsage grand ouvert. On leur fit place auprès de l'âtre.

– Il fait chaud, dit la maigrichonne. Comment supportez-vous ce feu ? Je vais préparer le dîner.

Elle s'en fut trancher et peler, rajustant sans cesse ses frusques qui la fuyaient par tous les bords. La Taupe demeura planté à regarder les flammes hautes.

– Vous avez bien longtemps prié, gronda maître Martin l'Arquet, l'œil noir dans son buisson de poils. Avez-vous fait un vœu ?

– Non, répondit le roux.

L'ange dit :

– Fais-le donc.

Il vint à lui, le traversa, s'en alla caresser Juliette, lui baisota la joue, le front, lui chantonna dans les oreilles des joyeusetés de luron. Elle crut à une mouche, elle le chassa d'un geste, mais elle eut un regard pointu vers son homme à la nuque basse et furtivement lui sourit. Elle lui lança :

– Dis-leur ce que tu aimerais.

La Taupe se gratta le crâne, se tourna et se retourna vers sa compagne délabrée. Il dit enfin, la voix grossie par une soudaine fierté :

– Si j'avais une envie plus grande que la vie elle me ferait grimper au milieu de la table, et là je chanterais à bon rythme, à plein coffre, en regardant le monde autour de moi crouler.

Il resta songeur un instant, puis ajouta, d'un air d'excuse :

– A l'intérieur de moi je chante tout le temps. Que je sois gai, que je sois triste, je ne sais pas pourquoi un air est toujours là, qui me tient compagnie. Quand on chante on ne pense pas. On est comme un arbre, on foisonne.

– Et que chanterais-tu ? lui demanda Judith.

– Les chansons à dame Lila. Non point, certes, pour la flatter, mais pour faire plaisir à l'air de ma poitrine, à ma gorge, à mon sang, à tous les sentiments que je ne sais pas dire. Oui, je chanterais, sacré Dieu, pour ne pas m'entendre mourir.

Il eut un sanglot, se frotta les yeux, remua lourdement la tête. Juliette s'en revint de l'ombre avec une assiettée de fèves, de jambon et d'oignons luisants. Elle la mit sous le nez du rouquin reniflant.

– Et moi je danserai, dit-elle, puis quand tu seras enroué tu me mettras le fifre à la bouche d'en bas, et je te promets des musiques à changer le diable en pinson. Je veux mourir grosse d'enfant pour lui faire honte, là-haut.

On se tut, on hocha la tête. On apprécia dignement. Et tandis que le roux se gorgeait de mangeaille :

– Moi, marmonna Pico, j'aurais aimé savoir avant de sortir de ce monde ce que j'y suis venu chercher. Pourquoi ne suis-je pas resté dans le néant d'avant ma mère ? Qu'ai-je mal fait, Seigneur, pour tomber aussi bas ?

Il resta renfrogné. Martin l'Arquet lui répondit dans un petit rire essoufflé :

– C'est ce qu'on se dit en voyage sous l'averse sans capuchon, quand les sandales prennent l'eau.

Il posa les poings sur sa canne et se leva en gémissant. Il s'éloigna. Il dit encore :

– Derrière ma cabane est un chêne tordu que j'ai ordonné prêtre. Il veut bien, tous les soirs, m'entendre en confession. Je vais donc lui conter mes misères du jour. A minuit, souvenez-vous-en, je prierai au bord du torrent, et Dieu sait ce qui me viendra. N'aurais-je vécu pour rien d'autre, grand merci Notre-Dame, alléluia partout, et salut à qui m'a compris.

Suzanne trotta devant lui, tira les trois verrous, l'attendit à la porte.

– Je peux venir avant, dit-elle, frémissante.

– Tais-toi donc ! s'écria Martin. Qu'ai-je dit ? Je vais à confesse, innocent comme un saint Joseph. J'espère comme tout ermite un miracle, une extase rare, mais que puis-je, sinon prier ? Je m'en remets, humble et léger, aux bons soins de la Providence. Qu'elle fasse ce qu'il lui plaira. La nuit sera douce, Suzanne. Même cul nu dans l'eau tu ne prendras pas froid.

Il s'en fut, flairant les étoiles, l'ange à cheval sur son dos rond.

Le lendemain matin, quand Pico et Chaumet descendirent des chambres ils trouvèrent devant la porte Lila, Judith et la poularde pépiant à souffle perdu. Suzanne, les bras hauts, mimait à coups de hanches un coït de danseuse, toutes trois riaient et pleuraient, se contaient leur nuit prodigieuse, la rage des mâles à l'amour, leur propre fureur à jouir et l'appétit inassouvi qui leur faisait, au grand soleil, les yeux vifs, la bouche tremblante et les mains partout envolées. Elles regardaient parfois le ciel entre deux mots, entre deux rires, s'inquiétaient, mais n'en disaient rien. Elles avaient autant faim de vivre que peur de voir le jour s'enfuir. Elles ne prirent pas garde aux hommes. Ils s'en allèrent à la chapelle. La Taupe et Juliette y étaient. Ils avaient dormi là sous un tas de chasubles avec entre leurs corps une Vierge de bois que tous deux étreignaient comme des naufragés dans l'océan des songes. Ils sommeillaient encore. Chaumet les enjamba, alla se planter droit devant l'autel brisé par les fureurs rouquines, leva le front vers le Glorieux peint sur la muraille du fond.

– Je viens te voir, dit-il, pour la dernière fois. Tu as décidé, paraît-il, de nous jeter hors de ce monde. Nous t'avons sans doute fait mal, tu ne nous as pas fait grand bien, mais sache ceci, notre Père : quels que soient nos soucis, je t'aime. Mon cœur, mon corps le veulent ainsi. Ils ne peuvent faire autrement. Je ne sais rien de toi pourtant. Je ne sais même pas si tu as un visage, si tu sais entendre et parler, si parfois tu ressens de la joie, du chagrin. Qu'importe, tel que je te vois, là devant, sur ce mur moisi, avec tes yeux ovales et ta bouche muette, tes bras dévorés de salpêtre, ta robe écaillée, tes pieds nus, je trouve que tu me ressembles, et peut-être que te parlant, c'est à moi-même que je parle et c'est moi seul, là, que je vois, pauvre reflet de mes mystères. Pauvre ? Non. Humble, démuni, périssable, mais infini. Au plus haut des rêves du monde : là je suis, et toi devant moi. Alors, Seigneur, faisons la paix. Je te tends la main. Je t'invite. Aujourd'hui, c'est moi qui reçois. Tu connaîtras la vie des hommes, leurs désirs, leurs grossièretés, leurs enfantillages, leurs jeux, leurs mots en l'air et leurs chansons. Nous sommes épais mais sensibles. Toi qu'on a si souvent nourri de larmes et de supplications, nous t'offrons nos adieux au monde. Allons, je vais devant. Suis-moi.

Il tourna soudain les talons et s'en alla, tranquille et droit. Pico le suivit, hésitant, trébucha au flanc du rouquin qui se réveilla en grognant, s'en revint vivement à la haute peinture et demanda, le doigt levé :

– Dites, pourquoi ai-je guéri tant de maux dont j'ignorais tout ? Est-ce vous en moi ? Est-ce un autre ? Un ange, peut-être. Oh, Seigneur !

Il resta un instant en rêve extasié, hocha la tête, dit encore :

– C'était un ange tombé là par miracle, sur mon chemin. Oh non, je ne peux pas le croire.

Il s'éloigna d'un pas d'ivrogne, revint encore, marmonna, le front tout à coup soucieux :

– Si les anges sont de ce monde, mourront-ils demain comme nous ?

Il entendit derrière lui bâiller d'aise les réveillés. Il joignit les mains, rit un peu. Il dit enfin, les larmes aux yeux :

– Un si beau printemps, quel dommage !

Il s'en fut le long de l'allée, vit dans l'ombre le roux boucler son ceinturon et le corps maigre de Juliette disparaître sous son habit. Dehors, dans la verdure vive, Chaumet et Lila s'étreignaient, Judith parlait avec Suzanne, contre le mur, sous les oiseaux. Pico fit halte sur le seuil. La brise enfla, fraîchit d'un coup. Des nuages de giboulée traversèrent en hâte le ciel. Il serra au col son manteau, s'en alla sous les gouttes drues. La pensée lui vint du Déluge. Où était sa bible ? Oubliée dans sa chambre de Crézipas. Il en eut une épine au cœur. Sous le portail de la chapelle La Taupe se mit à chanter, à pleine voix, face à la pluie.

Sur le coup de midi les nuages s'en furent à d'autres giboulées. Le ciel débarbouillé s'essuya la figure, les oiseaux délivrés des feuillages mouillés retournèrent en piaillant à leurs courses célestes et les arbres à nouveau rieurs s'ébrouèrent en frissonnant d'aise sous le soleil ravigoté. Dans la cour du couvent, où des vapeurs de bain embaumaient la lumière, un corbeau croassa, prit son envol pesant parmi la folle avoine. Alors la porte de la salle où pétaradait un feu vif s'entrebâilla timidement, Pico risqua dehors son bout de nez pointu, huma l'odeur puissante et joviale de l'herbe et dit, la bouche arquée :

— Nom d'un nœud de chanoine anglais, voilà qu'il ne tombe plus rien.

Il en parut déconcerté autant que s'il se fût trouvé devant une éclipse soudaine en plein midi dans le désert. Il venait à l'instant d'évoquer devant tous le récit du Déluge et de convaincre l'assemblée que l'ermite apocalyptique avait sans doute entr'aperçu, bien que, certes, il n'en ait rien dit, notre bas monde submergé par une pluie de hallebardes plus têtue que le grain de quarante journées qui avait, au temps des Hébreux, détrempé trois feuillets de Bible. La preuve en était cette averse assurément annonciatrice, pour qui savait, comme lui-même, flairer les vents et contrevents, de ce qu'il osait avancer. En bref Dieu, il en était sûr, allait tomber en eau sur terre. Il fallait donc, à son avis, se hâter au déboisement et bâtir une arche nouvelle. Sa fièvre avait laissé son auditoire coi, la luette bloquée. Tous, à peine remis de la révélation, s'étaient déclarés prêts à retrousser les manches et à courir hacher le chêne et le bouleau dans la forêt profonde. Or voilà que soudain le Noé de Saint-Just à peine intronisé se voyait infliger ce camouflet public : le temps, peu convaincu par sa verve intuitive, se remettait au beau. En vérité jamais le ciel ne l'avait à ce point vexé. De fait s'il avait lu jadis un commencement d'évangile, il ne connaissait pas Villemous l'Africain, autrement dénommé le Postier de Tossou. On sait peu que ce sage aux narines épatantes écrivait sur les pierres plates que lui lançaient les ignorants les pensées qui firent sa gloire. Sur celle qui lui troua l'œil il eut avant de trépasser le temps de noter ces paroles : « Ami, crains de dramatiser. De l'esprit apeuré montent d'épais brouillards. Les vois-tu comme ils sont ? Bernique. Ton goût des tragédies les change en océan, tu t'y perds, tu t'y noies. Tu appelles un bateau. Il vient, bâti de songes, et tu te crois sauvé, et tu te vois voguant, capitaine rêveur, vers des terres nouvelles. Hélas, les brumes se dissipent, et sous le soleil revenu les enfants se bousculent et rient sur la place de ton village en te désignant aux oiseaux. Tu barbotes dans une flaque, tu rames dans l'air transparent. Un âne boit ton eau croupie en chassant de la queue les mouches. Adieu, je meurs d'un caillou blanc. » Béni soit cet homme sensible, ce furent là ses derniers mots.

La mésaventure décrite fut celle que Pico endura ce jour-là, sauf que nul n'eut le cœur de railler sa bévue. Comme il s'en revenait, humilié mais droit, à l'assemblée de l'âtre, Judith pauvrement lui sourit et lui dit qu'elle l'aimait quand même, Lila lui tapota la main et

Juliette, qui s'occupait à verser du vin dans les tasses, lui lança, la mine vaillante, cet encouragement sonore et déroutant :

– Qui donc ne fait jamais d'erreur ? Vous parlez bien, c'est l'essentiel. J'en ai encore des frissons jusque dans le creux de la cave. Allons, ne perdez pas courage. Vous êtes doué pour le beau, ne reste plus qu'à dire vrai. La prochaine fois, vous saurez.

Suzanne l'approuva d'autant plus bruyamment qu'elle s'effrayait des longs silences. Elle fut seule à juger les mots de la maigrotte accordés aux violons du jour.

– Hé, dit Chaumet impatiemment, cessons de trembler dans nos chausses à chercher ce que Dieu nous veut, quel fricot cuit dans sa cuisine, quel déluge il jette à l'évier, quel livre il écrit sur nos têtes. Il nous a donné cette terre. Qu'il nous laisse y jouer en paix le temps que nous dure la vie !

Quelques soupirs et hochements l'approuvèrent de-ci de-là, puis chacun replongea en méditation morne. Alors il quitta son fauteuil et s'en fut en grognant ausculter le ciel bleu. Sur le seuil :

– Bonjour, lui dit l'ange.

L'autre, ébloui par le beau temps, partit d'un éternuement bref semblable au jappement d'un saint-bernard content, torcha son nez d'un coup de manche, et ramenant d'un geste large son vaste manteau noir dedans il enleva l'être invisible, au passage, dans l'ombre tiède et le serra farouchement contre sa tunique de lin.

– Ouilla, dit l'ange, tu m'étouffes !

Il se débattit en riant, se hissa jusqu'à sa figure, enlaça tendrement son cou. Comme un enfant pose sa joue sur la joue râpeuse d'un père il s'accola, ferma les yeux et lui murmura dans l'oreille :

– Oh, comme il tonne sous ta peau ! Il fait un vent de tous les diables, ton cœur grince comme un bateau.

Pourquoi, dis-moi ? Oh oui, je sais, la mort, la fin des jours t'effraient. Laisse ton Dieu à ses étoiles, écoute-moi, mon grand, mon beau. Tu es plus fort que la tempête, ouvre donc la chambre secrète où demeurent les souvenirs plus vieux que ta chair et tes os. Nous sommes pétris tous les deux de même musique céleste. Écoute-la, elle vient comme un fil de soleil à travers tes nuages. Elle est ta corde de salut. Entends-tu, dis, mon jumeau lourd ? Oh, je sens que ton œil s'allume.

Une idée, en effet, venait de tomber là, juste devant le nez de Chaumet ébahi, une idée légère et fringante comme l'air sur un mont neigeux. Il se tint un instant si droit qu'il parut grand. On se tourna vers lui. Lila en eut au cœur une bouffée d'extase. Elle le trouva plus beau que le roi des chanteurs des rues dans sa royaumie de Toulouse. Il dit, rieur comme un berger découvrant un agneau nouveau :

– Comment avons-nous pu persuader nos crânes, pauvres de vous, pauvre de moi, que Dieu se souciait de nous ? Fallait-il que nous soyons fous ! Il règne sur des millions d'astres (jusqu'où va le ciel, dites-moi ?), et nous, vivants, que sommes-nous ? Poussière sur un grain de sable. Que lui importent nos misères, nos bonheurs, nos amours, nos morts ? Croit-il seulement en nos vies quand il regarde les étoiles fuir de sa main entre ses doigts comme une poignée de désert ? Peut-être a-t-il rêvé de nous, une nuit d'ivrognerie lourde dans son infini sans chemins, mais il nous a sans doute aussitôt oubliés comme les images d'un songe, à peine le jour revenu. Nous pouvons tous périr demain par saute d'humeur de la brise, par goutte d'eau sur ce gravier d'où nous regardons le soleil. Le Créateur n'en saura rien.

La Taupe, le visage pourpre et les yeux louchant de souci, leva timidement le doigt.

– Pardon de vous peser sur l'orteil, lui dit-il, mais votre prêcherie, si j'ose, me ratatine le sifflet. Moi, je crois en une présence, là-haut, je ne sais où, dans un terrier du ciel, je sens au-dessus des nuages quelqu'un qui me fait chaud partout, qui me caresse et me remue, qui me donne envie de chanter. Seigneur, comment dire ces choses ? Quelqu'un qui me fait baiser l'air quand personne ne peut me voir.

– Ne cherche pas, couillon, c'est moi, murmura sa Juliette assise devant l'âtre, le menton sur ses genoux joints et le regard perdu au feu.

Personne autour ne l'entendit. Chaumet prit le roux aux épaules.

– Moi aussi, pardi, lui dit-il dans une brume enthousiaste de postillons rafraîchissants, moi aussi je me sens un parent bienfaisant dans mes par-ci par-là, mais ce n'est pas celui que tu crois, mon tout beau, il est trop éloigné de nous !

– Qui est-ce donc ? demanda l'autre, les yeux bombés comme des œufs.

– Un Esprit, peut-être. Que sais-je ? Un vieux père défunt qui reste là, tout près, pour nous aider à vivre, un habitant de l'air qui cherche à nous parler parce qu'il a besoin, comme nous, d'amitié.

– Un ange, dit Pico, la mine émerveillée.

– Un ange ! s'écria Chaumet, joyeux comme un pilleur d'église à la porte du paradis. Crois-tu que nous soyons, nous, les bêtes, les gens, les seuls à vivre au monde ? L'Invisible, rouquin ! L'Invisible nous voit, l'Invisible est peuplé d'êtres de toutes sortes, de mauvais bougres, sûrement, mais aussi de vivants innocents, sans armure. Ils sont fragiles, ils fuient si tu les désespères, ils viennent s'ils sont désirés.

Et flairant l'odeur de fumée, autour de lui, dans l'air ombreux :

– Sens, rouquin, ils sont là présents à guetter un appel, un signe, une pensée qui les accueille, une envie de les voir chez toi, dans un creux secret de ta vie !

La Taupe marmonna, les sourcils tourmentés :

— Les anges croient en Dieu.

L'ange lové contre Chaumet partit d'un rire ensommeillé.

— Qu'importe, répondit Pico, ils sont nos seuls aides accessibles entre la terre et le plein ciel.

Il se tut, parut hésiter, eut un sourire somnambule et dit encore, l'œil lointain :

— Je crois qu'ils tiennent des auberges sur les chemins de l'Au-delà, et qu'ils accueillent les défunts, qu'ils les réchauffent, les nourrissent, qu'ils leur apprennent à vivre aussi dans ce pays sans roi, sans lune, sans soleil où il nous faudra demeurer.

— Je ne sais pas cuire la soupe pour des gens défaits de leur corps, murmura l'ange ensommeillé, mais j'aime si fort vous aimer que parfois la crainte me vient d'oublier que mon âme brûle et qu'elle vous consumerait tous si je vous l'offrais toute nue.

Il ouvrit les bras, s'étira, puis dérivant de l'un à l'autre il baisa le front du rouquin, et sa Juliette en pleine bouche, et Suzanne entre ses gros seins, traversa les yeux de Lila, l'éblouit et la fit sourire, mordit la nuque de Judith. Elle frissonna. Elle dit :

— Pico, j'ai des fourmis dans l'antichambre. Allons dénicher les oiseaux.

Suzanne se leva, et trottant à la porte :

— Je vais chez mon prieur me laver les dessous. Pourquoi donc attendre la nuit ? Eh ! Les naïeuses sont proprettes, elles se baignent aussi à midi.

Pico, poussant du bois au feu, gronda :

— Les naïades, Suzon.

— Quoi qu'il en soit, monsieur le saint, lança l'autre en virevoltant, Martin ne me voit pas la tête, il la veut coiffée jusqu'au cou, et pour le reste il fait semblant de ne pas savoir qui je suis. Oh, Seigneur, rien que d'y penser j'en ai le corps déjà parti.

Elle rit à petits cris et les mains agitées franchit le seuil en trombe.

« Les femmes sont semblables aux racines de l'arbre, et les hommes aux branches feuillues. Elles sont obscures et nourricières, ils sont fiers et désordonnés. Elles savent les secrets humides de la terre, ils connaissent l'espace et la force du vent. Les unes sont profondes et les autres sont hauts. Ils ne peuvent donc ni s'entendre, ni se quitter sans dépérir. » Ainsi parla jadis celui qu'on appela le Gland du Séculaire, car il vécut sa longue vie dans un chêne de cent ans d'âge de la forêt de Mirepoix sans jamais fréquenter ses semblables terrestres. Les propos hasardeux de cet arboricole, bien que discutables parfois, ne sont pas dénués de lumière dans l'œil. Certes, ce fou cherche la gifle à prétendre que vous et moi, sentimentaux comme nous sommes, ne pouvons pas nous accorder avec l'objet de nos désirs. Mais à deviner que les femmes ont le sens plus ferme et charnu que leurs compagnons de voyage il fait preuve, à n'en point douter, d'une subtilité de truffe digne d'un loup chasseur d'amour. En cet ultime jour du monde ce furent en effet les compagnes qui entraînèrent les conjoints à célébrer à toute force les derniers bienfaits de la vie. Qui détourna Pico de sa quête éperdue de signes extralucides ? Judith, qui le prit par le col pour le mener cueillir des fraises, palper le ventre chaud des pies, dans leur nid, sur les branches hautes, et rugir d'amour dans le bois, choses simples et plus essentielles que de se saliver le doigt et tourner des pages de bible en espérant trouver remède à ses effrois. Qui entraîna Chaumet à la lenteur aimante, à la lecture des nuages, aux rires de ventre et de cœur, aux alléluias évidents sur un lit d'herbes, au bord de l'eau ? Lila aux yeux ouverts sous le vol lent des aigles. Qui dansa nue pour que La Taupe chante, à voix rugueuse et débridée, devant les saints de la chapelle ? Juliette aux seins menus, mais sacrément vaillants. Qui enfin dans l'eau du torrent fit, sans savoir nager, la naïade frivole, malgré le piquant des embruns ? Suzanne, pour Martin bafouillant ses Pater, les yeux écarquillés et la voix pâteuse. Toutes savaient de source intime que la seule prière juste est celle qui fait rire Dieu.

Le jour s'en fut ainsi. Au soir, tous décidèrent de ne pas dormir de la nuit et de rester serrés dans la salle bien close à se raconter des histoires devant la cheminée aux flammes volubiles. On convint que chacun dirait celle qu'il aimait entre toutes. Leur vinrent des bonheurs d'enfance, des vies de vieillards nourriciers, des rêves d'avenir semblables à des récits de souvenirs lointains. On se réveilla la mémoire, on s'éblouit et l'on s'émut, puis les paroles, peu à peu, se firent lentes, murmurantes, les femmes cherchèrent un creux d'homme où poser leur tête alanguie, et malgré leur désir de ne point fermer l'œil elles laissèrent aller les paupières. Leurs compagnons, le regard flou, bercèrent un moment leur sommeil, puis le ronronnement du feu se mêlant au souffle du vent ils se débarrassèrent eux aussi de ce monde et s'en furent où l'on va quand le temps nous oublie.

Les premiers à se réveiller furent La Taupe et sa Juliette. Ils se défirent pesamment, sous les pèlerines entassées, d'un bras de Lila sur la bouche, d'un pied déchaussé de Chaumet glissé parmi leurs quatre jambes et du nez tordu de Suzanne qui leur ronflait sur les genoux, puis, l'esprit entre chien et loup, ils auscultèrent l'alentour. Il faisait dans la salle un froid d'ombre revêche et de bois consumé. Le rouquin frissonna, se dressa, s'étira, et soudain lui tomba au milieu de l'esprit comme un grain de musique au plein cœur du brouillard cette énigme de vieille enfance : « La barbe de l'ancêtre est longue, elle est passée sous le portail. Devinez de quoi je vous parle. Un, deux, trois, qui répond ? C'est moi : la lumière du matin neuf. » Il tapota Juliette au bras, lui désigna la porte obscure. Le grand jour, là, dehors, éblouissait les fentes et la ligne du seuil. Elle y courut, pieds nus, elle tira les verrous. Un flot de soleil triomphant lui bondit en pleine figure, lui prit le souffle avec les yeux, allongea son ombre fluette derrière elle, sur le dallage, éveilla au-dedans les murs et les corps aux faces fripées. Une abeille, fugacement, bourdonna près d'elle dans l'herbe et prit son envol dans l'air bleu. Le temps, apparemment, poursuivait sans souci son travail saisonnier. La maigrotte pétrifiée lança un coup d'œil au rouquin venu s'accoler à son dos, puis la main large de Chaumet s'appesantit sur son épaule, la tempe de Lila se posa sur sa joue, la coiffe de Judith effleura son oreille et Suzanne poussa sa figure ébahie entre l'embrasure et son cou. Tous restèrent un moment à contempler, béats, cette absence de fin du monde, ce jour qui ne devait pas être, bref, ce scandale de beau temps, puis Pico le dernier venu, sautillant derrière les têtes, demanda, à demi inquiet, si le ciel ne se couvrait pas.

– Oh que non, marmonna Suzanne, mais il va tomber des beignets.

Elle agita la main comme pour menacer un marmot turbulent d'une fessée sauvage, poussa Juliette de côté et s'en alla tout droit en appelant Martin. Les autres alors le cœur tout à coup débondé, pareils à des enfants au sortir de la messe s'égaillèrent dehors, traversèrent la cour, piétinèrent à grand bruit le portail abattu et s'en furent eux aussi sur le sentier ombreux qui menait au torrent, saluant les oiseaux comme des voyageurs de retour à la vie, lançant des gestes obscènes aux bêtes qui fuyaient dans les buissons froissés et raillant haute-

237

ment le prophète bigleux qui leur avait rôti le foie sur son gril apocalyptique. Cheminant sans souci de la hargne des ronces, ils ne tardèrent guère à parvenir en vue de la hutte assoupie sous les traits de soleil qui tombaient des feuillages. Ils se la désignèrent, et redoublant de rires et d'ardeur vengeresse ils firent assaut de pets de bouche et de pieds de nez à dix doigts, de sifflements pointus au ciel sans Dieu ni diable et d'appels drolatiques au visionnaire flou qu'ils supposaient enfoui sous son lit d'herbes sèches, honteux comme un pape occitan surpris dans un bordel français. Suzanne ramassa au bord de la cascade une branche mouillée, s'en vint au seuil de la cabane en retroussant sa manche droite et cria, la tête dedans :

— Demande pardon, hérétique !

Tous autour d'elle s'assemblèrent en se tiraillant le manteau et scrutèrent, le cou tendu, l'étroite pénombre puante comme un charnier de vieux putois. Paillardises et ricanements tout soudain se ratatinèrent. Martin était couché sur sa litière rousse, la bouche grande ouverte et les yeux au plafond, un chapelet entremêlé à ses doigts croisés sur son ventre. Suzanne, les mains sur les joues, gémit et tomba à genoux. Les autres à petits cris chétifs se prirent à tâtons par le col et s'agenouillèrent contre elle, serrés comme pauvres en hiver. L'ermite était bel et bien mort.

De fait, lui seul était ce monde dont il avait prédit la fin. Il était trépassé à la pointe de l'aube d'un endormissement de cœur. Or se voyant flotter, tranquille, au-dessus de son corps couché et sortir à travers le mur dans la rosée mirobolante, il s'était cru rêvant au paradis promis. Il ne s'était donc pas autrement étonné de découvrir un être inconnu du sous-bois au bord de la cascade ornée d'un arc-en-ciel. Il avait dérivé vers lui parmi les oiseaux matinaux, il avait failli traverser, emporté par l'élan et la brise un peu ivre, cet innocent vivant au corps immatériel, et s'accrochant *in extremis* au bout d'une branche de saule il l'avait salué d'un grognon :

– Qui es-tu ?

– Un ange, avait répondu l'ange.

On a beau être ermite et chrétien convaincu, ces sortes de réponses ont du mal à franchir la barre des sourcils. Maître Martin l'Arquet avait donc un moment examiné sa face, puis regardé la hutte exactement plantée à sa place ordinaire, au pied de l'amandier, écouté le chant du torrent, levé le nez vers le ciel simple où naviguait un épervier, et conclu qu'il ne dormait pas. Ce qu'il entendait et voyait n'était pas, manifestement, taillé dans le tissu évanescent des songes. L'idée avait alors germé dans son être à densité nulle qu'il pouvait bien avoir quitté ce que l'on appelait la vie. L'ange, qui percevait ses pensées cahotantes, avait souri, l'air attentif, puis il avait hoché, le regard avivé, son front aux boucles juvéniles pour l'encourager à comprendre. L'ermite avait risqué, timide, le front labouré de travers :

– Je suis peut-être un peu défunt.

– Ce n'est pas grave, avait dit l'autre en lui caressant les cheveux.

Maître Martin l'Arquet, le visage pensif, s'était alors assis sur une pierre ronde, il s'était accoudé sur ses genoux sans os, et contemplant une fourmi qui escaladait un brin d'herbe entre ses pieds inconsistants il avait laissé choir ces mots :

– Certes non, c'est le sort commun. Mais je me sens humilié comme une page d'évangile souillée par le crottin d'un âne du Poitou.

Sa dramatique métaphore s'était noyée dans un sanglot, sa tête avait dodeliné, et comme lui venaient tout à coup du lointain les rires et les éclats de voix des sept rescapés de l'angoisse :

– Écoutez donc comme ils se moquent. Hélas !
J'avais prédit la fin des almanachs, le fracas du soleil,
la fanfare fatale. Or il ne tonne même pas. Me voilà la
risée de tous, et moi qui avais espéré, certaines nuits
d'ivresse pieuse, laisser aux clercs pyrénéens le souvenir d'un saint tenté par les naïades, souffreteux, certes,
mais vaillant, je crains fort de finir en sobriquet rural.
D'un jobastre on dira : « C'est un Martin l'Arquet. »
Après onze ans de jeûne et plus de cent visions sans le
moindre défaut, avouez, c'est cruel.

– Regarde, avait dit l'ange.

On priait et pleurait autour de la cabane. On sortait
sur le seuil, on appelait Marie, Joseph et leur Jésus, on
exigeait du Ciel des explications claires, on se nouait
les doigts, on se les défaisait pour se chercher le cœur,
on se mordait la coiffe, et l'on s'en revenait à la carcasse inerte, on gémissait son nom, on n'y voulait pas
croire, on lui palpait le front, on lui tâtait le pouls, on
lui chauffait les pieds, on craignait qu'il ait froid ou
qu'il souffre de fièvre, on l'estimait soudain comme un
père hors de prix, on se vantait enfin d'avoir été nourri,
dès le premier regard, par la sérénité qui lui faisait
l'aura comme une fumée rose, bref chacun se cognait
comme abeille au carreau contre l'invisible fenêtre qui
sépare l'ici de l'Au-delà voisin.

– Il savait, sanglota Suzanne. Oh, il avait l'œil, le
filou. C'est sa fin qu'il nous a prédite, et nous n'avons
pas su comprendre (priez pour nous, pauvres pécheurs)
qu'il était un monde mourant. Que dis-je, un monde ?
Un univers ! Dieu était dans sa vie comme un frère
d'armée. A la messe, devant le monde, ils se faisaient
des courtoisies, mais à peine rendus chez nous ils se
partageaient le vin chaud, ils se disputaient les étoiles.
Les brigands ! Il fallait les voir, toujours à me faire
enrager, à philosopher dans ma soupe, à me prêcher

dans le gigot. Pleure, Juliette. Là, c'est bien. Pas trop, tu mouilles ton corsage. Ne va pas risquer la fluxion, nous avons assez d'un malheur. Judith, avez-vous entendu ? Jésus, Marie, Lila, miracle ! Il a pété. Je vous assure. Non ? Misère, alors c'est moi, mon souffle au cœur. Oh, trop discret, trop saint, trop pur, il a voulu mourir seulet. Heureusement, Seigneur, il m'a vue toute nue. Peut-être est-il parti avec ma bienfaisance. C'est mieux que rien. C'est consolant.

On dit aussi parfois de ces futilités dans les drames apocalyptiques. Elles sont le miel de la détresse, l'éclaircie brève entre deux pluies. Elles sèchent la larme de trop qui ferait déborder le vase. Celle-là fit rougir Martin. Sous les branches mouvantes où il était assis il remua la tête et gronda, tout rogneux :

– Elle pépie, elle piaille, elle bavarde. Elle saoulerait un concile de sourds. Au chevet d'un défunt chrétien, d'ordinaire, chez les gens simples, on prie, on dit des patenôtres, on se trempe un moment le nez dans l'Ecclésiaste, on se retient d'éternuer, on se mouche discrètement, on fait au moins semblant de méditer un brin sur les vanités de ce monde. Elle, non. Il faut qu'elle jacasse. Il faut que madame Suzon raconte au monde et ses banlieues qu'elle s'est baignée sous la cascade, que j'ai peut-être vu quelques tétons mouillés traverser mes Pater, et patin, et couffin, comme si la nouvelle était illuminante au point de remettre à l'endroit la culotte de Dagobert. De fait, croyant me plaire, elle a couci-couça flagadé du nombril à la mode andalouse avant de trébucher sur les galets du fond et de s'effondrer dans l'écume. Ce fut si décevant que j'ai tout oublié.

L'ange à côté de lui soupira, l'air pensif, puis il dit aux oiseaux :

– J'aimerais éprouver ce qu'un homme ressent quand il voit une femme nue, et la respire, et la caresse.

Il prit l'ermite par l'épaule, posa sa tête au creux du cou. Martin, soudain gêné, s'écarta d'une fesse et toussa dans ses doigts. L'autre baisa sa joue, murmura :

– Tu sens bon.

– Oh, je sais bien que non, ricana le défunt à nouveau rougissant.

Sous l'arbre où bougeait à leurs pieds un rayon de soleil oblique ils restèrent un moment à s'observer l'un l'autre, à contempler rêveusement au seuil de la hutte du mort l'affairement des endeuillés, puis l'ange murmura :

– Je connais cette odeur. Tu sens l'encens, Martin.

Il flaira l'air autour de lui.

– L'encens, l'humus, et le désir. Le désir, voilà la merveille, ciel et terre ensemble accolés, chaleur d'enfer au paradis ! J'aimerais moi aussi connaître cet embrasement prodigieux qui t'a pris le corps et l'esprit quand Suzanne s'est dévêtue, quand ses seins ont bondi dehors. Comme votre dieu bas vous aime pour vous faire jouir ainsi !

– Pardon, lui répondit Martin, tout à coup droitement raidi, il y a erreur sur le dévot. Je suis, moi, de la haute Église, point de celle dont vous parlez. Holà, quel air me chantez-vous ? Je me suis échiné, de l'enfance au tombeau, à servir l'Esprit-Saint, le pur, le seul qui vaille, à m'affiner la viande, à me poncer les sens, à m'arracher vivant à la tourbe charnue, et vous me demandez, ce jour même où j'atteins la divine hauteur, d'exalter le cloaque ? Allons, j'ai deviné. Vous voulez éprouver la force de ma foi.

L'ange eut un rire bref, surpris, tant innocent que Martin l'Arquet, circonspect, s'aventura cahin-caha à se réjouir la moustache. Il désigna son corps que l'on tirait dans l'herbe. Il grogna, à nouveau boudeur :

– Ce qui vous fait envie est là, dans ce cadavre. Si vous ne craignez pas la compagnie des vers, allez donc l'y chercher.

242

Il s'appuya sur les genoux et se dressa si vivement qu'il en décolla de son herbe.

– Assez discutaillé, dit-il. Puisque vous êtes, je suppose, le messager que Dieu m'envoie, menez-moi maintenant au Jugement dernier.

Il se lissa le poil, fit mine d'ordonner çà et là ses haillons, par souci de mise correcte, et attendit, l'air noble, un signe de départ. Son compagnon haussa ses épaules légères, et souriant à l'évidence :

– Il n'y a pas de juge ici-haut. Ni punition, ni récompense. Que tu sois ermite ou voleur, franchement, dans l'air où nous sommes, on s'en soucie comme d'un rot de mouche. La vie continue, voilà tout, libre de toi comme de Dieu.

Maître Martin l'Arquet reçut l'information comme une foudre en pleine face. Il allongea le cou. Les yeux hallucinés, la bouche grande ouverte, il voulut questionner, ne put, retomba sur son caillou rond et se prit à deux mains le front. Quoi ! Tout ce mal pour rien ? Tant de prières, tant de doutes, d'espoirs et de macérations pour la gloire d'un Dieu pire qu'indifférent, inaccessible, inconnaissable, bref plus absent qu'un roi de France dans la main d'un mendiant persan ? Un ouragan soudain ravagea ses broussailles. Il s'y vit égaré comme un Petit Poucet dans la furie des branches. Il en eut un sursaut de rage. Il s'entendit hurler un cri d'enfant perdu. A peine proférée sa plainte lui parut aussi vaine que théâtrale. Après tout, tel qu'il se voyait, il n'était pas si mal loti. Il se sentait plutôt pimpant, sans plus de quintes bronchiteuses ni de rhumatismes aux genoux. Pourtant il enrageait encore. Il avait envie de gémir, de se cogner du poing le front. L'ange lui vint devant, s'assit sur les talons, prit ses mains, les serra.

– Martin, dit-il, regarde-moi. La mort tue moins qu'elle ne le croit. C'est vrai, mille fois vrai pour ces

243

gens qui te gardent plus vivant que tu ne le fus. C'est plus encore vrai pour toi. La pudeur, le souci, la folie bienheureuse, la honte et le désir, la soif de vivre enfin, tout cela, Dieu merci, est là, dans ton air sombre et dans ton œil qui luit. Tu as passé ta vie à morfondre tes sens. Pourquoi, Martin, pourquoi ? Tout au long de ces nuits où tu les tourmentais, que te demandaient-ils ? Un regard d'amitié, une aimable pensée, un rien de connivence, un grain de liberté, ce qu'il faut aux vivants pour ne pas trop souffrir. Que craignais-tu ? Qu'ils te dévorent ? Seigneur, si tu savais comme tu leur fais peur ! Ces désirs que tu crois des monstres n'ont jamais eu faim que d'amour, comme toi, comme moi, comme Suzanne aussi, et Pico, et Lila, comme tous les êtres du monde.

Maître Martin l'Arquet resta un long moment à contempler ses pieds. Lui vint dans sa brume pensive une rumeur de voix, de pleurs, de coups de pioche en terre grasse, de cailloux sonnants sous le fer, de froissements dans les hauteurs feuillues. Il soupira, désabusé. Puisqu'en Haut Lieu, décidément, la mode était à l'abandon, autant qu'il s'abandonne aussi. L'appel d'un loup, au loin, l'émut infiniment. Il releva le front. Ses yeux sourirent à l'ange attentif devant lui. Il regarda son corps qu'on portait à la fosse où La Taupe et Chaumet ahanaient, torse nu, à pelleter la glaise. Il dit :

– J'ai quelquefois rêvé d'un heureux paradis où l'esprit et la chair iraient à la prière et au bordel ensemble, unis comme l'ongle et le doigt.

L'ange s'illumina.

– Bienvenue, lui dit-il.

Il se dressa d'un bond et lui tendit la main. Ils allèrent à l'enterrement.

La croix plantée, l'oraison dite, on s'épousseta les genoux et l'on s'en fut à la cascade se laver les pleurs et le corps. Revinrent peu à peu dans les barbotements les

244

paroles de la vie simple. Lila trouva l'eau froide. Elle agita les mains, renoua ses cordons, puis frottant les bras de Suzanne elle lui demanda, les dents bourdonnantes, comment elle avait pu s'y baigner toute nue, la nuit passée, devant l'ermite.

– Je suis comme les oies, les gouttes me caressent, répondit-elle en grelottant. Et puis danser réchauffe, et je ne parle pas de ce pauvre Martin qui me flambait devant. J'étais comme en été dans une lessiveuse. Jésus, Marie, je m'y revois.

Elle en eut un regain de larmes. Il dura le temps d'un hoquet. Chaumet se battit les biceps. Il dit :

– J'ai une faim de loup.

La Taupe gronda :

– Moi aussi.

Il renchérit d'un grognement. Ils suivirent Pico qui remontait la sente, l'enjambée lourde et le front bas. Les femmes derrière eux rajustant leur chemise s'attardèrent dans le sous-bois.

– Et moi qui n'ai rien préparé ! pleurnicha Suzon, les mains jointes. Qu'avons-nous au garde-manger ? Des choux, des oignons, quelques raves. Oh, une soupe suffira. Pour moi, une cuillerée pâle. Seigneur, je ne pourrai pas plus.

L'une l'autre s'aidant elles s'ôtèrent des pailles sur les jupons froissés.

– Autant y mettre du jambon, gémit Judith. Avec du beurre. Ce n'est rien, puisque nous l'avons.

Lila risqua, trottant près d'elle :

– Je ferai réchauffer le pain. Il faut aussi finir les pommes, il y en a beaucoup de gâtées.

– Un grand saladier de compote, couina Suzanne, c'est léger. Juliette, tu feras des crêpes. Pour un deuil, c'est approprié.

La maigrotte approuva d'un coup de tête bref. Elle dit, la mine taciturne :

– Quand on revient de funérailles, il faut manger lourd et charnu.

– Et boire sec, glapit Judith. C'est ce que disait la sorcière, la sœur de ma mère, ma tante. Elle ne s'est jamais mariée. Notez bien, elle avait ses frasques.

– Du bon vin, nous n'en manquons pas, la cave des moines en est pleine, dit Suzanne, rassérénée.

Et la voix presque claironnante :

– De fait, nous ne manquons de rien. Sauf de Martin, hélas, misère !

Elle fit halte pour se moucher. Lila lui prit un bras et déposa sa joue sur son épaule ronde. Judith aussi, sur l'autre bord. Comme Juliette derrière elle lui trébuchait sur les talons, elle se reprit à pleurnicher, à dodeliner de la tête.

– Mon pauvre homme, qu'il était laid ! Moitié moins épais que le Christ entre ses deux larrons en foire. Un torse tout en poils follets, des côtelettes de famine, un nombril en figue séchée, des cuisses de héron à la fin du carême. Un épouvantail à moineaux. Mais là où je ne peux pas dire, mes poulettes, je ne dis pas. Un perchoir à faucons pour envol au septième. La flèche. On ne plaisante plus.

– Les mystiques ont souvent la fiole d'eau-de-vie aussi raide que l'argument, dit Judith, l'œil à demi clos. Pico, par exemple, c'est net.

– Vous ne connaissez pas La Taupe, dit Juliette en ouvrant les bras. Lui debout, moi plantée, sans me tenir je tiens.

Lila rougit. Elle murmura :

– Chaumet est lent comme un dimanche. J'aime comme il me fait mourir.

– Oh, ce n'est pas pour me vanter, reprit Suzon, la mine haute, mais à la pique de Martin j'aurais pu, si j'avais voulu, me pendre d'une seule main comme un singe à sa branche d'arbre. D'ailleurs, Seigneur, j'y pends encore. Je ne peux pas m'en revenir.

Sa jérémiade s'épuisa en gémissement de mourante. Elle éparpilla d'un doigt vif ses pleurs à sa droite et sa gauche et se reprit à cheminer.

– Je croyais les femmes pudiques, dit Martin parmi les oiseaux.

Il serra ses haillons brumeux sur son bas-ventre transparent. Il ajouta, l'œil égaré :

– Entendez-vous comme elles se parlent ? Oh, les louves ! Oh, les bêtes brutes ! Elles m'excitent autant qu'elles m'effraient !

L'ange cabriola dans l'air éblouissant, s'en alla traverser Suzanne, revint à l'ermite effaré, le prit par le bout de sa barbe comme un âne par le licou et l'entraîna vers le couvent.

Pico, Chaumet et le rouquin avec leurs compagnes vaillantes travaillèrent quatre semaines à raviver les murs moisis, à menuiser et charpenter, à fourbir et rafistoler, à lessiver, torcher, recoudre, puis La Taupe et Juliette, un matin doux et gris, descendirent au village. Ils en revinrent au soir avec dix-huit moutons, une vache, un taureau, un âne et son ânesse, un poulailler dans l'œuf et des nouvelles fraîches. Crézipas, bravement, se rhabillait de neuf. Chabaud le Gog avait changé de monture et de vêtement. Il arborait partout l'élégante hauteur d'un satrape oriental aux doigts ornés de bagues. Quatre femmes aux seins métalliques portaient désormais par les rues son fauteuil et son parasol. Le frère colossal avait été nommé ministre des boutiques. On en bâtissait de nouvelles jusque dans les anciens labours. On avait éloigné aux lisières des bois ce qui restait de pauvres gens dépourvus de bosse marchande après qu'on les eut occupés à construire devant l'église un époustouflant monument : le mausolée de saint Pico. Une effigie de veau en armure dorée, symbole de saine richesse et de noble ruralité, avait été gravée au fronton du tombeau. Qui gisait là-dedans ? Personne. Le nain avait partout répandu la rumeur que le bienheureux guérisseur s'était élevé dans le ciel après sa mort sous les gravats dégringolés de la montagne et n'avait ici-bas laissé que son vénérable manteau. On avait brandi la pelisse qu'en effet Pico revêtait les jours de prêche sous la pluie et qu'il avait avec sa bible oublié sur un tabouret du presbytère abandonné. La puissante relique avait en grande pompe été cadenassée dans un coffre de fer ouvragé par le forgeron rescapé de la pendaison, après quoi on avait clamé aux vents passants dans la vallée que le valeureux vêtement avait guéri, le jour de Pâques, trois stérilités féminines et une danse de Saint-Guy. Le flot des pèlerins, un instant amaigri, en avait repris des couleurs, d'autant qu'on avait recruté, pour égayer le bordel neuf, des joueuses de castagnettes et des houris de Gibraltar.

Les pieds au bord de l'âtre ils écoutèrent tous le récit du rouquin avec une attention indulgente et distraite. Ils n'avaient plus guère de goût pour les manigances du monde. Lila s'endormit par à-coups en caressant son ventre rond, Judith, le nez sur ses aiguilles, compta et recompta les points d'un tricot d'enfant à venir, Pico sourit béatement de se découvrir légendaire, Chaumet pesta contre les bûches qui lui pétaient sur les orteils, Suzanne demanda qui voulait de l'anis, qui préférait du thym, et la vieille Félicité démêla les poils de sa chèvre en lui chantonnant des berceuses. Quand La Taupe se tut elle conclut posément :

– Dieu les garde chez eux et nous tienne à l'abri. La bique a besoin de pisser. Bonne nuit les hommes, les femmes. Baisez-vous bien, je prie pour vous.

Elle s'en fut à travers la cour en bottant le train des

moutons qui encombraient le clair de lune. Chaumet alla fermer la porte, et revenant auprès du feu :

– Demain nous bâtirons l'enclos. Il faut aussi penser à loger nos deux ânes, la vache et le taureau.

– Dans la chapelle, dit Judith.

Lila bâilla. Elle demanda :

– Où baptiserons-nous nos deux petits qui viennent ?

– Il y a, sous le chœur, une crypte, dit Pico. Je l'ai visitée. Au milieu est un puits apparemment sans fond. Nous y puiserons l'eau qu'il faut.

Ils se turent un moment, puis Judith murmura :

– Nous avons un couvent sans moines, sans église, un torrent à naïades, un bois plein de peurs bleues, un garde-manger plein, de grands lits amoureux. Nous pouvons jouir de la vie, puisque le monde nous croit morts.

Les femmes rirent à petits bruits puis allumèrent les chandelles, et jouant à ne pas vouloir entraînèrent leurs compagnons aux communions des oreillers.

12

A la Saint-Nicolas d'automne vers la fin de l'après-midi Lila prit à deux mains son ventre et le porta en hâte au lit. Pico, Chaumet et le rouquin fendaient du bois dans la forêt. Judith, sous le vent gris qui défeuillait les branches, courut les prévenir que l'enfant était mûr et qu'il allait tomber de l'arbre. Ils en oublièrent les haches dans un tronc de vieux noisetier. Ils dévalèrent les talus, moitié debout, moitié de cul, s'engouffrèrent dans le couvent, semèrent de la boue partout sur les dallages et s'en vinrent au seuil de la chambre, le chapeau bas, inquiets, patauds comme des ours à Bethléem. Les femmes à petits cris pointus les poussèrent dans le couloir, leur fermèrent la porte au nez et retournèrent en pépiant à leurs voluptés de matrones et leurs affairements sacrés. Alors autour de la maison les nuages passants s'émurent. La bourrasque vint aux nouvelles à grands fracas inconséquents. Les volets tremblotants lui dirent que la mère était à l'ouvrage, que l'enfant ne tarderait pas, qu'il s'éveillait, qu'il se frottait les yeux, qu'il craignait le froid du dehors mais que l'ange était près de lui et qu'il le gonflait de courage. Le jour s'en fut sous les nuées. Le vent un moment s'apaisa. On entendit battre son cœur, lourdement, contre la muraille, puis il se remit, impatient, à secouer les boiseries. La maison lui dit que les femmes chauffaient l'eau et les linges blancs, qu'elles brûlaient des fleurs de fenouil dans la cheminée de la chambre, que Juliette rongeait ses doigts, que Judith disait des sottises pour distraire la compagnie, que Suzanne appliquait des serviettes mouillées sur le front de Lila, que toutes trois veillaient, et pour tromper le temps parlaient à mots menus de chagrins minuscules, d'un bouton sur la joue, d'un cordon dénoué, des secrets de leurs hommes. Judith se mit à son tricot, Suzanne somnola dans ses Ave Maria et la maigrotte à petits coups arracha les poils de ses jambes. Ainsi vint peu à peu minuit. Alors soudain Lila, les yeux grands, haleta, et s'empoignant les flancs elle se mit à brailler que Dieu lui faisait mal. Son hurlement fut tel que le vent s'effraya et s'en fut prier dans les arbres. Les femmes troussèrent leurs manches, elles accoururent au pied du lit, et sévères autant qu'attentives, sans plus de souci ni de Dieu, ni du diable, ni d'elles-mêmes, le mot bref, le geste précis comme à leur travail de cuisine elles sortirent le nouveau-né de sa grotte préhistorique. Judith gluante jusqu'aux coudes l'offrit au ciel comme un Graal, lui baisa l'une et l'autre fesse puis elle ficela son nombril, et titillant le sifflet mâle annonça *urbi et orbi* qu'il était fermement couillu. Toutes voulurent le toucher. L'enfant couina, les poings rogneux, et leur pissa un arc de cercle. Elles l'approuvèrent, enthousiastes, elles se répandirent en extases, minauderies, petits baisers, le plongèrent dans la bassine et l'emmaillotèrent à six mains. Elles le couchèrent enfin sur le sein de sa mère, puis courant le long du couloir en bousculade volubile elles s'en furent à la grande salle annoncer aux hommes épuisés par les alcools fortifiants que leur nouveau prince était né.

Dans la chambre l'enfant dormait. L'ange vint près de lui, pencha son front bouclé, effleura des lèvres sa joue et lui demanda :

– Qui es-tu ?

L'autre en rêve lui répondit qu'il ne laissait jamais d'empreinte derrière ses corps passagers, qu'il ne se souvenait de rien sauf de vivre et de vivre encore pour accomplir ce qu'il devait.

– Que dois-tu donc ? murmura l'ange.

Il tendit l'oreille à son souffle. Du sommeil lui vinrent ces mots :

– Pour l'instant, attendre quelqu'un. Une fille viendra bientôt dans cette famille où je nais. Nous serons ensemble un seul être.

– Il veut dire qu'ils s'aimeront, souffla Martin, l'œil allumé, en caressant tout doux le crâne duveteux sur l'épaule de l'accouchée.

L'enfant gémit et remua, agrippa un doigt de sa mère. Il ronchonna dans un soupir :

– Le poilu parle sans mémoire. D'ordinaire il est plus savant.

L'ange se redressa. Il contempla longtemps le visage endormi et parut peu à peu pris d'angoisse espérante. Il regarda Martin, à nouveau se pencha comme sur un Jésus qu'il n'osait plus toucher. Il dit à voix pressante et pourtant retenue :

– Qui t'a conduit jusqu'à ce lit ?

– Et toi, lui demanda le nourrisson fripé, qui t'a poussé parmi ces gens ?

– Le hasard. Que sais-je ? Le vent.

– Crois-tu donc à ces pauvres choses ? répondit la voix du sommeil.

L'ange, déconcerté, murmura :

– Pas vraiment.

– Qu'avez-vous ? dit Martin l'Arquet. Je vous vois pâle, soucieux.

– Oh, ce n'est rien, répondit l'autre en chassant une mouche absente au-dessus de son front bouclé, un éblouissement, voilà tout, un vertige.

Son regard se perdit dans la pénombre tiède. Il parut écouter au loin la rumeur apaisée des arbres. Il sourit vaguement. Il dit :

— Seigneur, quel aveugle je suis ! Comme les humains ont leurs anges, les anges ont leurs guides secrets. Je me croyais joueur, insouciant et libre, tombé sur un toit de village par caprice de giboulée, un jour de printemps turbulent, alors qu'en vérité quelqu'un (qui est-il donc ?) me déposait tout étourdi dans le vaste atelier du monde où m'attendait l'heureux devoir de mener quelques bonnes gens sur le chemin de cette chambre où cet enfant nous est venu.

— Est-il donc envoyé de Dieu ? bafouilla vivement Martin, les doigts croisés sous le menton.

Tous deux ensemble examinèrent le visage du nourrisson.

— Qui t'a poussé chez nous ? dit l'ange. Et moi-même, petit, qui m'a conduit vers toi ?

L'autre grogna :

— Comment savoir ? Une force, un souffle vivant, une ombre douée de désir.

— Apprends-nous au moins pour quelle œuvre tu es venu là, parmi nous, cria l'ermite, exaspéré.

L'enfant lança une ruade, poussa un hurlement brutal. Lila se dénuda un sein, tendit le téton à sa bouche. Il écrasa son nez dessus, puis le happa voracement, téta trois coups, se rendormit.

— Mon loupiot, mon Jésus, dit-elle, mon enfantelet, mon souci, j'entends ton père qui s'en vient, écoute, c'est son bruit de bottes, n'aie pas peur, c'est sa voix, il rit.

La porte fut si grande ouverte qu'elle rebondit contre le mur. Chaumet entra, les bras ouverts, avec les femmes débordantes et les hommes aux rires craintifs.

Quatre mois pleins après ce jour Judith mit au monde sa fille au beau milieu de la chapelle, sur un lit de foin odorant. Elle s'y trouvait seule occupée à traire le lait de la vache quand elle sentit soudain son ventre lui dégringoler des jupons. Elle appela Pico. Il vint, reçut dans ses mains malhabiles le têtard de partout glissant, ne sut qu'en faire, s'affola. Il appela les femmes. Elles vinrent, et Lila appela Chaumet, et la maigrotte son rouquin, et Suzanne maître Martin qu'elle supposait auprès de Dieu et donc probablement instruit dans l'art d'accoucher à l'étable. Tous accoururent en grand désordre, lavèrent l'enfant dans le lait, lui offrirent écharpe et manteau, s'agenouillèrent enfin autour des cris hargneux que poussait la merveille neuve dans les hardes qui la couvraient. On porta comme des reliques la mère et l'enfant dans leur chambre. On alluma le feu, on brûla de l'encens, on s'en fut déboucher le flacon d'eau-de-vie.

— Bonjour, dit l'ange au bord du lit.

— Mes boulards, mon brandon, mon fifre ! rugit dans la poitrine étroite la voix du boulanger défunt. Ne me regardez pas, j'ai honte. Une fille, moi, sacrebleu !

L'enfant rogna. Judith sourit.

— Elle a le coffre de sa mère, dit-elle en tapotant son cul.

— Et la truffe de l'oncle Henri, ajouta Pico trop ému pour entendre sa propre bouche dégoiser ses nigau-deries.

Martin l'Arquet, anxieux, se pencha sur sa bouche. Il murmura :

— As-tu des nouvelles de Dieu ?

— J'ai entendu comme une voix d'une épouvantable bonté, lui répondit le boulanger. Je dormais. Elle était énorme. Elle m'a réveillé en sursaut.

— Qu'a-t-elle dit ? demanda l'ange.

— Elle n'a pas clairement parlé. Une bouffée de vent douée de sentiment, voilà ce qu'elle était. Elle m'a fait peur et rire aussi, comme me faisait peur et rire notre maître Martin, le dimanche, à l'église. Quand il tonnait, les bras au ciel, ses guenilles s'entrebâillaient, et tandis qu'il tirait le bon Dieu par les pieds on voyait son dard et ses couilles qui remuaient, qui faisaient « oui ».

— Il divague, gronda Martin. Le jean-foutre, il fuit du tonneau. Nous ne tirerons rien de lui que du vinaigre ésotérique.

La petite aux yeux clos frémit et soupira. Judith la hissa sur son ventre, baisota son crâne et son front, lui chantonna une berceuse en patois de Ramonicheux. Les grognements sourds de Firmin dans le corps de l'enfan-telette s'amenuisèrent, s'éteignirent. Une voix vint et gazouilla, comme une musique de source :

— Parfois, au petit jour, entre veille et sommeil, des paroles vous tombent, on ne peut dire d'où, de l'aube, de la nuit, d'un rêve.

Le poing errant dans l'air ombreux elle chercha l'oreille de l'ange, et l'attirant contre sa joue :

— Ce grand vent qui m'a réveillée m'a laissé en tête une énigme, ou peut-être un brin de chanson autrefois connue, oubliée. « De la lumière ou du fumier, qui fait le parfum de la rose ? Cherchez à deux, trouvez à deux, et vous serez le pain nouveau. »

— Quelqu'un t'attend, répondit l'ange. Il est né dans ce même lieu peu de temps avant ta venue. Vous voici enfin retrouvés. Je suis celui qui vous aimante, qui vous conduit de vie en vie. Je me croyais là par hasard. De fait, je suis votre lanterne. Je le sais. Je l'ai toujours su.

Il rit un peu. Ses yeux s'éblouirent de larmes.

— Je l'avais oublié. Lui et toi, ensemble, homme et femme, vous êtes ce couple sacré que le grand vent noir nous envoie à chaque souffle de sa bouche. Un jour, comme Jésus le fut, vous serez semeurs de miracles. Vous êtes venus, revenus, vous viendrez et vous revien-drez dans les villes, dans les auberges, dans les bordels et les couvents autant de fois qu'il le faudra avec vos questions, vos énigmes, votre envie d'apprendre à deux voix la musique du cœur du monde. Aussi longtemps qu'il le faudra je veillerai sur vos voyages. Un jour le grand vent vous dira : « Maintenant vous savez. Maintenant vous pouvez. » Et vous serez le pain de vie. Quand viendra cette aube des aubes ? Que nous importe, bien-aimés. Notre patience est infinie. Dors maintenant, enfant. Je veille.

Il prit l'ermite par l'épaule. Ensemble ils s'en furent dehors où Suzanne étendait des draps sur la folle avoine courbée.

– Sais-tu ce que tu dois, Martin ?

– Oui, moi aussi je me souviens, répondit l'autre, tête basse. Leur apprendre le haut, le bas, la droite ligne et le travers, leur redire ce qu'ils ont su, trouver l'abri avant l'orage, faire le pitre et le savant. Tandis que je vous écoutais me revenaient nos existences. Je n'en croyais pas ma mémoire. Moi, Martin, surnommé l'Arquet, curé de Crézipas-le-Vieux, serviteur de ces deux qui vont, de corps en corps, vers une vie de Christ à la figure double, enfin délivré de sa croix ! Permettez que j'en rie d'amour avant d'en pleurer de souci.

Comme ils allaient parmi le linge qui séchait dans la vaste cour il fit halte, se prit le nez.

– Pourquoi me suis-je trouvé seul dans cette carcasse de prêtre, et la petiote dans Firmin ?

L'ange haussa une épaule. Il dit :

– Tu te reposais. Elle aussi. Vous avez un instant dormi dans des corps accueillants et simples. Vous étiez comme deux vivants qui font halte dans une auberge.

Suzanne, son travail fini, s'en fut trottant à la cascade. Martin poussa son compagnon d'un coup de coude émoustillé. Ils y furent avant qu'elle n'arrive, et commodément installés au bord du soleil ruisselant ils attendirent la naïade.

Les enfants furent baptisés à la lisière du printemps. Comme les mères et leurs compagnes dans leur appétit amoureux de ventres doux et cuisses tendres leur babillaient jusqu'à plus soif des « Jésus je te mangerai », l'idée plaisante vint à Pico et Chaumet de ne point quitter la famille et de les prénommer, sans autrement fouiller le registre des saints, l'un Joseph et l'autre Marie. Cela fit glousser tout le monde et n'importa guère aux enfants qui furent bientôt affublés, par La Taupe qui les aimait autant que père et mère ensemble, de sobriquets animaliers. Joseph, vif et noiraud, fut appelé le Loup, et Marie aux yeux ronds la Chouette. Trois nuits après l'événement, dans un fracas de lit tombé en petit bois, Martin l'Arquet prit logement dans le ventre de la maigrotte.

L'intraitable Justine B., qui me conta l'étrange vie de ces errants insouciants, me laissa sur ces derniers mots sans vouloir parler davantage. Comme mon regard fixe et probablement sot espérait de sa bouche un commentaire clair, elle posa la main sur la mienne et me fit un vague clin d'œil. J'osai lui avouer que je comprenais mal qui étaient ces deux nouveau-nés. Elle était au bout de sa vie. J'étais assis à son chevet, dans sa chambre aux volets croisés. Je redoutais de l'épuiser à la harceler de questions, mais plus encore je tremblais de la voir quitter ce bas-monde avant qu'elle n'eût, d'un mot précis, éclairé mon humble lanterne. Je lui fis boire patiemment sa tisane de fleurs de thym, j'essuyai les coins de ses lèvres et la priai de préciser ce qui me paraissait confus Elle saisit alors mon poignet et me demanda tout de go, avec la hargne douloureuse d'une institutrice offensée, si je la supposais fantasque au point de gaspiller son temps à me rapporter en détail la tourneboulante aventure de quelques vivants hasardeux pour le discutable plaisir d'une faribole gratuite, fût-elle parfumée à l'essence angélique. Je me récriai. Je lui affirmai que j'avais goûté la profondeur de son récit, bien qu'il m'eût quelquefois paru déconcertant. Mes paroles lui plurent. Elle renouvela son clin d'œil, dressa l'index devant son nez et me dit qu'un secret gisait dans son histoire. J'attendis qu'elle me le confie. Elle lissa le drap blanc sur le bord de son lit et poursuivit ainsi :

– On croit communément que le Sauveur promis à notre humanité ne peut être qu'un homme ou, à la rigueur, une femme. On s'imagine aussi qu'il nous viendra un jour de sa maison céleste, tombé là parmi nous, frais émoulu de Dieu, comme une ondée d'avril. Balivernes, mon fils ! L'Être est un couple, sache-le. Depuis le fond des temps il vient, goûte la vie, s'en retourne à sa source et s'en revient encore. Il attend que les gens soient assez affamés pour faire devant lui comme font les enfants, fermer les yeux, ouvrir grande la bouche. Alors ils seront tous nourris, par ces deux-là qui ne font qu'un, tous comblés de bontés divines et d'évidences époustouflées. Je t'ai conté les circonstances de leurs retrouvailles ici-bas sur l'un de leurs chemins sans nombre. Il en fut d'autres avant, il en est d'autres après. Qu'importe, ces amants sont en tous temps semblables. Laisse-moi mourir maintenant.

Je voulus encore savoir s'ils se nommaient en toute vie comme on les avait baptisés, et s'ils avaient été, avant de prendre corps dans Judith et Lila, les Joseph et Marie de l'Église de Rome. Elle me grogna qu'elle l'ignorait, et que c'était bien là, par tous les trous du diable, une foutue question de gymnaste mental. Elle proféra ces mots avec un tel mépris que je baissai la tête et ne pus pousser plus avant.

Elle mourut au soir de ce jour. A l'instant de rendre son âme, après qu'elle eut chassé en deux gnons dans les yeux les pleurnicheries familiales qui lui enrhumaient l'oreiller, j'osai lui demander si Joseph et Marie, ou la Chouette et le Loup, étaient, en d'autres corps, aujourd'hui de ce monde. Elle répondit :

– Évidemment.

Le mot fut dévidé dans un souffle parfait. Il n'en fallait pas d'autre. Elle trépassa dessus.

DU MÊME AUTEUR

Démons et merveilles de la science-fiction
essai
Julliard, 1974

Départements et territoires d'outre-mort
nouvelles
Julliard, 1977
Seuil, « Points », n° P732

Souvenirs invivables
poèmes
Ipomée, 1977

Le Grand Partir
Grand prix de l'Humour noir
roman
Seuil, 1978,
et « Points », n° P525

L'Arbre à soleils
légendes
Seuil, 1979,
et « Points », n° P304

Le Trouveur de feu
roman
Seuil, 1980,
et «.Points Roman », n° R695

Bélibaste
roman
Seuil, 1982
et « Points », n° P306

L'Inquisiteur
roman
Seuil, 1984,
et « Points », n° P66

Le Fils de l'ogre
roman
Seuil, 1986
et « Points », n° P385

L'Arbre aux trésors
légendes
Seuil, 1987,
et « Points », n° P361

L'Homme à la vie inexplicable
roman
Seuil, 1989,
et « Points », n° P305

La Chanson de la croisade albigeoise
(traduction)
Le Livre de poche, « Lettres Gothiques », 1989

L'Expédition
roman
Seuil, 1991
et « Points », n° P524

L'Arbre d'amour et de sagesse
légendes
Seuil, 1992,
et « Points », n° P360

Vivre le pays cathare
(avec Gérard Siöen)
Mengès, 1992

La Bible du Hibou
légendes
Seuil, 1994,
et « Points », n° P78

Les Sept plumes de l'aigle
Seuil, 1995
et « Points », n° P1032

Le Livre des amours
contes de l'envie d'elle et du désir de lui
Seuil, 1996
et « Points », n° P584

Les Dits de Maître Shonglang
Seuil, 1997

Paroles de Chamans
Albin Michel, « Carnets de sagesse », 1997

Paramour
Seuil, 1998

Contes d'Afrique
Illustrations Marc Daniau
Seuil, 1999

Contes du Pacifique
Illustrations Laura Rosano
Seuil, 2000

Contes d'Asie
Illustrations Olivier Besson
Seuil, 2001

Les Fils de la parole
Desclée de Brouwer, 2002

La Reine des serpents
et autres contes du ciel et de la terre
Seuil, « Points Virgule », 2002

Contes d'Europe
Illustrations de Marc Daniau
Seuil, 2002

COMPOSITION : PAO EDITIONS DU SEUIL

GROUPE CPI

Achevé d'imprimer en août 2003 par
BUSSIÈRE CAMEDAN IMPRIMERIES
à Saint-Amand-Montrond (Cher)
N° d'édition : 58110-1. - N° d'impression : 033776/1.
Dépôt légal : mars 2003.
Imprimé en France

Collection Points